U0523909

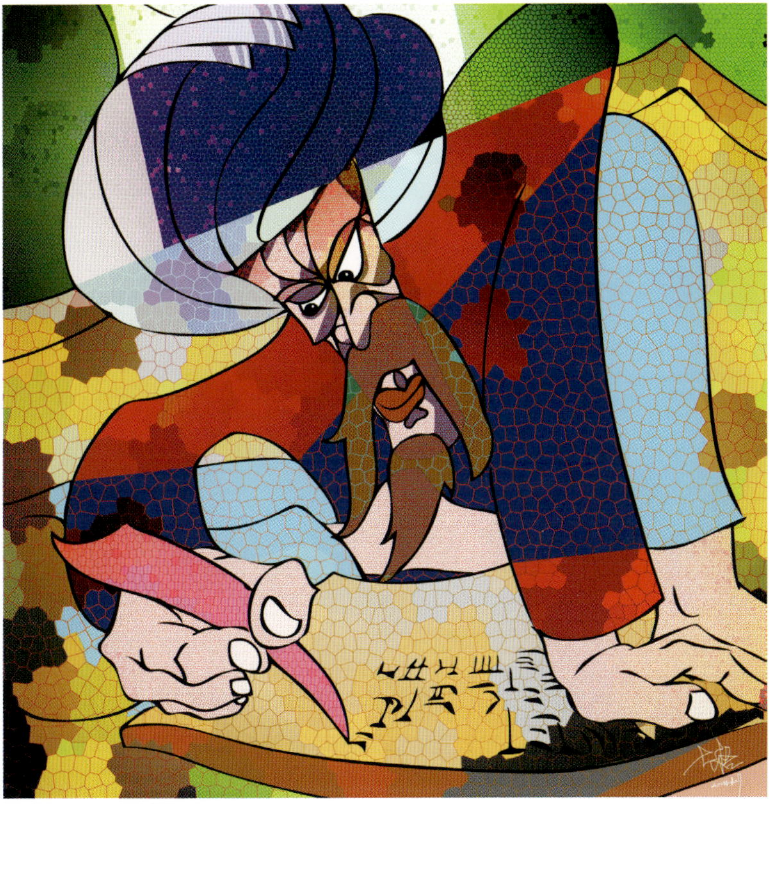

桃老师是咱花刺子模王国最好的数学老师

《语法树》第三页

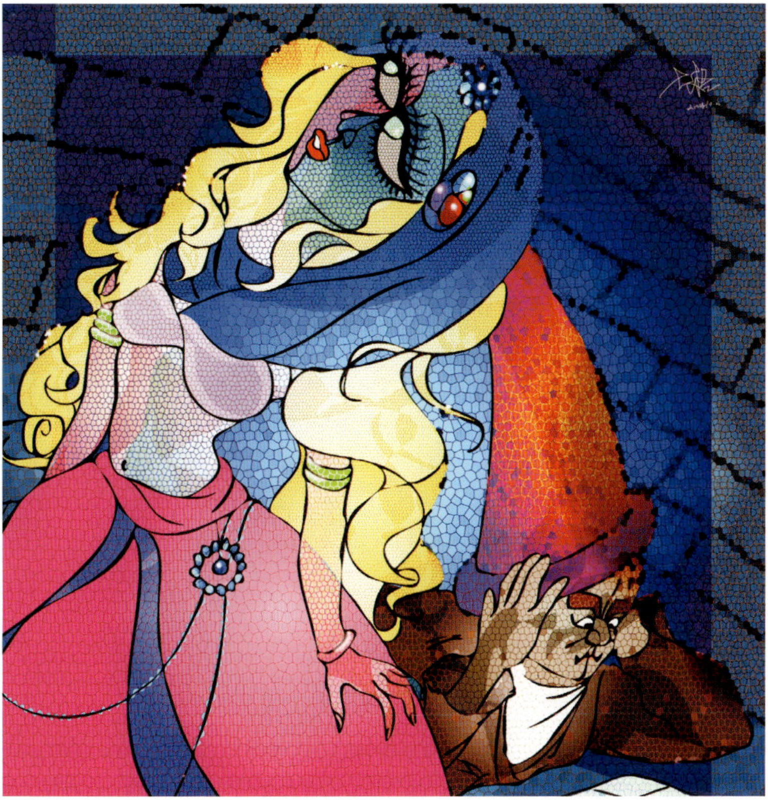

薇依娜是个大麻烦,她非要和我待一块儿

《语法树》第十二页

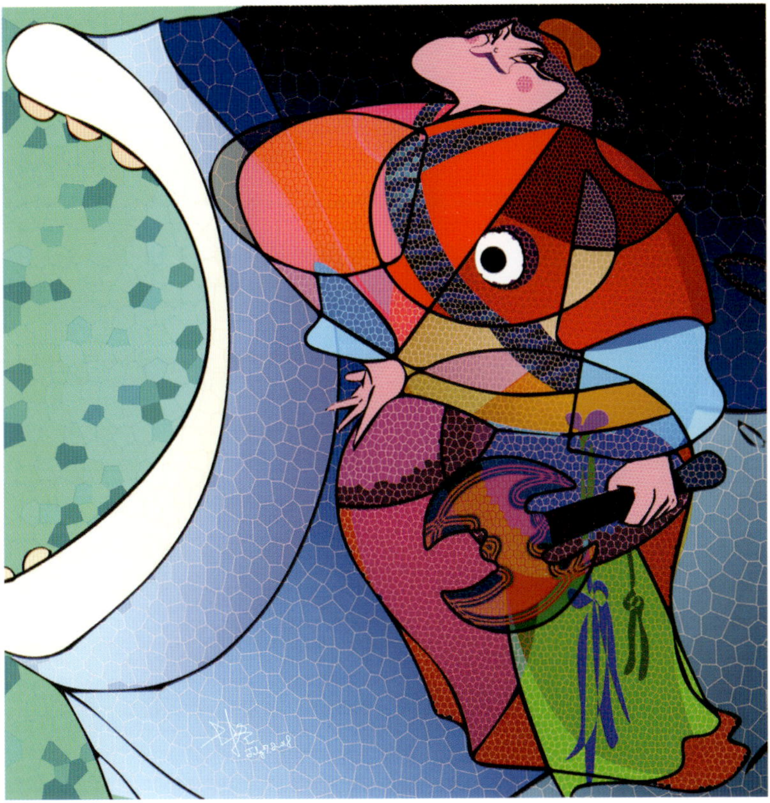

她也跟我聊起了在极北之地遇见巨大的海鱼

《可能世界》第一〇五页

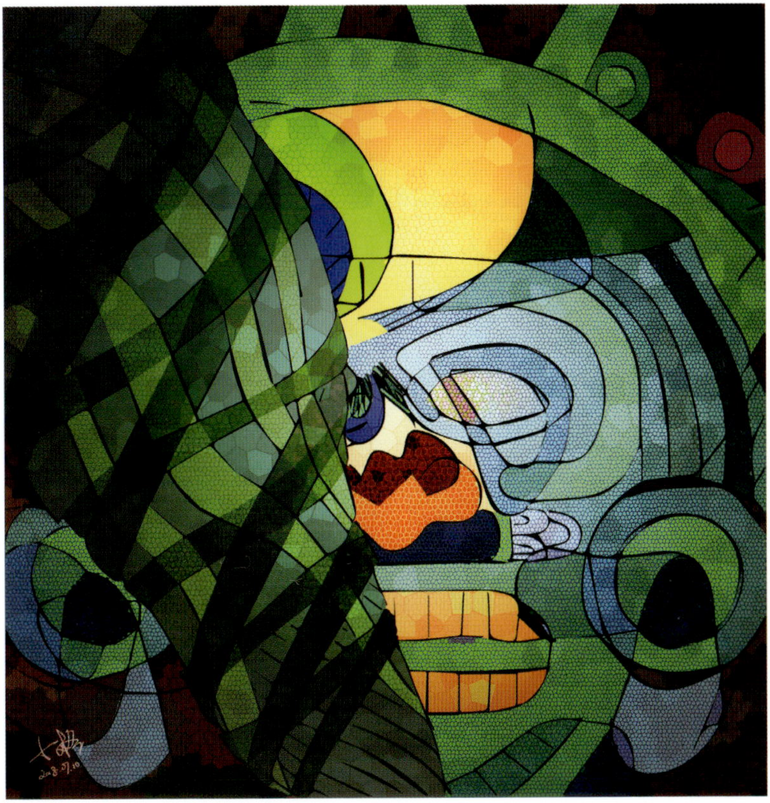

我眼前就出现了各种各样绚丽多彩的几何图案

《实无穷》第一四〇页

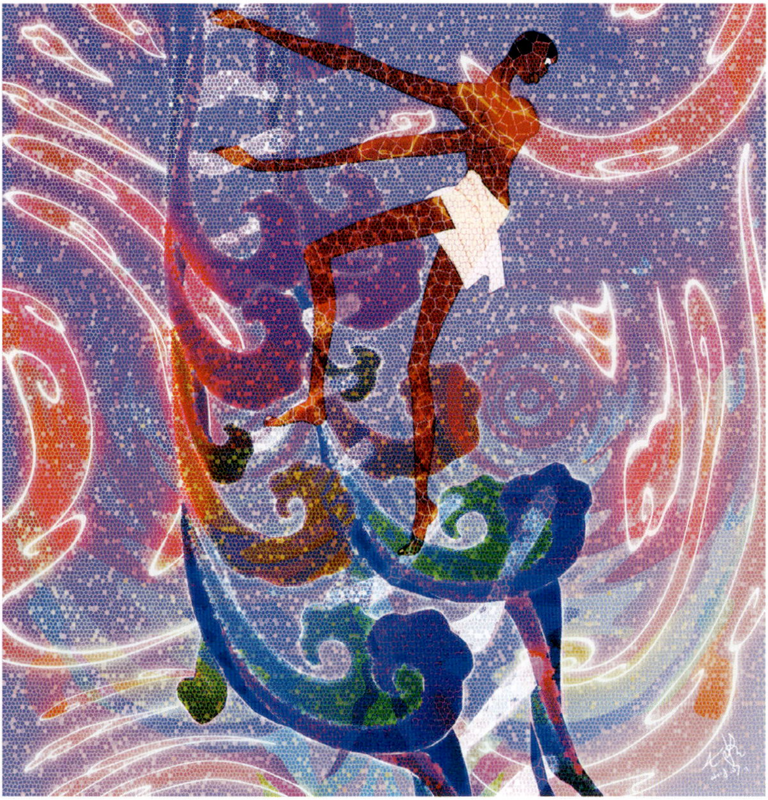

昆布踩着那朵云梯向上爬时,天空中出现了一长列彩虹

《形式国》第一八七页

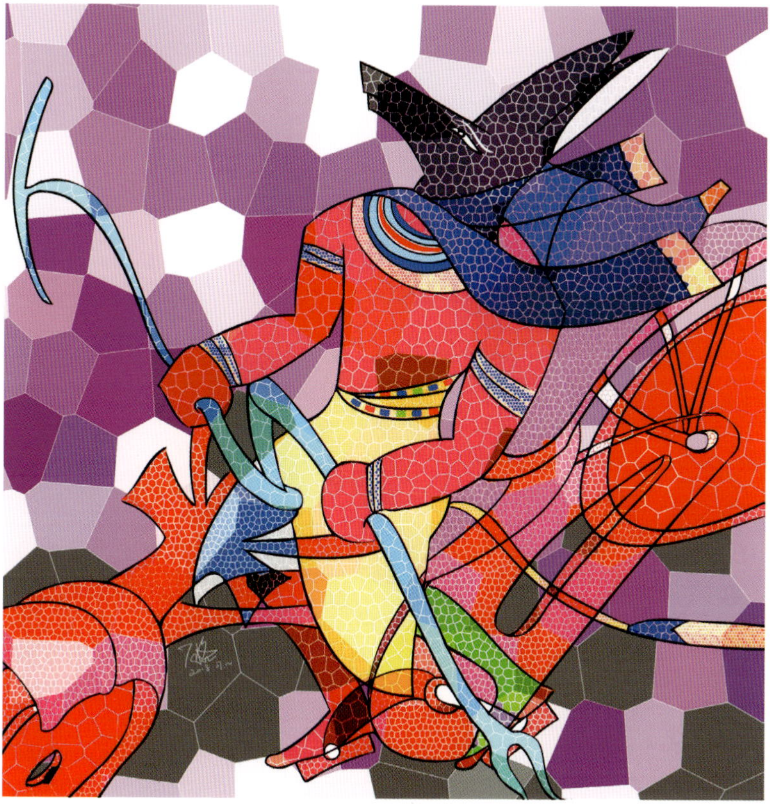

我叫阿努比斯他们帮我用木头做了辆自行车

《神谕》第二六四页

苹果核的
里 的
桃 先生

七格——著

贵州出版集团
贵州人民出版社

图书在版编目（CIP）数据

苹果核里的桃先生 / 七格著 . -- 贵阳：贵州人民出版社，2024.11
ISBN 978-7-221-18015-5

Ⅰ . ①苹… Ⅱ . ①七… Ⅲ . ①中篇小说—小说集—中国—当代 Ⅳ . ① I247.5

中国国家版本馆 CIP 数据核字 (2023) 第 208056 号

PINGGUOHE LI DE TAOXIANSHENG
苹果核里的桃先生

七格 著

| 选题策划：后浪出版公司 |
| 出版统筹：吴兴元 |
| 编辑统筹：朱 岳　梅天明 |
| 责任编辑：陈 章 |
| 特约编辑：赵 波 |
| 装帧设计：墨白空间 · 杨和唐 |
| 出版发行：贵州出版集团　贵州人民出版社 |
| 地　　址：贵阳市观山湖区会展东路 SOHO 办公区 A 座 |
| 邮　　编：550081 |
| 印　　刷：天津中印联印务有限公司 |
| 版　　次：2024 年 11 月第 1 版 |
| 印　　次：2024 年 11 月第 1 次印刷 |
| 开　　本：880 毫米 ×1194 毫米　1/32 |
| 印　　张：9.375　彩插 12 |
| 字　　数：170 千字 |
| 书　　号：ISBN 978-7-221-18015-5 |
| 定　　价：58.00 元 |

后浪出版咨询 (北京) 有限责任公司　版权所有，侵权必究

投诉信箱：editor@hinabook.com　　fawu@hinabook.com
未经许可，不得以任何方式复制或者抄袭本书部分或全部内容
本书若有印、装质量问题，请与本公司联系调换，电话010-64072833

目　录

语法树　/　1

可能世界　/　55

实无穷　/　123

形式国　/　185

神谕　/　239

语法树

谨以此篇,纪念伟大的数理逻辑学家蒙塔古

"给我一套语法,我将搬动整个世界。"
——艾卜·哲耳法尔·穆罕默德·伊本·穆萨·阿尔－桃

١٢٣٤٥٦٧٨٩٠.

  桃老师是咱花剌子模王国最好的数学老师，虽然其他老师都看不起他，认为他整天疯疯癫癫没个正经，连胡子上沾了羊肉末子都不知道，但我们这些学生都热爱他，因为他上课不怎么说话，主要是在泥板上写，写的东西我们大多都看不懂，他也不管，只顾自己写，一会儿蹲着写，一会儿趴着写，一会儿吐口唾沫擦了再写，一会儿侧头拿耳朵边听边写。其实我们那时候，早就会造纸了，还能带颜色，听说这技术是从东方中国传来的，特别神。可咱桃老师不爱使唤纸，他就爱在泥板上涂。他涂完了，我们就下课了。桃老师是有规矩的，只要完了，他就抬起头，茫然冲天空笑笑，然后喉咙里咕噜一句：只有数学带来的快乐，才是所有快乐中最快乐的快乐。于是我们就抓紧一哄而散。

我们属于理科专业班，所以除了上桃老师教的数学，其他文科老师教的课，诸如诗学、建筑学、教义学等等，我们就不用学了。这些我们不学的学问，其实以后会很有用的，尤其是诗学，如果学好了，就能具备一张天下无双的嘴巴，不仅能吟诗作赋，实在厉害的，还能当上永不犯错的伊玛目，把蒙古铁骑给吓退三千里后，还能顺便谈谈人类的未来或者宇宙的命运。我们数学班将来可没这么有出息，毕业了以后，一般都是派到全国各个需要数字的地方去数数，虽然这活不起眼，但不行的就是不行，听说好多人毕业了以后，还是数不清数，所以报到首都撒马尔罕的数字，没有一个是对的。但伊玛目说，这样也好，因为要是连自己都不知道自己国家到底有多少实力，那蒙古敌人就更不知道我们的实力了，这叫虚虚实实真真假假。我总觉得这么说有点不对劲，但伊玛目是永不犯错的，所以肯定是我自己有点不对劲，而我们伟大的花剌子模王国，绝对是永远对劲的。

下了课我一般就直接奔家里去，因为我家有好多好吃的水果，石榴苹果柠檬香蕉西瓜，要什么有什么。我最爱吃水果了，好多时候我一天就光吃水果，其他什么也不吃。我家里什么人都没有，就我一个。好多人都问过我：你父母什么时候回来啊？我说我也觉得奇怪啊，这么久了还没回来，别说是喀什了，就是最远的那颗星星也到了嘛。

所以我猜他们一定是死了，虽然大人都一致认定他们肯定是得了中国皇帝的封赏，开心得不回来了。为了照顾大人的好心，我也假装同意他们的意见，可我心里明白他们真的是死了，因为外面蒙古人非常厉害，他们比以前的吐火罗人或者呼罗珊人厉害，甚至比从海那边过来的拜占庭人还厉害，他们把东方全抢了，而且抢到哪里就杀到哪里，据说中国快要被灭了，所以我想我的父母肯定是完了。

我们这里看上去还很安全，毕竟我们花剌子模是个大国，而且我们还有大将扎兰丁丁在铁门关那里守着。我没见过扎兰丁丁，只听人说他有三丈高，两只眼睛比谁的都蓝，他打起仗来，要比以前巴比伦那儿的灯塔还威风。再说，我们还有药杀河和乌浒水，这两条河很有灵性的，只要我们花剌子模十二个伊玛目一作法，厉害的时候，无风也能起上三尺浪，蒙古人的马再能飞，也飞不过去的——整个阿拉比亚地区，我们伊玛目的舌头是最厉害的。布哈拉那里的诗人又羡慕又嫉妒我们，甚至他们还联名要求哈里发再给我们加个舌头税，我们花剌子模人自然一百个不答应。伟大的伊玛目之一，易司马仪说得好：要我们交舌头税，那你们就派这些诗人来保卫我们的城池吧。

那些诗人结果没有一个来的，因为前些日子蒙古兵刚把布哈拉城给烧白了，没什么人在烈火中永生。

就算他们都活着，我们也不要他们来。我们自己这儿的诗人就多得满街都是，他们没事就作诗，有的诗他们是写下来的，以前他们是写在莎草纸或羊皮上的，现在他们全写在纸上了。写好诗后，他们就把纸往天上一扔，写得好的呢会慢慢往上升，写得不好的呢会慢慢往下沉。伊玛目们会定期派捞诗人出来捞诗，捞诗人坐在热气球里，把飘在城市最上空的那些纸给打捞起来，拿回去供伊玛目们炼咒语；次好的那些收集后就装订成册，比如《悬诗》《乐府诗集》什么的，剩下的那些就揉成个大团，回造纸坊里打成纸浆，重新造纸。

我不喜欢作诗，我觉得那个一点都不好玩，拿支笔，从右写到左再从左写到右有什么意思呢，写完后还得盼它往哪里去，有些人写了好多诗，可没一张往上飘的，全是脱手一扔后就直奔下半身，最后重重地擦地上，发出很吓人的一声，纸头多半都要磨破的。我看到好多次了，一些人为这就跨上骆驼再也不回来了，不知去哪儿了，还有当场抹脖子的，呼啦一下，动作比他们写诗要麻利多了。

以前我自己也写过几次，有那么一回，真的，就在前些天，我记得很清楚，那纸头竟然会往上升，我可开心了，就在下面拼命用嘴吹，想让它飞得更高些，可后来薇依娜在上面趴着叫：阿里，你在井里忙乎啥呀。

我这才想起来，是桃老师布置的作业，要我们在井里思考一道数学题。我思考不出，就走神写诗了。我一走神就会写诗，就像人们一发怒就摔罐子，我觉得诗就和罐子一样，是专门用来出气的。

但那次我不死心，想说不定那纸会升到井面以上的，便爬出井看个究竟，结果发现自己的那张纸飘在井旁边的地上，离地估计连半个骨尺都不到。

哼，结果那天非常不幸，旁边站了个可恶的薇依娜，她仰天哈哈大笑呀，差点就把头巾给笑地上了。我很想给她一拳，但真主说打女人是不对的，所以我就打了自己一拳。

薇依娜笑好后，就从怀里掏出一张纸和一小瓶刷她们女人指甲用的黑娜水，她在路边折了根柽柳枝，蘸了黑娜水，就在纸上刷刷地写了起来。

我知道她是我们学校写诗写得最好的人，我们试过，写沉在地上的十张诗歌纸，她只要写一张衬在最下面，就能把上面这十张全给托起来。但我不稀罕，因为我根本就不喜欢诗，我只喜欢做我的数学题，所以薇依娜还没写完，我就往井里钻了。

等我到井底了，就听到上面薇依娜在喊："喂，你来看啊，它飞得多高啊！你快出来看啊！"

"诗歌升起不是因为薇依娜的嗓门！"我在井里大声回答她，声音在井里嗡嗡的，难听死了，所以我决定不再搭理她，只管想桃老师布置的数学题。

据桃老师说，这道数学题是咱花剌子模以前伟大的数学家花拉子密研究出来的，桃老师说花拉子密是我们整个阿拉比亚的骄傲，有了花拉子密，阿拉伯人才不是骆驼。按照惯例，桃老师仍旧许诺我们，谁第一个解开这道题，他就奖赏谁去很远的地方玩。

我们都知道桃老师有样传家宝，那就是据说从波斯那里来的一条飞毯，凭着这条飞毯，桃老师每年都会带一个最优秀的学生一起，飞到很远的地方去旅游一次，而且，玩的地点由这学生来挑选。去年他带的是阿卜杜拉，去的是天竺，再上一年他带的是穆萨，去的是安达卢西亚。

今年我一定要赢，前两年都差一口气，今年我想我一定行，因为再不行我就毕业了，没机会了。

我打定主意了，今年我一定要去中国，去见他们那个姓赵的皇帝，问问我父母怎样了，是死是活，总要有个答案的，数学都是有答案的，父母也得有个答案。所以过去这几天，我在家里一吃完水果，就往这井里钻。

但薇依娜还在上面叫，越叫越响。哼，女孩子就是烦，尤其是这个薇依娜，仗着自己诗写得好，人又长得漂亮，就老是整天叽叽喳喳的，比乌鸦还要吵。不过她人是挺好看的，她和我们不一样，眼珠子不是蓝色的，也不是棕色的，而是绿色的，她还有一头黄得扎眼的头发，她说她们里斯本那儿的人都是这长相的。我就是想不通，干吗她父母要从那么远的西边带着她逃到这里来呢，她不可以再往西逃吗，逃到天尽头就安全啦，我这里也就不会这么吵了。真的，做数学题最要紧的就是要安静，一吵吵，就什么都做不出来了。

突然，井里光线一下子暗了下去，我抬头一看，见鬼，薇依娜的大屁股把井给挡住了。她正在往井里爬，那天我真担心万一她失手怎么办，我是用手去托住她的屁股呢，还是让她屁股直接砸我脑门上呢？我想来想去，决定还是用手去托，这样她如果放屁的话，我的鼻子就有地方躲了。

很幸运的是她安全爬下来了，现在井底就坐着两个人，挤得要死，我们俩面对面盘膝坐着，井中央很小一块地上，摊着一张纸，上面是花拉子密的那道题目。

我决意不看薇依娜一眼,所以眼睛傻愣愣地光盯着纸上那些字看。光线很暗,但我视力好,天上的鹰都比不过我。

"他们走了没有?"薇依娜吓丝丝地问。

"什么走了没有?——嗯,根的两倍,为什么要是两倍呢?"

"蒙古人啊。"薇依娜急得都哭了。

"哪儿呢?"

还没等她回答,我就抬起头来,一小碗天,很明朗的样子,偶尔掠过一片黑影。想都不用想,蒙古人又骑着马冲过防线,飞到我们撒马尔罕城上空了。空中隐约有些歌声传来,不用猜,那是蒙古兵在天上策马纵歌,他们就喜欢这样,好像不唱歌就没法打仗了,真你家伙的会装酷。

"没事的没事的,这又不是第一次咯,迟早我们的伊玛目会把他们给说下来的。"说完,我打算伸个友谊的手臂给她,帮她一起把眼泪收住。女人的眼泪又多又不值钱,我就不明白为什么她们还要使劲生产。

我手还没伸出去,一支箭就唰地直直射了下来,箭头把铺在我俩之间的那张题目纸给捅了个大洞,深深插入井泥里,箭杆末端的箭羽还在打颤。

"这是谁射的!"我气得一时腾不出地方站起来,就坐着对井上的天空大叫起来,"你赔我的纸,赔我的纸!"

薇依娜拉我袖子,劝我别这样。我想反正天上的蒙古兵也听不见,就索性叫得再响些,在薇依娜前抖抖威风,直到她说嗡嗡的回音难听死了,我才作罢。

等到空中的歌声消失了,我才和她一起爬出井外。蒙古人早就没有了,地上到处都是他们的箭,我手上也捏着一支,是我从井里拔出的那支,它的箭头是四角刃的,所以把我的题目纸给捅了个四方形的大洞。不少人都在地上拔箭,那些农民是拔得最快的,特别有把式,牧民就不行,在那里撅着屁股活像一只只大土狼。蒙古人的箭好,箭杆特别能引火,抱一捆回去点石油烧火做饭,要多省事就能多省事。所以每次蒙古人下完箭雨后,我们撒马尔罕的城民就马上出来捡,当然死人身上的箭我们就不捡了,因为那上面沾了血,很难点着火,这样的箭一般都留给军队用,他们用这种不能点火的箭去杀敌人,还有以血还血的象征意味。总之,这叫物尽其用,对此我们军民双方都很满意,我们伟大的算端摩诃末为这事还曾赋诗一首,我对诗歌不感兴趣,所以写些什么都记不清了,反正最后一句诗的大意是:想要怯生生地问一下下,天下有谁能打得过我们吗?

۱۲۳٤٥٦۷۸۹۰

今天，我把这张多个洞的题目纸又摊在了小桌子上，本来现在的这个时刻，我应该是待那井里去思考这道题的，但薇依娜是个大麻烦，她非要和我待一块儿，我去哪儿她就去哪儿，跟屁虫一个，而且她理由还足得要命，因为她父母昨天死掉了。本来她父母不会死的，蒙古人的箭根本就穿不透他们家的屋顶，但天有不测风云，有个蒙古骑兵估计是喝多了，他从马上掉下来，可脚还套在镫子里，于是他就连人带马地掉下来，一边掉还一边打旋，薇依娜一家透过自己的窗玻璃，盯着这从天上摔下来的骑兵商量了好久，最后得出的结论是：这笨蛋肯定会砸在他们家的屋顶上。于是，他们三人就全逃了出来，结果刚跨出门口，一支带骨哨的长箭就射穿了她老爸的头颈，接着又射穿了她老妈的胸膛，最后射穿了薇依娜的头巾，而那个蒙古骑兵在砸向屋顶的最后一刻，终于又翻身上了马背，这主要是他坐骑的功劳，那马在关键时候做了个高难度的前腿劈叉接团身后空翻一周半的动作，硬是收住了堕势，还把它主人掀上了马背。它的马蹄在空气中剧烈摩擦，发出叽叽的声音，还迸出火花，在天上一大群蒙古同行的轰然叫好声中，那马立起前半身，然后一仰脖，侧着个长脑袋，吭吭地向天上的看客们致意。蒙古兵就趁势打个呼哨又疾疾爬升了上去，还返身对着薇依娜奸笑，并用力抛了把匕首，可惜薇依娜这时恰巧昏倒了下去，所以那匕首没抛到她脑门上。

薇依娜屁股很大，这使得我在井下的生活很不愉快，最主要的还是心理压力，她们女人都裹着长袍子，所以一旦放屁，臭气就会从整个身体各个地方蔓延开来，令你防不胜防，更何况井又那么小，所以我肯定会坐以待毙。虽然这几天以来，薇依娜在井里什么屁也没放过，相反，她身上的蔷薇水还很香，但我还是害怕，所以今天我毅然决定，水果吃完后，就不下井了。

薇依娜还是坐在我家地毯上发愣，其实有什么嘛，不就是父母死了吗，我父母估计也早就死了，这又没关系的，大家都是真主的选民，迟早要到天堂里去做邻居。但我知道我这么说了也没用，因为诗人大多不理智，理智的大多不做诗人，像我这样紧随花拉子密而思考问题的人，和薇依娜这种诗歌动物，根本就说不通。

这几天伊玛目们大概都累了，所以法术都使将不出来，但大人们说，主要是扎兰丁丁保护着我们的算端摩诃末，已经在几天前逃走了，所以大家就都没了斗志。不过这也没办法，本来我们撒马尔罕就不是算端的地方，他刚来的时候可杀了我们不少人呢。不过还算好，我们撒马尔罕城墙非常高，蒙古马要飞过来，得经过很长一段助跑才行，虽然蒙古马体力很好，但有一半是跑不了那么多的，如果它勉强要跑，很有可能最后是咚的一下撞城墙上。守城的说，起初有好多蒙古骑兵是不怕死的，硬冲，结果城墙根这儿全是黏糊糊的人肉和马肉，不少蒙古马的马头碎得很难看，牙齿和眼珠子都蹦到雉堞里来了，这给我们城市打扫卫生的清洁工带来了额外的工作量，因为蒙古马的牙齿或者眼珠不像蒙古兵的箭，可以用来引火什么的，所以城里的居民都不会去捡拾它们。但是，为了我们城市的干净和整洁，清洁工们不怕苦，不怕累，坚持奋斗在第一线，在敌人连绵的炮火中，清扫了一遍又一遍。那段日子，他们每天收集起的马牙和马眼，够装好几十皮囊的。后来，还好粟特那里有商人愿意低价收购这些东西，他们想加工成马牙项链和马眼酱，再转手高价卖给喜欢这些的蒙古人。为此，我们撒马尔罕的人民还集体讨论过，是不是要赚我们敌人的钱，最后伊玛目们出面一锤定音：仗，一定要打；钱，还是要赚。

但后来蒙古军队学聪明了，不可着劲儿地傻冲了，他们单挑短跑及跳高能力特别好的马冲锋。这下子，马牙项链和马眼酱的贸易一下子就萎缩了不少。不过坏事也有好的一面,清洁工终于可以歇息下来了。再说,那些能飞过城墙的马,虽然最近很少遭到伊玛目们的咒语打击,但在天上飞到底不是马的强项,它们飞一阵子后就不得不回蒙古军营休息。所以我们城内虽然屡遭蒙古兵空袭,但广大人民还是活得好好的,像我们这些学生,还能每天去上课,像我,还能每天回家啃好多水果。

桃老师还是老样子,对外面发生的事不闻不问,只管埋头研究自己的学问。由于伊玛目的咒语快用光了,现在全城的人,不管有学问的没学问的,都在作诗,以便有尽量多的优秀诗歌,能够供伊玛目们使用。不少老师都劝过桃老师,叫他也一块帮忙作几首,说不定桃老师那首诗就飘最高了,但桃老师理都不理他们。给我们上课的时候,他甚至告诫说,诗歌是守不住撒马尔罕的,可是数学却是蒙古人永远攻不破的。

很快就有马屁精侯赛因去告密了,说桃老师在蛊惑人心。侯赛因是我们当中数学成绩最差的人,最差的时候,他连自己有几根手指都数不清,但是他诗歌也不行,有一次他硬是要把自己的一首得意之作揉作一团,然后往天上用力甩,劝都劝不住。他力气是我们班最大的,结果那纸头甩得很高,落下来也很重,敲在经过这里的诗学老师马里基娜头上，咣当一声，于是薇依娜她们的诗学课停了一星期。那阵子，薇依娜她们就会到我们班来旁听，但很快她们就不来了，因为桃老师讲的课实在太难了，我们都不怎么听得懂，更何况她们。

但是侯赛因的告密是没有效果的，我们国家没什么人敢惹桃老师，就算是摩诃末本人也不怎么敢。因为桃老师的老婆是我们王国最可怕的山大王，我们都管她叫山老，山老有四十多了，比我们桃老师要大十多岁，她手下有三十九个义侠，个个都是身手不凡的大盗，无论在沙漠里还是在房顶上，他们都能跑得比鹿还快，因为他们跑步的时候是双脚并着跳的，腰部这么一拱，接着一跳，就能跳出十多米，背着金银财宝，没几下就跳远了，连你骂他们的声音都赶不上。这些义侠都很听指挥，山老说要杀谁，他们就杀谁，而且从没失手过。山老平时住在阿拉木图那儿的一座高山上，那里人迹罕至，桃老师自己都不怎么去，只有山老下来找桃老师，山老一般总是在夜深人静的时候来，又在拂晓之前离去。据偶尔见到过山老行踪的人说，山老跳行的身姿曼妙，看的时候，真恨不得挡她面前，让她就这么跳过来把自个儿踏扁掉得了。

但是桃老师并不因为有这么个凶悍的老婆而耀武扬威，

相反，他从不和别人争什么，只管把山老给他的零花钱全用来买泥板，然后挑有用的晒干，再等义侠们来将这些泥板全背走，这些义侠干什么活都在晚上，连背泥板也不例外。

今天桃老师讲的是厄勒克特拉悖论问题，这个问题是希腊那里传来的，到现在还没有解决，桃老师说这涉及语言修辞和逻辑分析，接着他就语速极快地介绍起来。桃老师一说起难度极高的内容，总会不断提高语速，有一次他说话速度过快，以致把自己腮帮上管说话的肌肉都给绊倒了，结果嘴歪了半天后才恢复正常，唾液流了一地。其他老师个个是叹息摇头，但我们觉得桃老师很有型，因为正常了以后，桃老师的语速可以变得更快，好多音都连读着，我们跟在后面听得都神魂颠倒，但是桃老师说，他的语速还是跟不上他内心的思考速度，而他的思考速度，一直就跟不上数学所要求的演算速度。

这次桃老师说的内容，以前他讲过一些，所以我们能听个大概明白，但讲着讲着，桃老师忽然眉头一蹙，不说话，也不理我们了，他在泥板上唰唰写着，越写越入迷，只看到泥板上很快就布满了他的字迹。

桃老师的泥板和一般的还不一样，不但比一般的大，而且是扇形的，本来泥板就没什么地方有卖，更何况是这种怪形状。但是桃老师有义侠，每年春天洪水过了以后，义侠就会到美索不达米亚，去挖它上千袋的上好软泥，再赶着驼队给桃老师送来。为了保湿，一路上还有不少骆驼是不驮软泥光驮水的，有时水实在不够，就挖老骆驼胃里的水来润。运到咱这儿后，桃老师就赶紧让他们将这些好货运往他家的地窖，然后平时用多少就取多少做泥板，所以他的泥板总是软硬正好，写起来非常舒服。桃老师用的笔也是特制的，据说这笔是用猎隼的一根骨头削出来的，头部呈三棱形。桃老师写的字也不是我们平常用的字，而是笔画像钉子一样的字。据其他老师说这是一种非常古老的文字，是很久以前亚述人用的。我们问桃老师，他说是这样，不过，他继承了花拉子密的成果，把印度数字改造成了钉头样式，也加了进去，同时还自己造了不少钉头字，比如↗，专门表示属于关系。

　　我一直就奇怪桃老师为什么要用这种奇怪的符号书写他的思想，我问过桃老师，难道我们的阿拉伯语还不够格吗？可是薇依娜她们诗歌班的学生，不是只用阿拉伯语作诗吗？她们说世界上再也没有什么语言能有这么多丰富的音韵了。桃老师鼻子对着远方使劲地一吹，在我还没搞清那粒正射向远方的鼻屎产于他哪个鼻孔之前，他已经开口把我注意力吸引走了。他吹嘘说这些泥板上的字，只不过是些平常的符号，然而这些符号按照一定关系所组成的意思，将会改变这整个世界。他见我一脸不信，就把手头那块泥板当例子，向我解说了一番，说些什么我一点都不明白，反正大致意思就是：如果写完这些钉头钉脑的文字，我们将顺着一棵巨大的语法树，抵达天堂。

等桃老师写光了今天他手头上带出的所有泥板，我们都已经饿得差不多了。天色也不早了，桃老师终于从他的亚述世界里懵懂醒来，他照老习惯，喉咙里咕噜一句，于是我们就急忙各自奔回了家。

薇依娜还是坐在我家地毯上不说话，这几天她不吃不喝，所以整个人看起来有点薄有点透明，好像比以前好看些了。我估计她礼拜都没做，不过我对做礼拜向来没兴趣，所以也不去管她，就挑了串葡萄，自个儿上床吃，吃完后，就开始琢磨桌上摊着的那道题目。想到苦恼的时候，就瞄一眼薇依娜的大屁股，实在无聊了，就剥个巴旦杏的杏仁扔过去，打在她弹性很足的瓣肉上，生动活泼得很。但薇依娜一点反应也没有，好像在逼我扔个西瓜过去。

正在我用眼光挑个最不甜的西瓜时，有人敲门了，开门一看，是诗学老师马里基娜。

"薇依娜现在住你家？"马里基娜都看到薇依娜了，还装模作样地问一声。

"嗯,你是不是来接她上你家住去?"

"不不不,我来随便看看,随便看看。"说着,她就随随便便进来了,还顺手抓了串葡萄往嘴里磕。

马里基娜最近可风光了,到处有人请她去火线开课,讲授作诗的技艺,她就每天坐着政府临时派发给她的驴子,满城那个转呀,把自己都给得意坏了。但是人一得意,尊严就会变得神圣不可侵犯,薇依娜连续多天没去上她的课,这显然就构成了挑衅,马里基娜这回估计是本着以德服人的精神,上门家访来了。

薇依娜正眼都没瞧马里基娜一眼,马里基娜把葡萄吃完,就没什么借口继续让嘴巴保持沉默了。她清了清喉咙,开始数落起薇依娜来,什么不作诗就是不爱国之类的,都是些老掉牙的东西,连我家水果都听不惯,没一会儿它们的表皮就干皱了起来,令我很是心痛。

终于,马里基娜数落完了,她想吃个水果解解渴,报应来了,水果们都成干的了,我贼贼地在旁加了句:今天没打水。

马里基娜只好哂唧了几下自己的腮帮,硬是憋出点唾沫润滑了下口腔,清了清嗓子,忽然掏出笔,就在我家墙上即兴作诗了。我拦都拦不住，只好跳过去抱住她的腰，不让她写，可是她的腰很粗，而且天天有人请她吃好的，所以又很油，我怎么抱都抱不上力气，倒是她腰上有了我这个秤砣，写起字来更加稳了。没一会儿，我家一面墙壁上就给她涂上了一首韵诗，她书法不错，即便同一个字母在同一个位置，她也尽量弄得有所变化。涂好后她洋洋得意地收笔入怀，我想去抢那支笔报复，但她胸前地形复杂，我怕出事就没再打主意，便放了她，自个儿回床上待着去了。

薇依娜到底是对诗敏感的，到现在为止，她眼皮依旧是耷拉着的，但她的耳朵却还在微微运动，我怀疑她是在用耳朵读诗。当马里基娜往后退几步，开始自我欣赏起自己的作品时，薇依娜突然站了起来，把我和马里基娜都给活活吓了一大跳。

薇依娜走到这面涂了诗的墙前，伸手用指甲在上面刮擦了起来，并不时将指甲上的红指甲油干抹在某些位置上。很快，随着齐齿鼻音符等各种标音符号的变更，一些音节就变成了另外的一些音节，读起来意思也变了，具体怎么变我感觉不到，但整首诗现在读起来，好像变轻了很多。

薇依娜干完这活，拍拍手转过身来，一脸蔑视地向马里基娜斜了个眼角，我幸灾乐祸地观察着马里基娜的表情，想

语法树 | 21

等她一发火，我就马上浇油。

但马里基娜的反应是张大了嘴，而且嘴巴越张越大，最后从那张大嘴里发出了一声很难想象是我们花剌子模王国的人所能发出的声音。在这声巨响里，马里基娜整个人都忽然被提亮了，就像突然站在阳光下一样。

不光马里基娜，还有我，还有薇依娜自己，现在都是在阳光下，下午太阳的光线喜洋洋的，照得人人都心里发慌，以为做了什么缺德事被它抓个正着。

我胆战心惊地用手指指马里基娜，又再指指周围突然出现的花花草草，意思是问她：我的房子我的家呢？

马里基娜也是话说不出来了，她伸出一根食指，往天上努。

我抬头看去，看到自家房子，带着屋顶和四面墙就这么飞高了，它大约腾到十多人高的地方才停下来。从地面看上去，变小了的房子像被掏空了一样，呆呆地定在天上。一只热气球正好打这儿经过，看到这情形，气球里的捞诗人也傻眼了，他看看房子，再看看下面，我尴尬地向他笑笑，下意识地下床把鞋穿好，也不知该怎么处理我家暴露在光天化日之下的家具，只好也学马里基娜的样子，用食指往天上努。

不少行人都目睹了这一幕，他们无不仰天关注着事情的发展。捞诗人把热气球降到一定的高度，终于在众人七嘴八舌的指点下搞明白了什么。他重新升上去，正好停在我那脱底房子下面靠边的地方，然后把捞竿斜着伸进去，将那首墙壁上的诗，以无与伦比的巧力与耐力，一点一点地刮擦了下来。每刮擦一下，薇依娜的诗就消失一点，而房子也跟着下降一些，刮擦下来的干土，则落在捞竿头上挂着的布兜里。

等到房子完全回到老地方后，早已收了热气球的捞诗人将布兜扎紧，向又回到房子里的我友好地致意后，就啪的一下匍匐在地，吻了薇依娜的脚面，然后扛着他所有的器具，在众人的注视下，吭哧吭哧直往克尔白广场走去，伊玛目们炼诗的地方就在那儿。后来据说就在那天晚上，前来飞袭的蒙古军队损失惨重，三千名蒙古骑兵，包括一名万夫长，被从克尔白里发出的几百道诗气给打了下来。至少有数十户花剌子模居民的房屋被打下的蒙古人或蒙古马给砸坏，我们花剌子模的人民都很高兴。第二天大家都走出家门，赶到克尔白广场感谢真主，并希望伊玛目们能再接再厉，争取砸坏我们更多的房屋。

伊玛目们把薇依娜给接走了，说是这样能炼出更强大的力量。走的时候，薇依娜还是不说话，但她眼睛睁了，看了我一眼，那种绿色让我浑身颤抖，真的，她的眼珠比以前荡漾了好多，我想再这么荡漾下去，我就不敢看她了，连珠宝商都不敢看，那是翡翠之海。她将下一只戒指给我，银的，我从中指试到小指，都套不进，只好含在舌头下面，凉飕飕的很舒服。我翻箱倒柜地也想找点像样的东西送给她，结果啥都没有，她摆摆手，就扭着大屁股走了，我仔细看了她背影很久，才发现她身材其实挺好。

١٢٣٤٥٦٧٨٩٠．

没有薇依娜的日子里，我终于可以全神贯注地盯着桌上那道数学题看。但奇怪的是，我的思绪总是会从纸上那个四方形的破洞里掉下去，然后落到井里，和薇依娜拥挤在一块儿，这段回忆会颠三倒四来回地放，有时一直放到天黑，害我课没去上，饭没去吃。

桃老师倒并不过问我解题进度如何了，他实际上自己写泥板的速度也放慢了，因为他老婆这几天回城里了，同时还带来她的三十九个义侠，据说是要和城里的军民一起并肩作战。义侠助民为乐，这可是破天荒的事儿，但骆驼真要穿过针眼，这也是拦也拦不住的。桃老师把他家的一间大屋腾出来，给那些义侠住，自己天天和山老厮混在一起，两人没事就黏一块儿，即便上课时也不例外。桃老师一手揽着山老一手写泥板的技术并不高明，我们一边垂涎山老美色一边听课的技术也不高明，但这几天师生上课的精神状态都很饱满，桃老师胡子上多年经营的羊肉末子也没了，侯赛因这个笨蛋呢，竟还破天荒地带了笔记本来记。

听守城的将士说，义侠总是在夜间出动。他们天天摸黑蹿到蒙古军营里去割脑袋，还把这个蒙古兵的脑袋缝到那个蒙古兵的脖子上，又把那个蒙古兵的脑袋缝到这个蒙古兵脖子上，这使得第二天从睡梦中醒来的蒙古兵总是被吓得哇哇大叫，因为这些义侠的缝纫技术实在是太差，不是把头颅给缝歪了，就是把头颅给缝反了。另外，义侠还发挥贼不走空的专业精神，每回都要偷走蒙古人不少宝贝，比如镶玉七彩刀或黄金锁子甲什么的。现在，蒙古军营每晚都是灯火通明，巡逻队的数量比以往任何时候都加了好几倍，义侠没了黑暗做掩护，虽然跳跃动作非常敏捷，足以躲避蒙古兵的箭，但得手的机会还是少了很多；不过呢，他们这么一骚扰，蒙古兵晚上睡不好觉，白天攻城的强度就弱了不少。所以渐渐地，我们对义侠的态度也从恐惧转成了亲善，已经有不少地主老财，主动来找桃老师，说他们愿意分担供养这些义侠的费用，并希望义侠能到他们那里去住上一段日子。但义侠都听山老的，山老说不行就是不行，山老说我们都是义侠，不能这么做，这么做太丢我们义侠的脸了。真的，不是我们不想抢老百姓的钱，实在是以前做强盗时，早就抢够了，现在呢，我们的品位非常高，我们连天堂的滋味都享受过了，所以你们提供的这些吃喝玩乐，我们都还看不上。地主老财们听了，各自都很惭愧，心想等眼下这困难过了，回去一定要禀报官府，誓要将山老抓来绳之以法，免得人比人气死人。

今晚我又和往常一样，吃好水果后就点上灯，早早上床开始研究题目了。经过这些日子的钻研，我不但对薇依娜的音容笑貌有了更细致的把握，而且连诗歌这东西我都有了一定的了解，我现在知道了，只要人的脑子一发昏，并且让它持续下去，就能制造出诗歌来，对此我非常满意，我认为自己在解题方面有了长足的进步，这个进步的方向虽然和题目要求的方向看起来正好相反，但是，进步是不分彼此的，只要是进步，就值得鼓励。

为了鼓励自己，我决定站起来，低头，把自己的舌头伸出来，再往上卷。

我计算得很准，银戒指正好落在纸上的那个破洞里。咣当一下，好听得很。

我重又坐下，用笔尖去拨那戒指，让它沿着破洞边缘运动，一圈一圈又一圈……渐渐地，那洞就花了，花成错开叠起的好几个四方形的洞；戒指也花了，花成好几个，同步地绕着。

我揉揉发酸的眼睛，把戒指收回到嘴里，让一切恢复原样。

但我知道，这不可能了。那错开叠起的好几个四方形的洞，在我昏暗的家里，一下子就让整个世界有了光明。

我说过的，进步是不分彼此的，只要是进步，就值得鼓励。

没过多久，我就完全理清了思路，并重新找了张纸，画了张图，然后把纸揣怀里，推门走了出去。我非常兴奋，我一定要在第一时间找到桃老师，告诉他我解出来了，将代数转化为几何，转化为正方形和长方形，转化为面积的加加减减，总之我要不厌其烦地讲解我的解题过程，哪怕这时桃老师正在山老身上辛勤开垦，忙得不可开交，我相信他一定会理解我的，因为他说过，只有数学带来的快乐，才是所有快乐中最快乐的快乐。

走在深夜的街道，一股股凉风忽上忽下地穿行在我身边，我开始预备万一见到我父母时该说的话——嗯，他们离开花刺子模这么久了,怎么说家乡话大概都有些忘了,我一定要挑简单的词儿说——唉,要是薇依娜在就好了,她准能帮我忙的。

还没走近桃老师家,我就看见那里有好多人影在忙乎。我猜可能是义侠又在行动了。我慢慢靠近他们,发现果然是义侠,但他们这次好像不是去杀蒙古人,而是在把桃老师的泥板给装进筐里,打算运走。月光下,山老正在指挥他们,桃老师没见着,可能在地窖里清点泥板。

没一会儿,桃老师从地窖里出来,和山老说了些什么,于是山老一挥手,义侠就都到地窖里去了。

我走上前去,发现有些筐子里已经堆满了泥板,有些还是空的。这些泥板在月光下,上面的钉头文字显得诡秘异常,我伸手去摸这些文字,凹凹凸凸的,好像那里面真的包含着什么天大秘密。

我走到地窖口,刚想下去找桃老师,一个鬼点子就冒了出来:我为什么不躲在筐子里,跟着他们去看看呢,这些泥板,还有这些鬼头鬼脑的文字,还有深不可测的桃老师,还有什么抵达天堂的语法树?

我还没仔细考虑清楚,地窖里就传来了脚步声。不知怎的,我本能地就往附近的一只空筐子里一跳,顺手往旁边一只筐子里抓了十七八块泥板来，盖在自己头顶上。不管了，先躲了再说。

我听到自己的心在咚咚乱跳，我真害怕这声音会被杀人经验无比丰富的义侠们听到，然后我就被他们抓出来，一声令下，弯刀闪过，从此花拉子密再也不关我的屁事。

还好，他们谁都不知道我在筐子里，接着筐子一阵抖动，听声音显然他们在捆扎筐子。没一会儿，山老发出一声吆喝，于是我感觉自己忽然被提拉了起来，在半空划个弧线后又弹性十足地坠落，还没等我回过神来，就被再次迅速提拉。这么来回了十多次后，我才慢慢缓过劲来。我两手扒着筐子上的柳条，透过细窄的缝隙往外看，看见后面的几个义侠都是人人背上一只筐，穿着夜行服，在屋顶与屋顶之间上下跳跃着。他们双脚落地非常柔软，随着落势腹部腿部会折叠到极限，然后突然发力打开，于是整个人笔挺地蹿了起来，在整个起落过程中，他们的双手始终紧紧贴在胸前，头部垂下，身姿非常干净利落，一点拖泥带水的部分也没有。

没一会儿地形就从屋顶转为丘陵，接着就是沙漠，再过一会儿，就是山路了。月光比出发的时候更明亮了，我甚至能看见义侠们的眉毛。他们这时的呼吸有些沉重了，尤其是背我的那个，离我最近所以声音最响，但他的呼吸很慢，大概我呼吸十次他才呼吸一次。在这期间，山老的身影不时出现在队伍后面，她身上背着的不是泥板，而是桃老师，她督促着义侠们的前进速度，偶尔还拍拍桃老师，样子迷人得很。桃老师呢，简直是享受死了，他手拿一瓶酒，没事就咕噜一口，我怀疑他喝的是椰枣酒，因为在山老跃到我头顶上时，桃老师将瓶中的酒全洒到了空中，我看着零星的酒雨沾着点点月光满天落下，空气里顿时有了股椰枣酿制的味道，在山区清朗的夜气里，分外好闻。

终于他们停下来了，这里非常高，我头有点晕，吸进去的空气好像没用一样，义侠们也累得不行，纷纷搁下背上的筐子，找地方坐下歇息了。我躲在筐子里，一动也不敢动，只见山老走到一块大石块前，张开双臂，运气喊了起来：

"芝麻，开门吧。"

大石块隆隆打开了。山老一个手势，还没等我反应过来，我已经和其他泥板一起，被运到了山洞里面。

他们打开火折子，把山洞照亮，我看见里面堆着数不清的金银财宝珍珠玛瑙，好多宝贝我平生都没见过，连名字都叫不出。山老看不上城里财主是有道理的：她太富裕了，富裕得只缺桃老师这样的穷鬼。

山洞中央看来是堆泥板的地方，他们把扇形的泥板拼成一个圆盘，再一层一层把圆盘叠起来。这山洞很高，所以圆盘也堆得高，看来，平时桃老师写的那些泥板，十有八九是运到这儿来了。

但是语法树在哪儿呢？莫非就藏在这些泥板里？

山老命令所有人都到后面一个山洞里去洗澡吃饭，恢复体力后，再把这次运来的泥板继续堆上去。没一会儿，四周就安静了下来。

现在外面空无一人，我偷偷摸摸地爬出筐子，往山洞外面爬。等我爬出去时，我才后悔自己干吗不趁机拿件宝贝回去，随便什么都可以，当然语法树是不敢拿的，就算找到也不敢拿，桃老师肯定会发现的，但其他宝贝拿一件，他们肯定不会知道——唉，要是有件宝贝，下次见到薇依娜时，我就有东西拿得出手了。但后悔也来不及了，万一被他们发现，谁知道会怎么样。桃老师虽然是我的老师，可在强盗窝里，老师就不一定是老师了，花拉子密的数学题证明还是等以后告诉他吧，现在还是逃命要紧。

下山的道路还真不好走，不过还算好，都是下坡，虽然好几次我脚一滑就会没命，但我人机灵，稳得住脚跟。最危险的是半途中我听到上面喊了声"芝麻，关门吧"，于是我想都没想，就滚一边躲了起来，很快，山老他们就出现了，他们返程的速度真是惊人，呼啦一下就全没影了。我就不行了，到山脚我就花了一天，幸好后来我搭上了一个商队，我撒谎说自己是从也门来的，要到撒马尔罕见桃老师解决一个数学难题，结果走迷路了。这商队是专走丝绸之路的，桃老师的名头他们也听说过，见我人小还能懂数学题，就觉得我非常了不起，便让我加入了他们的队伍，还要我一路上教他们数学。他们个个学习热情空前高涨，我当然也不好意思为难他们，就尽教他们简单的。但遗憾的是，两天以后，我还是失去了所有的学生。

一个月后的中午，我返回到撒马尔罕外面，还没想好怎么进城，就发现根本没必要动这脑筋：蒙古人已经撤退了。城墙外面有不少花剌子模人在庆祝自己的胜利，带头的那个竟然是侯赛因。

侯赛因见到我也高兴得不得了，他敲锣打鼓着奔过来说：我们赢了，蒙古人是今天撤退的，就刚才，被我们战无不胜攻无不克的花剌子模军民给打败了。

我问是不是薇依娜的诗歌起作用了？

侯赛因嗤了一声，说薇依娜一点用都没有，伊玛目们请她去了克尔白后，她就一首诗也没写过，整天就闭着眼睛，连祷告都不做，后来实在没辙，就又送她回我家了。

那你们是怎么赢的？我打算问完这句话，就赶快回去看薇依娜去。

怎么赢的？还不是在山老的带领下赢的！侯赛因激动得语无伦次，颠来倒去了半天也没说清楚，总之就是山老带领了她所有的义侠，在今天，和花剌子模所有的将士一起，冲出了城门，杀了敌人个措手不及，因为敌人没想到花剌子模人竟然会大白天冲出来反攻，就溃败了。现在，他们正在乘胜追击，争取把成吉思汗给活捉回来。

这真是太好了！我兴奋极了，就和侯赛因热烈拥抱了一下，他也非常激动，因为数学天才能和数学白痴抱在一起，本来这在花剌子模王国里，我认为根本是不能想象的。他还告诉我，待会儿下午桃老师的数学课还是要上的，我脱了一个多月的课，大家都很担心我，所以这堂课我一定要去上的。我点点头，更热烈地拥抱了他一下，然后撒腿往城里赶。一路上大家都在唱歌跳舞，各个清真寺里挤满了前来感谢真主的老百姓，诗人们全在大街小巷里吟诗，城里城外的空中，飘着各种颜色写满字句的纸，地上积着的就更多。但没有人来捞，大家都在放假，捞诗人也不例外。

我踏着厚厚的纸，深一脚浅一脚地，好不容易才冲回了家里，果然看到了薇依娜，她还是坐在老地方，人比上次更瘦了，也更透明了，好像轮廓还冒着牛奶一般的蒸汽。她睁开眼睛，我忍不住再次浑身颤抖，那无与伦比的绿色，让我整个人就靠着门框萎了下去。

"你好吗？"我凑了句问候的话递了上去。

她摇摇头。

"为什么你一直不说话啊？"

她笑笑，笑得很干，好像一直没水喝的样子，我起身到屋里找了一圈，发现水果都成果脯了，就到外面去买了一皮囊水回来，其实也没买，因为卖水人把水桶扔街上，自个儿去庆祝了，用同样的方法，我还买了一个大西瓜回来。薇依娜不喝水，也不吃西瓜，没精打采又把眼睛闭上了。

"成，你不吃我吃了。"我把西瓜砸了，当她面呼啦呼啦啃了个精光，然后一抹嘴，气呼呼地坐到床上去。

等了一会儿，我见她还是没什么动静，就擦了把脸，到桃老师那儿上课去了。

哼，长得再好看也没什么好稀奇的。

١٢٣٤٥٦٧٨٩٠

25/4		25/4
	39	
25/4		25/4

　　桃老师一见我画的那幅图（上图），就知道我已经做出来了。他嘉许地点点头，然后把那张画有图形的纸传给其他同学，告诉他们，阿里将成为本年度随老师一起出外旅游的学生。接着，他叫我把解题思路给大家讲一讲。

　　我深吸一口气，想起那天薇依娜看马里基娜的蔑视眼神，就学她的样也对着同学们斜晃了一下，结果迎来的是他们热烈的掌声！侯赛因当下就站起来发言，说我的这个眼神，充满了一个天资聪颖者应有的沉着、睿智和谦虚。

　　刚等我说完，学校外面就一阵喧哗，我们都不知发生了什么事，只见马里基娜跌跌撞撞地冲进来，说不好了不好了，蒙古人杀回来了。

桃老师大吃一惊，连忙问山老呢山老他们呢？

马里基娜说不知道，说还是快逃命吧，晚了就来不及了。

没有人是来得及的。我们全城人都被捉了。听大人们说，蒙古人使了个诈败计，趁我们不备反扑了进来。他们的骑兵战线绵延了上千里，地上跑的加上天上飞的，一下子就把我们的军队给围了。我们不怕死，他们也不怕死，但他们人数多，而且还会不断改变攻击位置和攻击强度，所以没一会儿，我们的箭是越来越多，但能射箭的兵却越来越少。最后只剩下山老和她的三十九个义侠了，山老他们动作灵活，跳得比箭还快，但后来能跳的地方都被箭插满了，他们没地方躲，再加上杀人的刀口也都砍卷了，就投降了。于是蒙古兵趁势掩杀入城，把我们十二个伊玛目们先杀个精光，这样，我们就没人能再炼诗歌了。

我们一大帮还活着的花剌子模人，全被蒙古兵带到了克尔白广场。广场当中，我看到山老和她的手下全被绑得紧紧的，堆在地上。周围全是可怕的蒙古兵，他们想在这里公开处决山老和义侠，现在，成吉思汗和他的将领们正在克尔白前临时搭的土台上激烈争论，到底是用煮开的银子水灌他们的眼睛鼻子好,还是把他们脑袋砍下来也交换缝住好。蒙古人脑筋不太好使,费了半天劲也没商量出结果来,让他们站在我们朝圣用的克尔白建筑前,简直是焚琴煮鹤。最后,还是经由撒马尔罕居民举荐的马里基娜献计,才把这事给敲定。

马里基娜走到克尔白前,把殚精竭虑想出的法子跟蒙古人说了,就是把桃老师家的筐子拿出来,把四十个祸国殃民的大盗都放到筐子里去,然后用缝衣针穿过他们的皮肉,把他们密密缝在筐子里面,叫他们逃不了,最后用煮开的银子水挨个浇过去,地主老财们将提供所需的银子,以略表同仇敌忾的心意。

蒙古人无不啧啧称奇,连威严的成吉思汗也禁不住欠下身子,问马里基娜,这主意是谁想出来的啊?

马里基娜骄傲地挺起胸膛,用手猛拍自己鸵鸟般的胸脯,意思是她想出来的。由于她站在土台上,所以我们远远地都看到她的这个手势了。这时,我周围其他的大人们终于都忍不住了,他们个个捶胸顿足,爆发出了无穷的愤怒声浪,他们大骂马里基娜简直是丧尽天良,这么毒辣的点子,明明是撒马尔罕人民集体智慧的结晶嘛,怎么能被一个野心家独自揽在身上?尤其是那些地主老财,更是气得连胡子都拔起来了，直到蒙古人用箭射死了两个冲上去想评理的撒马尔罕人，大家才慢慢安静下来。

成吉思汗挥挥手，示意手下就按照马里基娜说的点子去做，并叫人传话给我们，说他成吉思汗知道，这点子是我们所有撒马尔罕受苦受难的老百姓共同想出来的。

顿时我周围欢声雷动，不少人喜极而泣地相互拥抱，庆幸这么一来，出了气的蒙古人就不会再有屠城的心思了。诗人们也大多开心坏了，他们身边没纸，就空口吟诗，整个广场一下子就充满了节日的气氛。连蒙古人也被我们的欢乐气氛所感染，不少蒙古兵还有十夫长百夫长，甚至有些千夫长万夫长，也笑了，他们这一笑，就让花剌子模人更开心了。有一个懂蒙古语的诗人，竟然开始尝试用蒙古语来作诗了，很多人非常羡慕地看着他，认为他将是在以后伟大的蒙古时代里替代马里基娜的最佳人选。

桃老师还是面无表情，我有些奇怪，不知他在想什么，但见他嘴里念念有词。周围太吵，尤其是那个侯赛因，嗓门大得好像他就是蒙古人一样，我听不清桃老师在念叨什么，就挤过去，结果听到的，竟然还是些数学公式及定理推导。

我非常佩服地看了桃老师一眼，一瞬间我觉得他真是个了不起的圣人，自己的老婆都要被人用银子水浇死了，照样能沉湎于自己的数学世界中。我靠近他,也学着他的样,想思考点什么题目来做做,但不行,我根本就静不下心,因为我老想着薇依娜,广场上全是人,我找不到她在哪儿,蒙古兵又看得紧,我压根就不敢到处乱窜。

很快,四十个筐子就被人抬到广场上了,蒙古兵把义侠一个一个塞进筐子里,有几个花剌子模人想上去递个手帮个忙,没料到被一箭一个结果了性命。不过我们大家还是本着以大局为重的精神,将这点小插曲当是没看见。

马里基娜是唯一一个可以和蒙古人一起干这活的人,她神气活现地在上面指挥这指挥那,一个翻译不断把她的话翻成蒙古话。很快,一只大锅就支起来了,里面堆着不少地主老财们的银块,下面燃烧着的石油和引火的箭支,都是本城老百姓自愿提供的,根本就不用马里基娜吩咐。

本城最好的十名裁缝也很快就到位了,马里基娜一声令下,他们就一人负责四个,开始迅速干起活来,其中还有个瞎眼的裁缝,他曾经以把被义侠卸成八块的尸体缝合在一起而名噪一时。筐子里的人在针的穿刺下,痛得大喊大叫,他们一边叫一边企图挣扎出来,但筐子旁边都站着好几个蒙古兵在用力压着,根本没法逃。等裁缝将他们密密缝在筐子里后,他们就不再动了,因为动一动就痛得更厉害,他们没办法了，只好破口大骂我们撒马尔罕的居民，说我们真是群畜生，真该当初做强盗的时候，顺带把我们都杀了。一个地主老财冒着被蒙古兵射死的危险，大义凛然地踏出小半步，语重心长地对我们说，看哪，这就是强盗们的真正想法，所以，幸亏有蒙古人啊。

顿时，全城人都振臂高呼：成吉思汗才是我们的大救星。蒙古兵看得出我们是在感谢他们，也就不好意思射什么箭了，这说明，人心都是肉长的，撒马尔罕人民的眼睛是最雪亮的。

突然，广场里响起一声凄厉的女声嘶喊，大家安静下来，才发现原来是瞎眼裁缝开始缝山老了。大家都不说话了，看着裁缝巧手在筐子外面上上下下，针不断递进去又递出来，不时有血珠从柳条缝隙里飙出。筐子在嘶喊声中渐渐停止了抖动，只有时长时短的哭声从里面传出来。到后来，每当瞎眼裁缝把针戳进筐子里时，里面就发出一声短促的销魂呻吟；而把针抽回来时，随着丝线走动，里面又会发出一声绵长的勾魄嘤咛。不知怎的，我听得有点口干舌燥面红耳赤，就不安地看看周围，结果发现所有人，不管男女老少，都在不停地咽口水，站在广场当中的马里基娜，紧紧地夹着自己的双腿，面色潮红地捏紧自己的拳头，她离山老最近，所以估计最受不了。至于裁缝旁边的那几个蒙古兵，一个一个就瘫软了下去，一脸又难受又幸福的样子，真是搞不懂。

幸好瞎眼裁缝一点感觉都没有，很快，他就手脚麻利地打两个针脚，咬断线头后，就没事一般地下场了。看的人都忘了鼓掌，都在仔细听山老的声音，但现在缝好了，就没声音了。

这时，锅子里的银子水开始沸腾了，发出咕噜咕噜的声音，好像骆驼在叫一样。马里基娜一挥手，就有两个蒙古兵上前舀了一罐银子水，在马里基娜的带领下，走到第一个筐子前，等待她的下一步指令。

马里基娜站在筐子跟前，头往前探，正好可以看到筐子里面的义侠。全场安静得很，等着将要发生的事。

"准备好了没有？"筐子里发出一声很低的声音。

"马上就好了。"马里基娜满意地点点头，向大家示意筐子里的人还活着，然后蒙古兵就将一罐子银子水全倒了下去，筐子里一声都没吭，只见一股白气从筐口和筐周围冒出，场面很是惊心动魄。接着筐子开始着火，但没着多久就被灭了。

马里基娜带着重新舀满银子水的蒙古兵，走到第二个筐子前。筐子里的人又问了。

"准备好了没有？"

"马上就好了。"马里基娜再次满意地点点头，向大家示意筐子里的人还活着，然后蒙古兵将第二罐银子水全倒了进去。

就这么依次进行了三十九次，看得全场人都忘了呼吸，我也瞪大了眼睛，眼睁睁地看着不少银子水从筐子底部漏出来，冷凝后变得阴白坚冷，当中还夹杂不少黑色的杂质。再过一会儿，就有血水从筐子里渗漏出来，在凝固成舌苔一般的银浆旁边蔓延开来，筐子底部大多已经烧焦，虽然被浇了水，但还是在冒黑色的烟气。空气中焦臭味道和金属味道越来越浓，炽烈的阳光直直地晒在广场上，广场上没有一件东西可以躲进阴影里。我突然觉得嘴巴很干，想再吃个西瓜，但我走不了，我没地方好躲，只好再靠近些桃老师。我发现他身体特别凉快，似乎再大的太阳再闹的场面，也不能对他的体温有任何影响，我相信在他的数学世界里一定有个清凉的去处，在那儿，只有天堂才是值得关注的事儿。

周围人们呼吸的声音加粗了，因为马里基娜正领着舀银子水的蒙古兵，走向最后一个筐子。突然一个端罐子的蒙古兵不小心脚下一个趔趄，银子水从罐口溅出了些，掉地上后向四周弹射，有一些银子水射进了筐子底部。

筐子里山老猛地就痛得尖叫起来。

"别杀我!我有一个天大的秘密!"

人群骚动起来,一直像根木桩的桃老师,这时也哆嗦起来。

成吉思汗听了翻译的转述,打手势示意马里基娜停一下。

山老在筐子里,说的话传出来不太清楚,反正大致意思是她手上有一样宝贝,通过它可以直接到天堂,如果饶她不死,她就说服桃老师,让桃老师来演示这件宝贝给蒙古人看。

马里基娜有些气急败坏了,她鼓动周围人一起向蒙古人说明真相,所谓的宝贝不过是山老的脱身之计,只有我们全城撒马尔罕人的忠诚,才是成吉思汗的宝贝。

成吉思汗犹豫了一会儿,便派人把桃老师给带上来。

还没等蒙古兵走近前,桃老师就跨了出来,他大声喊道:

"我老婆说得没错,我这就把宝贝拿来!"

成吉思汗想了想,就派兵跟桃老师去拿宝贝。我看着桃老师往家里的方向走去,就知道他准在耍鬼,因为他吹嘘的那些通天宝贝,不过是些刻字的泥板,而这些刻了字的泥板，都在很远的阿拉木图山上。

果然，一会儿后，桃老师只挟着一卷毯子来了。城里有些人见过桃老师的飞毯，就惊呼着上土台前报告说，蒙古大王你上当了。但成吉思汗没见过飞毯，就下令把报告的全杀了，这一下，连马里基娜也不敢再阻挠什么了。

桃老师走到广场中央，在密不透风的强直阳光下，慢悠悠地把飞毯展开。那条飞毯边缘是拿金色的丝线钩花的，在阳光下一亮一亮的，尽晃人眼睛。他铺平地毯后，将装他老婆的筐子费劲地抱上飞毯，再自己也坐上去，接着向我这里招手。

大人们都侧过身子，将目光投我身上，我眼前出现了一条窄道，通向桃老师的飞毯。

我后背被一个蒙古兵用枪柄顶了一下，就出列了。于是我大着胆子往前走，地上一摊摊的银浆和血水很脏，我花了不少心思绕来绕去，才保证双脚干净地走到飞毯前。飞毯织得非常厚，靛蓝的底纹上，绣着无数的飞禽走兽，好看得不得了。

"数学题你做出来了，说吧，你要去哪儿玩？"桃老师说话声音很轻，只有我才听得见。

"中国。"我也低低地回答他，不敢相信自己就会这么着旅游去了。

"那上来吧。"

我扭头向四周看去,什么人都有,认识的不认识的,可就是没有薇依娜。我很想对桃老师说,我想带薇依娜一起去,但我不知怎么开口,现在情形非常紧迫,估计桃老师不会给我时间去找薇依娜。

我咬咬牙,跨上了地毯。

桃老师叱了一声:"飞毯,走!"

飞毯动都不动。

周围人群又是一番骚动,成吉思汗大概看出什么不对劲了,示意我们都停下来。

桃老师二话不说,对着筐子就是一脚,将山老连人带筐地踢下了飞毯。山老在筐子里惨叫一声,血水顿时从筐子各个缝隙里滋射了出来。桃老师脸上毫无表情,又叱了一声:"飞毯走,走!"

飞毯还是动都不动。

桃老师急了,周围的蒙古兵不等上面下令,已经蜂拥了上来。周围一片嘈杂,其中马里基娜的声音最尖:"他们想逃跑,快抓住他们!"这下全撒马尔罕的人都慌了,但他们又怕被蒙古兵射死,只好站原地直跺脚,焦急得要命。

桃老师镇定自若,想了想,开口对我说:"把你身上所有沾银子的东西,全扔了。"

我摸完全身,才想起舌头下面,含着一枚银戒指。

"快扔,再不扔,我把你扔下去,就像扔我老婆一样。"

我一阵心慌意乱,看看桃老师一脸的严肃,再看看地上一动不动倒了的山老筐子,一狠心,将银戒指吐了出去,它落在全是尘土的地上,但丝毫不减它的光泽,夺目的晶莹让我不忍再看它。

桃老师再叱了一声:"飞毯,走!"

我的心猛地一荡,在飞毯迅速升起的一瞬间,我看见薇依娜了,她就站在我扔戒指的地方,两眼绿得无限地看着我……很快,薇依娜就看不见了,撒马尔罕城也看不见了,接着追我们的蒙古骑兵也看不见了。夜晚时分,桃老师告诉我,明天天一亮,我们就会到中国了,如果中国也全是蒙古人的话,那我们就继续往前飞,一直飞到有新的大陆出现为止,在那里,桃老师说要我当他的助手,他要继续研究他的数学,一直研究到直达天堂的语法树真的出现为止。

我听得迷迷糊糊,单问他,那你以前写的那些泥板呢,不要了?

桃老师把胡子一甩,说不要了就不要了呗,反正他找到了一种更原始的文字,比钉头文字还要原始,它每一个单字里，可以压缩更多的意义。这样，他根本就不需要那么多泥板，说着他拿出一只巴掌大的白玉碟子，指着碟子告诉我，现在他所有的思想，只要刻在这么点大的地方上，就够了。

可你说过只有数学才是攻不破的。我嘟囔了一句。

桃老师很奇怪，问我，难道整个撒马尔罕城里，不是只有两个数学最优秀的人逃出来了吗？

那山老呢，你真的不想她了？我想万一桃老师生气，我就骗他说这只是一种想象性的可能，做数学的都会这一手。

桃老师收起碟子，果然就不再搭理我了。

我趁桃老师摆酷的机会，朝他皮笑肉不笑了一下，说想象是不能当真的。

١٢٣٤٥٦٧٨٩٠.

接着我就跳下了飞毯。

事后重又被飞毯救起的我，被桃老师一顿数落，他说我太冲动，不适合当他的学生，于是他就带我在当地上空转了几圈，在当地人都吓得呆若木鸡后，就把我放了下来，算是带我旅游过了。分手的时候，他问我有什么要求，我说，要是你见到我父母，就说他们的儿子现在身体健康万事如意腰缠万贯子孙满堂。桃老师摇头叹息了一番,说数学落到我头上算是完蛋了,然后,他就驾毯走了,挥挥手,真是一片云彩也不带,比神仙还神仙。

我降落的地方叫哈密,我告诉当地人,我来自遥远的花刺子模城市撒马尔罕,我们那里刚被蒙古兵征服,我的心上人现在不知死活,所以很着急。他们听了,送了匹马给我,让我快点回去,我很感激他们。

三个月后,我回到了撒马尔罕。

但撒马尔罕城不见了。

问当地刚刚搬迁来的蒙古居民,他们见到现在竟然还有撒马尔罕人,都十分吃惊。一阵骚动之后,他们才逐渐平静下来,一边请我进他们的帐篷喝碗马奶,一边去找懂阿拉伯语的人,等我喝完马奶后,翻译也来了。他们告诉我说,在几个月前,刚攻进城的成吉思汗被一个数学老师骗了,于是他大开杀戒,开始在广场屠城,没想到有个撒马尔罕的女子在屠杀开始时,奇怪地在广场上跳起舞来,她是踩着一枚银戒指跳的,滑来滑去,所滑之处,地上都留下一条连贯的印痕。她的舞姿极其优美,连蒙古兵砍头的动作都跟着优美起来,但是等她跳完后,整个城池就发出了喀喇喇的连续巨响,渐渐地,城池竟升了起来,目睹此景,连勇敢的成吉思汗也赶紧逃出了城池。而幸存的撒马尔罕人,则随着升起的城市消失在空中,看来都已幸福地进了天堂,至于人间,是再也没有叫撒马尔罕的城市了。

我擦干嘴,谢过这些蒙古居民,在他们关心的目光下,一人来到了撒马尔罕旧址。这里圮塌的墙基处,稀稀拉拉地长出了些青草,不少被纵向扯断的条石断面上,已有了些鸟粪。我抬头望着天空,是一片晴朗,但什么黑影都看不见,想必薇依娜这次的诗作实在优秀得空前绝后,以至我们人间的天空高度都容不下它。

傍晚时分,我来到驻守在附近的蒙古军营,对他们说,我是原来撒马尔罕城的幸存者,我有办法找回消失的城市。

窝阔台,成吉思汗的儿子召见了我。我对他说,通往天堂的秘密我知道,撒马尔罕城现在在哪儿我也知道,虽然你们曾是我的敌人,但我还是想告诉你们。条件是:如果你们也想知道,那就请你们派人,把阿拉木图那里的泥板全给我取到这儿来。

窝阔台起初光顾啃羊腿,对我的建议置若罔闻,但当我告诉他,只有对着那儿山洞上的大石块喊"芝麻,开门吧"山洞才会开门时,他才集中起精神来。他问我,是不是我就是他父亲说起过的那个懂咒语会飞毯的小孩子,我说是啊是啊，并告诉他，山洞里那些泥板上，记载的全是比坐飞毯更高级的咒语，泥板主人就是桃老师，既然桃老师能驾驭飞毯，而我又是他的得意弟子，所以你窝阔台窝大人应该相信我，给我一个做研究的机会，让我在这里好好钻研一番泥板的秘密，到时候成功了，不但你窝阔台可以上天堂玩，连你老爸成吉思汗也能去玩，你们所有蒙古人都能去玩，总之蒙古帝国的版图，将不仅画在人间，而且还会画在天上，你说，这是一个多么壮观的景象啊。

这么一说，窝阔台就被我说动了，便派兵去阿拉木图取泥板。一个半月后泥板取回来了，当他听说山洞果然是靠"芝麻，开门"才打开后，就比较信任我了，但他还是害怕我会像我老师那样，事成之后就悄悄逃走，所以他让工匠给我打了副银制的脚镣，因为根据他的经验，凡是带有银金属的花剌子模人，都上不了天。

现在一切都很遂我的意，泥板堆在原克尔白广场的遗址上，旁边搭了个简易帐篷，我就住在里面，蒙古人替我去美索不达米亚挖泥，我再自己翻制泥板。这些泥板的尺寸我都琢磨过了，每十六块扇形泥板就能围成一个大圆盘，这样，一个一个大圆盘以同心圆的形状往上堆，就能堆上一百四十四层。但是，哪一块泥板放在哪个扇区上，哪一个圆盘叠在哪个层面上，我一点概念也没有，可我打定主意要猜透它，就天天研究桃老师的那些钉头文字。周围的蒙古人，以及经过此地的商队都以为我疯了，因为我整天疯疯癫癫的，不仅胡子上老沾着羊肉末子，而且不爱说话，只会在泥板上写，一会儿蹲着写，一会儿趴着写，一会儿吐口唾沫擦了再写，一会儿侧头拿耳朵边听边写……

我就这么写着，一直写到今天。这个世界究竟发生了多少大事我一点也不知道，我只知道替我挖泥的蒙古人后来换成了乌兹别克人，乌兹别克人又换成了俄罗斯人，俄罗斯人又换成了如今扛着各种武器来串门的美利坚人，而我也渐渐弄明白了桃老师的钉头文字学问，并沿着他的思路，继续写了成千上万块的泥板。现在，泥板已经堆得有几十米高了，而关于语法树的知识，我也有了几近全面的掌握，就等最后的冲刺了。当地政府已把我当作古代文化的活化石，不断有世界各地的学者前来，向我学习钉头文字，他们都很喜欢我，虽然我说的东西，大多他们都听不懂。每次课上完，我总要咕哝一句：只有数学带来的快乐，才是所有快乐中最快乐的快乐。但他们比我们当年要有礼貌得多，他们会先关上录音设备，然后才一一道谢离去。

这样的日子绵绵无期，我也定定心心地过着平淡的日子,但吃水果的习惯我还保留着,虽然现在的水果,味道已经大不如前。可是,就在语法树的研究工作快要接近尾声的那天,我接到一份寄自中华人民共和国的国际快递,拆开一看,是只白玉碟子。

经过几百年的数学思维陶冶,我对任何意外事件都已不会大惊小怪了,我扔掉手中的苹果核,打开电脑,将白玉碟子放进光盘驱动器,一阵咝咝读盘声后,帐篷外面也响起了隆隆的声音。

我赶紧跑出帐篷,眼前的景象实在蔚为壮观:一层层的泥板盘都在以不同的速度绕轴心自转着,盘与盘之间的摩擦十分剧烈,大量的泥粉从盘的边缘簌簌落下,在落日的淡金色光芒下,整个泥板盘堆出的圆柱体笼罩在一片昏黄的粉雾之中。住在附近的其他人也被惊动了,他们纷纷赶来,有的还拿了数码相机什么的。

过了会儿,一切都静止了下来,粉雾消散了,所有的泥板盘都相互粘结在了一起,上面刻有的所有钉头文字都不可能再有了。我返回帐篷,看见电脑屏幕上正显示着一行行数学推导公式,我握着鼠标一行行看下去,发现桃老师的思路和我的几乎是一模一样,只是他先于我几百年就已经走到了推导的最后一步。

最后的那个公式，显然就是打开语法树的关键。只要计算出这个公式的结果，就能顺着语法树直达天堂。

但那个公式需要一个经验值做参数，这个经验值，需取自我们人类生活世界中的一个物件的一系列属性值。这个物件，曾经于公元 1220 年 4 月 7 日下午 1 点 11 分左右，在当时的花剌子模国的撒马尔罕城内的克尔白广场上出现过，它的已知属性值之一，是薇依娜赠送给阿里。

桃老师在公式后面写道，为了寻找可以替代这个经验值的其他数值，这几百年来，他坐着飞毯几乎兜遍了这个地球每一个角落，但他就是没有勇气回到撒马尔罕。等我收到他这张古代光盘的时候，他已经客死在中国一个叫上海的地方了。所以，他请我帮他一个忙，把这只白玉碟子，埋在当年他把山老踢下飞毯的地方。

我揿开光盘驱动器，取出桃老师的碟子，再次走出帐篷。外面已是星光满天，闻讯而来的新闻记者电视导播官员学者警察平民挤满了广场遗址。我凭着记忆，来到当年飞毯起飞的地方，蹲下，用手指去刨板结的泥土，刨出个小浅坑，然后把白玉碟子埋了进去。

在我将刨出的散土掩上的时候，散土里滚出一只沾满了泥垢的戒指。

我拿起它,见上面已是布满了累累划痕,但在月色下,它还是能折出银子的光泽。

我把它再次含在嘴里,感觉它在我舌头下面慢慢溶化,我一口又一口地吞咽着唾液,等到嘴里没东西了,才站起来,对周围所有人说:

"经过严密推导,我证明,直接抵达天堂的语法树,不存在。"

可能世界

谨以此篇,纪念伟大的数理逻辑学家克里普克

"理一分殊必真也,唯其在众世界皆真也。"
——艾卜·哲耳法尔·穆罕默德·伊本·穆萨·阿尔-桃

□◇□

太阳还是当头照着,照得我心烦意乱。听老人们说,本来世上是没太阳的,可后来不知怎么的,自从出了孔夫子后,就只有太阳了,于是黑夜就再也没了,要见只能见白天,而且是无穷无尽的白天。为此,后来的知识分子赞曰"天不生仲尼,万古如长夜"。

但我就不信这个邪,虽然我只是个农民,没读几年书,在我们大宋国基本就算是文盲,可我有志气,我就不信治不了这太阳,凭什么呀,天天挂那儿也不害臊。说真的,我非常痛恨太阳,因为太阳带来了没完没了的白天,而没完没了的白天就意味着你得没完没了地干活。干活是我们这里的规矩:如果你是战士,那你的活就是打仗;如果你是渔民,那你的活就是捕鱼；如果你像我一样，是个农民，那就只好耕地。

为了对付太阳，在农闲的时候，我可尝试了不少法子，比如用布去包所有的东西，这样太阳就没法照到它们了，说不定它就会被气死。当然，这需要很多很多的布头，我是个农民，除了身上这身大红灯笼裤，就没布头了，所以我不得不偷了一些，但还是不够，而且远远不够。后来，我又生出一计，我把偷来的布头带到集市上去换了几罐黑漆，然后刷在所有我能涂到的地方，但在刷完一块听话的岩石和一头不听话的绵羊后，漆就没了。还有一次，我想出了个最鬼的点子，就是趁太阳不注意的时候，猛地把自己眼睛紧闭起来，为确保太阳真的能被我消灭，我足足闭了有一顿饭的工夫，才忐忑不安地睁开眼睛，结果看到阿丁好奇地拿着锄头，歪着脑袋冲我打量，太阳把他的鼻子正晒得油珠直冒。

阿丁和我一样，也是个扛锄头耕地的农民，他跟我在一个磨坊区干活，但不像我有这么多脾气，他最多就是把地耕荒了后，就傻站那里，一动不动。我曾经把一块鹿肉举到他鼻孔前晃荡，但他不为所动，要知道在我们这儿，能弄到一块鹿肉是很了不起的，因为我们大宋国早年曾经组织过所有的牧民，要他们把附近的鹿全杀光，然后把鹿肉收归朝廷储存起来，要吃的时候，再由朝廷统一分发。但实际上，上面并没有发下过鹿肉，据说都拿到集市上去换黄金了，为的是要和金兵打仗，虽然我们从没赢过，还赔了不少布匹和银两。可我们非打不可，因为金国的皇帝要我们大宋国的皇帝叫他大伯，就是说我们都是他的侄子，就冲这狗屁辈分，他就该打。再说了，现在我们还有蒙古人撑腰，蒙古人多厉害，他们的马是空陆两用的，上天入地跟玩儿一样。

后来我才知道，阿丁站毒日下出神，是在苦苦思考问题。我问他为什么不在干活时思考，也不在休息时待的房舍里思考，偏要站在太阳下思考，他想了想，说这是太阳底下最光辉的事业，而且，脑袋里的脑浆要是烤得热一些的话，咕噜咕噜地就特别能冒灵光。至于他在思考些什么，他也对我说过，但我不记得了，之乎者也的非常复杂，据说和一个没有神的世界有关。

神在我们这个世界里，是比皇上还大的一个官。很少有人看到过他的样子，有人说他像一只大拳头，恶狠狠的；有人说他像一枚大箭标，急嗖嗖的；还有人说他像一块大鹿肉，香喷喷的：总之千奇百怪无所不有。但有一点他们说的都是一样的，那就是如果神要谁死，只要对着谁头顶点上一记，谁就会马上仆地而死，一点商量的余地都没有。但阿丁不相信，甚至说神是没有形状的。这个说法令我很气愤，我质问他：没有形状又是种什么样的形状。他笑笑，说我还是耕我的地吧，这等事情太艰深，凭我这么个整天只穿条大红灯笼裤的赤膊农民，连问他的资格都没有。

　　说实话我非常生气，因为阿丁和我一样，也是农民，所以也穿着由我们大宋国统一分发的大红灯笼裤，打着赤膊在地里忙活。在我们国家，所有的农民都是这副打扮，都是一模一样，所以他阿丁又凭什么就可以说，我没资格思考？

　　但我总是吵不过阿丁，因为他是个有文化的农民，吵输后我会无比惶急，一惶急就慌着要找地方大便。完事后我心情舒畅了，一般接着就是装出仍旧无比气愤的样子，上山去找蕊姨评理。我在和阿丁怄气的时候，总是去找她评理。蕊姨从哪里来，我们谁都不知道，只是听流言说她以前是个风尘女子，但我觉得不太像。蕊姨长得高大健美，身上洋溢着熊的力量、豹的速度、虎的勇气和狼的坚忍，而且侧面看过去特别厚，有很多东西可以看，所以要是其他女子能从我面前一晃而过，她得两晃而过。蕊姨在山上的伐木厂工作，是个伐木女，而且向来独来独往，几乎没什么朋友。最近由于要备战，所以伐木厂的工人们无不以国家主人翁的姿态，积极投入技术革新中去。经过大家的集思广益、群策群力，一项凝结着广大劳动人民智慧结晶的新技术——铁锯技术——终于诞生了，它标志着我国的伐木速度整整提高了一倍，远远超过了同时代的金国和蒙古国，从而使我们一举成为世界上最大的木料生产国。但蕊姨对之却不闻不问，听人说在大家热火朝天地研发技术时，她压根就没参与，而新技术出来后，她还是用她的双面斧干活。当然，伐木厂所有的工人都承认，蕊姨是天生神力，一把斧子在她手上，真是跟玩具一样。我是亲眼见过蕊姨干活的。她瞄准一片无人在内的林子，奋力掷出斧子，斧子一脱手，就直往林子飞旋划入，在一阵阵斫木声音过后，那斧子会倏尔从林子的某一处又猛地划出来，稳稳当当地被蕊姨接个正着。

　　我走到很近的地方，才从一大堆伐木的女人中认出蕊姨。虽然蕊姨天生就比一般伐木女肩膀要宽出许多，脑袋要高出许多，胸脯要厚出许多。但在我们大宋国，女人的衣装也是统一发放的，天蓝罗裙加白色衫子，发型也规定要一样，得是盘云髻，所以找人就跟猜谜一样，颇要费些心思的。蕊姨听我诉完苦衷后，轻蔑地一撇嘴，说关于神的说法全是胡扯淡，这个世界压根就没这玩意儿。说完，她恶狠狠地骂了的神的母亲和姥姥，然后叉腿伸手地望着天空，说你要是存在你就下凡劈了我做京酱肉丝吧。

结果天上一点反应也没有。只有一只老鹰晃悠悠地飞走了，投下的阴影划过蕊姨的一脸坏笑。

但是周围其他的伐木工人都生气了，他们开始吟诗诅咒蕊姨，诗词大意是坎坎伐檀兮，置之河之干兮，河水清且涟猗。不明不白，胡骂神之老母兮，不干不净，胡瞻尔嘴有污秽兮。彼恶女兮，不素面兮。蕊姨一点也不退让，开始回骂他们，而且全是粗口，她越骂越兴起，最后索性一把夺过其他工人用的铁锯，用劲朝树林里一扔，说这地方老娘我早待腻了，不干了。蕊姨膂力惊人，那锯子呼哨着闪入树林，好一会儿后就由近至远传来不少树木倒地的声音，而且看情形她是不回来了。

我找蕊姨的原因，除了诉苦，就是想多和她待一起。我就喜欢看她生气，看她骂人，在我们这里，一切都是温文尔雅的，即便要骂人，那也得引经据典，否则，骂的人要被耻笑，被骂的也会顿觉颜面无光，这是规矩，有时连当兵的也不例外。比如，上次蕊姨骂了一个来保护伐木厂的斥候骑兵，说他武艺太差，只配吃狗屎。当时周围除了我们这些老百姓，还有一些重骑兵和弩兵，那斥候骑兵当场被骂得面色通红，羞愧欲死。半晌，他从怀里掏出好几卷书，远远地朝蕊姨一扔，咕哝说请姑娘先学习学习文化知识吧，然后就在众人的哄笑声中躲开去了。后来，那几卷书蕊姨抛给我后，我就一直拿它们代替蓟草用，蓟草虽说到处都有，可是擦的时候万一手势反了，就会把屁股割出血来，哪像纸张，怎么擦都不怕。自然，蹲坑的时候，我也会没事翻翻上面写的内容，三下五下的，我才知道原来这世界上竟然还有人在研究看不见摸不着的事情，比如理或者气什么的，还要给它们比大小。一天我屙好后回来，一边束裤子一边问阿丁，说你既然这么有思想，你应该知道神、理、气、皇这四样官里，哪个最大吧。阿丁当时正在吃面，于是我看到两根蛮粗的面条分别从他左右鼻管里非常迅速地夺路而逃，结果未遂，被更迅速伸出的舌头给抓回了口腔。当时我一乐，就没再次惶急。

在一片激烈的吟诗声中，我跟在骂骂咧咧的蕊姨后面也一起下山去了。蕊姨走得很快，身段在橡树林里扭呀扭的，扭得我快七窍流血了，三十来岁的人了，还能扭出这等架势，我猜她年轻时准扭呜呼了不少壮丁。其实，我找蕊姨的另外一个大原因，就是每次见了她的身段后，回自己屋舍后我都能感觉浑身舒泰，真的，要是不想她虽然也能活，但就是活得蔫蔫乎乎，没精打采。

我正胡思乱想着，磨坊就在前面了。阿丁那块地又耕荒了，所以他站在那儿发呆，也没瞅见我俩。蕊姨跟他打个招呼后，就和我一起钻进了旁边的一座房舍——蕊姨是不太喜欢阿丁的，因为阿丁虽也是个农民，但却喜欢掉书袋，蕊姨讨厌天下所有掉书袋的人，因为他们都有脚气。

房舍里是没有太阳的，这就是我为什么如此喜欢这地方的一大原因。这里附近有一排房舍，全是给我们农民住的，但都造得一模一样，所以也分不出谁是谁的，不过我们的皇帝说，天下的百姓，无一不是他的臣民。所以我们都认为，既然如此，还分什么彼此啊，大家爱住谁的屋就住谁的屋吧。于是，我经常这儿躺躺那儿睡睡，好在所有的农民都是穷得只有一条大红灯笼裤，所以也不会发生鸡鸣狗盗的事情。

我和蕊姨这次钻进的房舍有股怪味，显然是好久没人住了。我是提议要换间屋的，但蕊姨不肯，嫌烦，于是我只好把前后门都打开，外面风吹进来，把蕊姨吹得明晃晃的。

"蕊姨，我就喜欢你这粗口。"我折了根屋顶上的麦秸，搁在嘴里斯文地嚼着，这造型我是偶然间对着池塘照镜子时琢磨出来的，觉得相当酷，便用在这刀口上。

"滚你蛋去。"蕊姨将身子往地上一躺，脸冲着外边直发呆。

"想啥呢？"我挑了根更粗的麦秸，折了后衔在嘴里，悄悄潜她旁边屈腿坐下。

"想走。这鬼地方，人越来越有文化了。"

"中！我也这么想。"我拍了下大腿叫好，"咱要不一块儿走？"

蕊姨直起身子，盯着我眼睛问："去哪儿？"

"哪儿都行，只要没太阳。"我噗的一下把麦秸吐掉，觉得自己回答得字正腔圆。

"大宋国之外，全是一片黑暗。"房舍外边有一个声音插了进来，把我和蕊姨吓了一大跳。

"狗日的阿丁，你吓唬谁啊你！"我开始在屋里找锄头之类的东西，打算再摆个造型。

"不骗你们。"阿丁边说边进来，将草鞋脱了，顿时一股子澎湃的脚臭弥漫开来。他自己都觉得不好意思，便把脚放在外面。我见他既然拿臭脚在熏太阳，也不怪恼他了。

阿丁将脚拇趾伸进一个个脚缝缝里，享受着来回搓泥的快感。他说早年在一个叫鹅湖的地方，曾听过我们上一辈中最博学的硕儒——朱熹老师——开的讲座，所以对格物致知之类的很有兴趣。那老师在最后一节课时，还提议大家研究一下，天地四边之外是什么物事。带着这个问题，阿丁想用自己的双脚，去丈量出天地的界限，结果有一天他穿过敌占区，来到了大宋国边界处，就是长城上面，向外一瞧，见全是一片黑乎乎的，啥都看不见。当时他一害怕，就没再敢格下去，直接缩回老家种田来了，一直种到现在，回头想想当时那黑乎乎的场面，还心有余悸来着。

"所以，如今我站在太阳下面思考，四周全是光明，啊呀，这是何等幸福啊。"阿丁感叹不已，两脚上的泥搓得簌簌落下。

"那怎么才能到那黑暗的地方呢？"我真有些后悔吗不早把自己的愿望透露给阿丁，却天天想着法子和他拧着干，还尽做些无用功，和太阳白白斗了那么长时间，咱惹不起还躲不起吗。

"你往北走，往南都是我们大宋的，得往北才行，我就是往北走的。"阿丁伸手向着北方比画。

"那不是要碰到金兵了？"蕊姨力气虽大，节骨眼上还是挺谨慎的。

"怕啥，咱大宋部队不是正往北边开吗？"阿丁不以为然。

"就是，还有蒙古兵帮衬着呢。"阿丁这么一说，我也胸有成竹起来。

"而且,我还画了张地图,你要是走不到那地方,还能原路返回来着。"

◇□◇

我和蕊姨带的行李都很简单,她带了一把斧子,我就带着那块鹿肉,便往北边出发了。走的时候阿丁除了给我们他画的地图,还硬塞给我们一卷手稿,说这是他经年格物致知的成果,带上可以防身。据他说,书稿里面那些竖排的文字,能御气杀人于千里之外,但他也不是很确信,所以托我们万一用得着的时候不妨试试,若有效果,回来告知他一声,这样他就能验证儒学的威力了。蕊姨自然是蔑视这等物事的,但我是享受过用纸头擦屁股的,就不怀好意地笑纳下来。

我们尽量不走官道,因为现在外面征兵很厉害,只要看到你穿着大红灯笼裤,你就会被招进去。要是当地衙门正好钱多呢,你可能被分配去当双手剑兵,或者是重装长枪兵,甚至有可能去当游侠。可要是银根紧呢,也许你就只好做个最滥的民兵了,就是那种盔甲拿纸糊一糊的兵,不掺皮,更别说铁了。这种兵最容易死,但由于成本低,所以我们大宋国有很多这样的兵,他们靠人海战术冲上去,金兵就算砍脑袋如砍瓜，那也够他们砍上个一年半载的，等他们砍光了，新的民兵就又生产出来了，于是他们再填上去。这样，一轮一轮地填上去，所以我们大宋国虽然一直输，但金兵就是过不了长江，只要他们过不了长江，那杭州就是汴州。只要杭州是汴州，那就一直有熏人的暖风可以吹。

　　我们就是走偏僻小道时，碰到那个奇怪胡人的，在后来的鹅湖岁月里，我才知道他是何等的出类拔萃。当时，我们遭遇到了一小股金兵特种部队，他们有十来人，鬼鬼祟祟的，见到我们马上全躲林子里，个个拔刀出鞘，想等我们靠近后，就弄个埋伏圈什么的把我们偷偷干掉。但我和蕊姨一下子就嗅到他们了。没办法，金兵多生在严寒地带，所以他们个个都又高又胖，浑身长满脂肪，走在路上总有股丰腴的肉香味，不管洗多少澡都没用。当年我们的岳武穆就是靠嗅觉把哈迷蚩这个金国最精明的特种兵给逮到的，这可是给予金国特种部队的一个沉重打击，为此，上面还给岳武穆颁发了反恐精英的荣誉证书和荣誉奖章。当然，后来岳武穆被我们自己人给做掉了，所以金国的特种部队就又逐渐恢复了元气。当我嗅到那股子肉香味后，就知道苗头不对了，便马上挡在蕊姨身前，两腿抖个没停，声音也是抖的，叫蕊姨往后撤，没想到蕊姨一个纵跃就跳到我身上，那暖烘烘的屁股绕在我脖颈上，我就跟浑身睡在云朵里般地舒服。蕊姨居高临下，问我金兵躲在哪个角落。蕊姨是个近视眼，所以伐木时她放倒的树木并非全是用斧子劈的，有极少量的树木，其实是她额头的功劳。我其他不敢说，但眼力绝对比她好，天上老鹰飞过时，嘴角有没有擦干净我都看得出。我伸出食指，指向金兵躲的地方，还没等我把手指缩回来，蕊姨就将斧子全力投掷了出去，那斧子在林子里狂转，唰唰唰唰地见啥砍啥，那气势要比她光砍树时可要威风多了。斧子在林子里兜了几大圈后，又飐了回来，还捎带上些树的汁液和人的血液。虽然蕊姨的力大无穷我是早有领略的，但没想到会无穷到这般地步。蕊姨接过斧子，从我脖颈上跳下，乌云一下子就消失了，天上还是那个可恶的太阳。蕊姨将斧子贴路边苔藓上擦干，就大踏步进林子了。

　　林子里那些金兵全是身首分离式，死得干干净净，一口口跟大白猪一样，连血都没怎么流出来，蕊姨说这是斧子速度极快，所产生的高温把血管全烧结住的缘故。她一具一具尸首翻寻着，看看有没有活口。我努力把自己胆子撑大，紧紧跟在她后面，至于她身段怎么样我也不管了。

　　最后我们找到的是一块被斧子劈成两半的毯子，那毯子看上去还挺贵重，金闪闪的，看来值不少钱的。毯子旁边跌坐着一个胡人，正欲哭无泪地冲着被劈坏的毯子发呆，见我们来了，便咿咿呀呀说话，看情形是要我们赔他毯子。蕊姨一脸苦恼，不知该拿什么赔人家。

我见他可怜，就把鹿肉递给他，没想到他非但不要，还一脸瞧不起的样子。于是我光火了，就和他撕扯起来，结果一不小心，我随身揣着的书稿地图全掉翻出来，散了一地。

那胡人一个汉字不识，可见了书稿却精神了，他放开我，然后捡起这些书稿，哗啦啦一阵翻过，发了下怔后，猛地就蹲在地上，把地上的落叶腐草扫开，又找根树枝，专心致志地一字一字临摹起来。写着写着，他又停下来，去研究那张地图了，估计地图上全是些河流山川，他一看就懂了，所以他又搁下地图，重新临摹起汉字来，写到兴起处，他还来了个手倒立，两脚在空中相互鼓起脚掌来，结果扬起不少灰。

我和蕊姨对视了一眼，想这事大概就这么结了，便打算拔腿开溜。但那胡人又不临摹了，他站起身来，比画说他只要地图。我还没答应，蕊姨就点头了。于是那胡人满意地将地图收到他自己怀里，然后将书稿双手托着还给我，样子郑重得像是托着一仓库的鹿肉。完事后，他抱起两爿毯子，心事重重地朝我们来的路上走去。望着他的背影，很有些叶落归根的味道。

"他算是哪门子的呀？"我把那卷还是没有改变其手纸命运的书稿收了起来。

"大概是留学生吧。"蕊姨也满脸糊涂。

"没地图你还认得北吗？"

"我当年大江南北哪儿没去过，还要地图！"蕊姨说完，大踏步地出发了。

"嘿，和你在一起，永远没烦恼。"我高兴地张开双臂，真想从背后抱住她，看看是她腰粗还是我的臂膊长。

两个月后我们到达了蔡州。本来我们是想绕过去的，因为这是金国刚安下的老巢，蕊姨的斧子再厉害，也不可能把金人的脑袋全高温分离下来。但我们没办法，因为很快我们被随后的本国骑兵追上了，这得怪蕊姨，她性子急，嫌烦，没把那十来具金兵尸首给埋好，借口说很快就会腐烂消失的。我也不好反驳，因为在我们这里，一整天全白天，尸体放不多久的确会快快地腐烂，上午死的人到中午肯定就找不到，所以开棺材店的中国人都到其他国家去做生意了。骑兵发现了被我们杀死的金兵后，立即将尸检报告呈送给正联蒙伐金的孟珙将军。孟珙便派了骑兵把我和蕊姨追上了，强烈要求我们当游侠，就是那种生活起居可以比较随便，训练时不用打卡、打饭时不用排队的兵种。孟琪说，我们都是大宋子民，所以既然身负绝学，就该为大宋国的征讨事业添砖加瓦。我对添砖加瓦这类泥水匠的活儿并不感兴趣，但孟琪保证在打下蔡州后，就会派兵护送我们到达大宋国的边界。这我听进去了，和蕊姨商量后，觉得这么做好像也不错，毕竟再往北是蒙古人的势力范围，将来和他们是友是敌还没个分晓。你别看蒙古人长得个头敦实，又黄又阔，远远一队开过来，像是撒了孜然的大肉串，怎么打量都不如体形庞大的金人有门面。可他们要是翻身上马后就非常勇猛了，听老人说，要是天上地下全是蒙古铁骑的话，那这将是比黄河决堤还可怕的事情。所以我们盘算下来，就答应下了游侠这名号。

　　宋兵还是很服我和蕊姨的，尤其是那些掷斧兵。虽然他们都从没亲眼见过蕊姨的威力，但我口才好，唾沫多，所以牛就吹得好，我把双人叠立运气于臂的动作，按照太极生两仪成四象衍八卦最后化万物之斧气的说法一路口沫横飞下来，把众将士听得个个摩拳擦掌，恨不得立马就投我门下为徒。蕊姨对此很是恼火，因为她知道自打我吹牛那一天起，每次出恭的时间就一次比一次长——这不能怪我，阿丁书稿上的那些玩意儿总是写得不知所云，我即便是连蒙带猜，也不过只能看懂十之一二，有些稿页我实在看不懂，就索性直接让它给我屁眼过目终审完事。这么一来，蕊姨自然会生气了。我是和她住在一起的。这得感谢孟琪，他为了让我和她不断切磋武艺，把我们安排在了一个行营帐篷里，所以每次我长坐马桶而诵读不已时，她总是破口大骂一阵后奔出帐外。曾有一次她采了不少野花进帐篷，想和满室臭气做殊死斗争，但那些野花何曾见过这等场面，没一会儿就全熏趴下了。

但有一天她赢了。她拎着满满一铁桶正在燃烧的油进来，那油香是真的香，简直就像是在烤一百头最肥美的猪，浓郁得立马就把正端坐在马桶上的我给治了。

"这哪儿弄来的？"我将已没剩下多少的书稿又撕了几张，并一块儿随便擦了擦后，提起裤子问她。

"城里的金人扔过来的，想烧我们的粮草马具。怎么样，香过你了吧？"

"嗯，香过了，没想到他们打仗还讲情调。"我再次深深吸了口这浓得过度的香味，忽然感到一阵恐慌。

蕊姨看出了我的神情。

"是的，你猜对了，这是用金人熬的油。金国皇帝被我们打得发急了，就把城里的老幼全投锅里熬油了。他就用这个来火攻。"

我没命地逃出了帐篷。可帐篷外面也是浓浓的肉香味，到处都是这浓浓的肉香味，根本就没地方是可以逃的。远处蔡州城上，不少金兵正在十来台抛索投石机旁忙碌，不时那儿就发出一枚人油炮弹，在空中划出一道拖着浓烟的轨迹，然后啪的一下落在我们的阵营里。蒙古兵本来有不少战马在天上飞的，这时大多也被熏得不行了，跌跌撞撞地在往地上降落，有些就直接昏厥了过去，连人带马一块儿砸死在了地上。

正在我找个洼地想呕吐的时候，孟珙派兵来召我和蕊姨进中帐。

孟珙用沾水的棉纱捂着鼻子，瓮声瓮气地说，他已经派道士去劝说金国皇帝停止这种骇人听闻的做法了，但他觉得最好的解决办法还是一鼓作气攻下这座快不行的城。同盟的蒙古军队已经冲刺了好几次了，再这么下去，这功劳怕是就全归蒙古人了，那到时仗打完，宋廷和他们谈三七分账什么的就难了。所以，他孟珙也要发动一次总攻，争取抢在蒙古人前先打下城池。

"请你们马上准备一下，晌午出发。"

"成，不过你先递块棉纱给我。"我猴急地嚷道。

打头阵的全是禁军编制的精兵，估计有好几千，其中还有不少扛着诸葛弩的连弩兵，在后面压阵的还有拉绳投石机什么的，不断把燃烧弹往蔡州城里扔——当然，我们用的油是猪油。一些蒙古军官对我们的这些大型攻城器械非常感兴趣，还派人来画图纸，孟珙乐得体现一下大国风度，就让他们看个痛快。其实他要是知道多年以后，蒙古人用改进后威力更强的投石机一举拿下樊城和襄阳城的话，他可能就不会这么大方了。另外，我们还有床弩之类的大型攻城器具，能把一支支两人多长的铁翎木杆长箭射向城墙上。这种长箭上往往会配备一个冲波高手，他猫腰伏在箭杆上，两脚稳稳插在踏槽上，箭一离弦，他就张开双手，像只大鸟一般，跟着箭一起向对方城墙上射去，虽然比不上蒙古骑兵在天上那么收控自如，但他速度快，去势猛，而且还得在高速运行中娴熟利用气流，不断左右上下翻摆走势，以躲避金兵的流矢，一不留神就会翻身坠落，绑着护膝护肘都没用。所以冲波高手不仅要艺高人胆大，还要不怕死。

现在空气中肉香味淡了好多，可能是金方的人油炮已经弹药告罄的缘故。我和蕊姨站在军队中间竖起的楼车上，可以将蔡州城上的一切都看得清清楚楚。本来，孟珙是不让我们上去的，说这样容易暴露目标，金兵要是安排个狙击弓箭手，一箭就可以把我俩钉成串糖葫芦了。但蕊姨死活不答应混在军队里，说受不了男人的汗味。我眼力好，按照蕊姨的吩咐，将蔡州城上哪些是不穿军服的民丁，哪些是打仗的金兵，一个一个指给她看了，甚至连里面哪些是穿着男人衣服的金国女人也指给她看了。蕊姨一边听我的报告，一边就在调整斧子出手时的方位、仰角及用力大小等等，但她调了半天，还是一斧子都没发出去。下面宋兵的重型冲撞车已经有好几部通过护城河，直达城墙脚下了。城墙上的箭矢石头纷纷抛下，不少宋兵已经横在那里了。

"蕊姨，你倒是发力啊！"我眼睁睁地看着一架云梯被一个金兵用长杆推倒，上面的宋兵稀里哗啦全掉了下来。我真奇怪为什么攻城器械里不发明一种沾水的棉被车，到了城下这么一摊开，又防火，又能接人，要是底下加了弹簧，还能再蹦回去。接着，又有个宋兵好不容易手搭上了雉堞，但很快就被躲在墙砖后面的金兵用流星锤给砸了下去，而且是砸在面门上，稳准狠，咔嚓一下连我这儿都隐约能听见。看来金宋两国多年的战争，使得又高又胖的女真族后代也学会了汉人的技术，他们不但剽悍，而且机智，仗着城高墙厚，硬是以少打多，毫不胆怯。一贯打硬仗狠仗的蒙古铁骑在后面见了，也不由得边看边喝酒边叫好。

"发个屁力啊！我没处下手。"蕊姨拿着斧子量来量去，就是找不到个可以下手的地方，就也不耐烦起来。

"城墙上那不全是人吗！"我也光火起来，伸出手指对着远处墙上的人一阵乱按乱捺，结果发现一个手指不够用，就叉开五指又一阵乱点，恨不得这手掌也能脱臂而去，到那儿刮倒些金兵后再蜇回来。

"呸，里面有好些不是当兵的，还有女人呢，我不杀老百姓的。"蕊姨见我一副气急败坏的样儿，火气倒消了，她拍拍我肩，又将斧子插在腰间，竟索性下楼车了。

"去你的老百姓！"我冲着她的背影破口大骂。远处又有好几架云梯被英勇的金兵给推着倒下了，上面的宋兵只好七七八八地往下掉。

孟珙见久攻不下，就叫人擂战鼓助威，并派出唱诗堆，每一百四十个和尚为一组，每一组叠成底座七七四十九人逐层上去直至顶端一人的七层方塔，跟着战鼓的节奏，在后面大声朗诵陆游、辛弃疾他们写的诗歌。和尚们平时训练时就从严从难，念些拗口的《金刚经》《大智度论》什么的，这时要念诗歌，那就更是小菜一碟。他们个个手拿龙头拐杖，翻着歌谱，将诗歌分多声部给念得铿锵有力，配上鼓点后更是振聋发聩，一时宋兵听了又攻势如潮，反正我们后续部队数量庞大、实力雄厚，整队整队民兵像蠓虻一般黑压压地往城下奔赴过去。蒙古马这时也大多从人肉熏香中恢复了神志，于是蒙古骑兵又高高飞起，从空中支援我们。

但金兵还是很顽强，我站在楼车上，看见一个最高大肥胖的金人在来回巡视，看样子是他们的皇帝正在给守城的勇士们鼓劲。这时，天上有一队蒙古骑兵见了，就飞速下扑下去，想先射杀他们的皇帝，没料到城头一个用水牛皮掩盖的军事堡垒里，突然伸出几十管火铳，一下子就在天上把他们全炸了个透焦，残骸轻飘飘地落下来，被风卷几下就散了。后面的蒙古骑兵见了，一下子没人再唱歌了。

这时孟珙登了上来，问我怎么回事，干吗不发斧子。

"蕊姨说她不杀老百姓。"我没好气地如实禀告。

"什么？！"孟珙气得双脚暴跳起来，嘭的一下撞在楼车顶上，还好他的头盔不是纸糊的，所以楼车顶和他脑袋都没事。他困兽一般地在狭小的楼里转了好几圈，我紧张地盯着他看，生怕他把我们俩全绑出去斩了。

没想到他停下脚步，若有所思地低下头，定定地说："也罢，斯仁至矣。"

"那城攻下后你还让不让我们去边界？"

"去吧去吧。"孟珙说完，不耐烦地挥挥手，并把那些护卫我们的宋兵也都带下去了。

孟珙亲临第一线，要宋兵排山倒海地向前压。战鼓疯狂敲打着，唱诗堆开始念撒手锏——岳武穆的《满江红》，所有的和尚嗓门里都喷出了血丝，脑门上不时有青筋一根又一根地暴弹而出。宋兵的攻势也更加迅猛高涨，城头上好几个地方已经被打得发红发紫了，滋滋冒着白气，金兵减员得很厉害，但他们前仆后继，有一处地方一个宋兵刚用钩揲索攀上去，就被补上来的金兵先给一刀劈了下去，但那宋兵肉紧，于是刀也一块儿夹着跌下了城，那没了武器的金兵又气又急，因为他发现不仅刀没了，而且肚子上还给刚才那宋兵偷偷戳了一剑，肚肠正止不住地往下流。他绝望之下，就瞄准城下正在用冲撞车撞城门的宋军，头朝下发狠垂直摔下去，仗着自己的体重，硬是撞死了三名宋兵，而且把那冲撞车的槌头也给撞脱落了。而且，地上全是他的血和脂肪，滑腻腻的，根本没法站人，于是那城门口的宋军只好先回撤。

宋兵在大量死亡，蒙古兵也赔进了不少，剩下还活着的，没有一个是满血的，有的甚至才几点生命值了：我站在高处，从楼车上的方形瞭望孔看出去，一眼就能看出自家军队流了多少血。自古都是攻城困难守城易，但我没想到这难易差距会这么大，眼见着那些平时对我奉若神明的宋兵不断死去，但还在拼命向前扑，我心里就越来越愧疚，越来越惶急，我想要是蕊姨那斧子飞出去把金国的皇帝脑袋给高温处理一下后，我们这厢就不会死这么多人了。突然一阵便意从腹中某虚缈之地袭来，而且迅速成为雷霆万钧之势，我不由哈下了身子。还好，楼车上现在已经没人了，我一个人躲在上面，正好排空。

一阵风雷滚滚而过后，我长长吁了口气。现在，我只看得到楼车外面一朵又一朵的白云了。外面的喊杀声在宁静的白云里，也渐渐微弱起来。歇会儿后，我从裤兜里掏出剩下的几张书稿，开始一张张擦过去，今天的货比较黏，纸张不是很够，看来得多折几番节约点使。我看着上面黄色的印记由立体到平面、由深黄到浅黄，估算着最后是否能擦干净。还好，打了个平局，最后一张书稿折到最小的一小长方块时，上面仅留下极淡极淡的一丝黄色痕印，竖在四个蝇头小字左边，很有批笺的效果。

我久久地看着这四个小字，正楷，合规合矩，不偏不倚，没有一点个性，比我田里种的秧苗还没个性，秧苗抽薹还有个先后讲究呢。但我又挑不出毛病，我猜即便懂书法的也挑不出毛病，谁都对它们无可奈何，因为它们就是在写它们自己。

一点一点的,我似乎有一种冲动,要把这四个自给自足的蝇头小字给念出来,它们太舒服了,一直躲在笔画里面,从来没出来过,阿丁不是嘱咐我说这书稿有杀敌于千里之外的能耐吗,好,大宋国考验你们的时候到了,我倒要让你们出来一下,见识见识这蓝天白云。

喉头这儿一阵滚动。我还没意识到自己在发声时,口唇已经运动起来。很轻很轻的。

"理一分殊。"

整个世界一下子寂静了下来,我想这可能是白云有吸音的效果。太阳光线猛地密集起来,亮得令我这个一直讨厌太阳的人也精神为之一振。我慢腾腾束好裤子,站起来,才知道真的出事了:天上的蒙古兵和地上的宋兵都停止了进攻,他们僵在原地,不知所措地互相观望——因为他们发现,久攻不下的西城城门自里面打开了。

几乎同时,远处城上传来金人的哭声,他们全体都在哀声痛哭,武器全扔在地上,彻底放弃了抵抗,并开始了集体自杀,场面非常悲壮。过了好一会儿,蒙宋联军清醒过来,他们把握住这个大好机会趁势攻了进去,据说金国皇帝把自己吊死了,刚立的小皇帝也被乱军杀死了。

从此,这个世界上不再有金国。

□ □ ◇

后来我才知道，当时我轻轻吐出的这四个字，重重地击打在了战场上双方每一个人的心里，他们并不是每个人都听得懂，但他们都感觉到了这四个音节所蕴含的天地之气，沛然莫能御之。孟琪认为，朱熹硕儒那种以德服人的力量，使得无恶不作的金人个个问心有愧，所以他们才会被这仁义之语击溃。"不容易啊。"孟琪和我们分手时说："先是你搭档宁不错杀无辜，后是你小子轻言一语定乾坤。看来，我大宋国果然所恃者德，夷狄所恃者力。"

蕊姨没明白他在说什么，我书稿是用完了，可也就此读了些书，所以大致明白他的意思是表扬我俩在关键时刻为国争光了。孟琪还说他将会上奏皇上给我们封赏，并会建议皇上筹资重修鹅湖寺，让朱熹这位老一辈儒学大师的光辉思想能更加发扬光大，深入每一个文臣武将及广大劳动人民的心里。

连连回答了几句这是我应该做的之类场面话后，我们就在护送下直往北而去了。这一路上我和蕊姨还是住一个行军帐里，不过我已经改了桶上看书的习惯，而是正襟危坐在凳子上，手捧从旁人那儿弄来的《四书集注》，认认真真地读了起来。我到底是个老实人，糊里糊涂立了大功后，心就虚了，所以我打算先从最基础的儒学入门，争取做个名实相符的儒生，这道理就跟种庄稼是一样的，如果你光会种，你准不是个好把式，你必须把节气土性等等都给摸清楚才行。

　　但蕊姨对此又看不惯了，因为她发现我也有了脚气，她抱怨说只要人一读了圣贤之书，就会有脚气，而且读得越深，脚气就越厉害。我反诘她说，难道你认为朱熹朱老先生臭脚熏天不成？没想到她说是，还说当年为这秘密败露出去，朱老夫子还严刑拷打了她一番。我听着觉得很奇怪，就死活缠着她讲当年的故事。蕊姨被我缠得恼了，就抓起斧子捉我，说要生劈了我做宫保肉丁，我绕着桌子跟她转，一边冲她做鬼脸，一边嘴里念念有词，反复诵读理一分殊。这四个字又产生效果了：蕊姨被我烦死了，只好服输，粗枝大叶着将她过去的事情讲了一下。原来，当年她还真是个妓女，不过是有合法营业执照的，而且诸子百家诗词歌赋无一不精，所以很多知识分子都愿意当她的情人。那时当大官的朱熹由于一个误会，和她的一个情人闹不愉快了，就把她给枷了起来，想严刑拷打一番，好叫她招出自己和她的相好有一腿，以便可以用伦理纲常陷害那人一把。但蕊姨生性倔强，她就算是和人家有一百条腿也抵死不招的，朱熹拿她没办法，只好叫左右人退下，看四周无人，就一脸奸笑着逼近蕊姨，蕊姨起初还以为老家伙要耍流氓，心想自己什么阵势没见过，还怕老流氓不成。没想到朱熹除去靴子褪去袜子后，啥都不干，只是一边搓脚，一边说着诵读《论语》的心得体会，没一会儿，蕊姨就晕过去了。后来，朱熹到其他地方上任了，别的官便立马将她放了出来。从此，蕊姨性情大变，她再也不碰任何文化人和文化知识，尤其是儒学，反而天天在家练武习拳，发誓以后谁再敢拿脚熏她，她定将之大卸八块。再后来，蕊姨就出走了，到了我们那个小地方，当了名伐木工，她说，只有松树、橡树等等清新的气味，才能治愈她心中的创伤。所以她见我也读起圣贤之书，就很恼火，本来，她一直认为我和她是最贴心的。

自那以后，我洗脚就都在外边洗了。

在一个依旧阳光灿烂的日子里，我们一行终于来到了宋国边界。这儿由于是长城的一个关隘，所以城墙比哪儿的都高都厚，那墙砌得真是严丝合缝而且坚固异常，蕊姨使一半力气抡斧子上去，条石上只留下一道白痕。和守这地段的蒙古军官互通了下文书后，我们从券门顺着石阶到了城墙顶上。

长城外面果然是一片黑暗，而且是无边无际的黑暗，顶天立地的黑暗，连我这个如此向往黑暗的人，看得都有些害怕，但我还是鼓足勇气，说要到城楼上看得再仔细些。蕊姨咬紧牙关,说跟在我后面也上去。

这座城楼有三层,我们到了最高一层后,从垛口望出去,黑暗的气势就更加汹涌了,而且多看了会有错觉,以为它正缓缓向你翻卷过来,生生把你吞没。我一时把持不定,不由一把抓住蕊姨的肩膀,蕊姨也害怕了,她右手拔出斧子,左手狠命顶住我的腰。这时从黑暗那边刮来一阵阴风,我听到自己牙关嗒嗒嗒嗒的声音。

"这就是你要的黑暗?"蕊姨问我。

"是的,不过我没想要这么多。"

"那还过去不?"

"过。"我憋了好久,才不顾死活地说出这句话。

蒙古军官叫人打开城门洞,然后满脸疑惑地看着我和蕊姨两人朝黑暗里走去。他倒是心肠不错,劝我们别过去,说那边自古以来,你们汉人就没人过去过。但我不管,这是我一辈子的心愿,虽说现今仲尼先生的太阳已经不像以前那么讨厌了,但我人倔强,没办法,农民都这脾气,改不了的。

我倒是劝蕊姨别过去,她跟我不一样,对太阳没什么切骨深仇,犯不着把自己的大好身段陷进无边的黑暗中,但她不肯,说要死也得看着我死,而且怎么着也得把我葬回故里。"好歹得葬在有阳光的地方吧。你想想,再好的棺材湿气也是很重的,再说你现在有脚气了,这就更加不行了。"
于是,我让她跟我一起过去。

黑暗离我就一步之遥,我深深体味到当初阿丁为什么会急着奔回老家,这的确是很可怕的,因为外面的一切你一点都不知道,尤其是在你明白里面的一切你完全有把握全知道的时候。我想我明白为何朱熹的老对头陆九渊干吗要从心出发来注解这个世界了,因为这么做最安全。朱熹其实胆子也就比他大一点点,因为他要格的物大多是些人造的三纲五常,于是致的知也就是些人造的天下道理。但这和我现在碰到的处境比起来,仍旧是太安全了,真的,儒学真的是天下最安全的学问,于是它能成为太阳底下最光辉的学问。我浑身冒着冷汗,又小心翼翼向前踏了半步,突然我听到耳边一阵风声,回头一看,蕊姨一脸狰狞。摆了个把斧子掷出去后的姿势。

什么声音都没传回来。

连斧子都没回来。

我深吸了口气,头一低眼一闭,猛地就往前蹦了出去。

没事。我想我没事。

睁开眼睛,看见我周围的花草树木,黑暗呈圆柱体内壁的样子,以我立着的地方为中心,在三步距离外面绕着我,我身后是蕊姨，不过她现在换成了一脸的惊诧。

我大起胆子，往前迈了一步，黑暗就往后移了一步，但仍旧呈圆柱体内壁的架势，我再往左，它也往左，我往右，它也往右，我四周来回团团转了好几下，发现自己开拓出来一片新的天地，这天地仍旧是属于白天的，因为我抬起头，看到的是太阳，只不过天空的边界有一部分是黑色的，而且轮廓线和我在地上瞎走后留下的边界一模一样，所以乱得没个规则。

蕊姨也瞧出有趣来了，她跟过来，也试着左冲右突一番，发觉她也开辟了一片新天地，不由连声怪叫起来，接着，她就发疯一样向着黑暗深处冲了进去，我拦都来不及拦，看她那样子，准是去找斧子去了。

那斧子落在很远很远的一个水潭里，潭里的淤泥只留给蕊姨一个斧把当线索，所以等蕊姨找到斧子时，我们已经闯出了相当大一块有光照的地方。

同行的几个也看得很奇怪，但不敢过来试，倒是那蒙古军官胆子大，就过来走了几遭，但结果他啥也没弄出来，该亮的地方仍旧光明万丈，该暗的地方还是漆黑一片。

"哦，我明白了。"他操着生硬的汉语说："我明白了，你们两个，都是儒生。"

我呆愣了半天才缓过劲来，狂嘶了一声"阿丁"，就拔腿往回狂奔，我发誓一定要把阿丁从他的田里揪出来，揿地上胖扁一顿，全是他，搞什么书稿，验证个屁儒学威力，害得我从此进不了黑暗，灭了我一辈子的希望，使我现在只能趴在草丛里气喘吁吁地干嚎，因为刚才奔跑中一不留神被碎石头绊了一跤。

扶我起来的竟然不是蕊姨，而是个陌生的大宋官员。他和蔼可亲地问我，愿意不愿意到鹅湖的鹅湖书院去讲学，因为当今皇上已经准了孟琪的奏折，并打算封我做翰林学士。

问清楚这翰林学士原来是个比孟琪还大出好多的官，有大把钱财可以花嚓花嚓，并且可以不必再干活后，我就爽快答应了。我可不是傻瓜，我寻找黑暗不就是讨厌太阳吗，讨厌太阳不就是不想干活吗，现在黑暗没指望了，我还不抓住光明？

不过我要求把阿丁也叫上，因为这一切祸福都是拜他所赐的，怎的都要拖上他——嘿嘿，这叫报应。那官员都应了后，我就喜滋滋地唤蕊姨来。

但蕊姨不愿去。她恨透了天下所有儒学，也包括我这个当代于国有功的大儒士。

"你到底跟我走不?"蕊姨居高临下地问我。我这才发现蕊姨个头比我高,所以总能在气势上压倒我。

"跟你上哪儿去?"我赖皮地反问。我就猜她没主意。

蕊姨一跺脚,气咻咻地就朝关外走了。我上去拽她,她将我重新又甩进了草丛里。这下我也来气了,不就是嫌我脚臭吗,哼,我现在荣华富贵了,还在乎你,我回去就在书院后房开上九间房,每间都用来烧热水洗脚,谁还稀罕你陪?

那宋廷派来的官员,依旧和蔼可亲地看着我的惨相。

我支起身,若无其事地上了四轮马车,对他一本正经来了句:"克人欲,存天理。"

马车启动时,我见他站那儿毕恭毕敬,正感动得老泪纵横。

◇◇口

等我抵达鹅湖书院时,阿丁已经在那儿迎候我了。他还是大宋国标准农民打扮,上身赤膊,下身着一条大红灯笼裤,不像我,已经穿上翰林学士的衣服了。不过阿丁现在也是非常风光了,因为我在回来的路上做了大大小小几十场演讲报告,每次我都言必称阿丁,说是他经多年研磨,将朱老夫子的学说提炼成了抗金的文字武器,没有他,我是无法将理一分殊的气息发挥到如此程度的。所以阿丁的名气很快就超过了文天祥，成了当今最红的两大新闻人物之一——另一个，当然就是我了。

寒暄之后，阿丁领我穿过铺了厚厚一地的鞭炮纸屑和两边欢呼雀跃的黎民百姓，在向竖在门口的朱熹老师立身铜像参拜后，就直接到了修葺一新的鹅湖书院里面。一路上水心云影，林下泉声，穿篱绕舍了好一会儿，才进了阿丁的书房，见里面已有人在等了。

这人我认识，就是那疯疯癫癫的胡人。

阿丁向我介绍说，他叫艾卜·哲耳法尔·穆罕默德·伊本·穆萨·阿尔-桃，是西域一个叫花剌子模国家的数学老师，我们叫他桃老师就可以了，他喜欢旅游，每年总要坐着飞毯出来好几次，有时还会带个学生，这次他途经宋国时，被蕊姨无意间劈坏了毯子，但也由此让他发现了一个新的世界，一个被他唤作象形文字的世界，他讨得地图后，就一路按图索骥地步行过来，直接找上阿丁，要阿丁教他汉字，说可能这里面有他所需要的知识，而作为回报，他会将所学的带到世界各地。

"那你都教他些什么了？"我不禁好奇起来。

"四书五经。"桃老师上前一步插话进来，发音还挺正。

我们大宋国除了打仗，其他方面真的是样样精奇的。这个鹅湖书院本来听阿丁说就挺漂亮的，现在更是翻造得有出息了，把江南园林的那种壶中天地的韵味给发挥得淋漓尽致，我想要是辽人西夏人金人蒙人都来这里住上一住，读读子曰，保准他们全都不愿玩弯弓搭箭这等体力活了，就像我不愿耕地翻土做一辈子农民一样。阿丁住的院子外面，是一大片松树，沿小径穿过六七条小溪，绕过一望亭，就能看到半坡上的竹林，我的庭院就在竹林里面，翻坡过去，沿湖走上一段再跨过一石桥，就能看到一片梅花林，桃老师的住处就在梅花林前傍水而筑。一般我们讲读时就上阿丁那儿，注经时就上我那儿，编撰时就上桃老师那儿。前些日子，阿丁托人帮他缝好了飞毯，所以桃老师非常感激阿丁，就自告奋勇说要在讨论问题时当速记员。我们讨论问题的地方就是在中央的心渺然亭，取自朱熹的"晴窗出寸碧，倒影媚中川。云气一吞吐，湖江心渺然"。亭子里面永远备着文房四宝和四时鲜果及香茗点心，以及我爱吃的鹿肉脯，亭子里面还有三张软榻，所以我们几个隔三岔五地会往那儿跑。

　　阿丁明显就是朱熹那一派的，主张理气一体但理为先，我则渐渐向陆九渊那一派靠拢，认为心气才是一切的发端，为此我们互相争论了不下数十回，每回争论，桃老师果然都积极地充当速记员，他说这么做还有个好处，就是可以快速提高自己的汉语水平。我们有了这么个做学生的老师，就更加要不得，争论得更激烈。起初我占下风，次次都是我中途得到亭子旁边湖石后面的茅房里窝上一会儿。但后来我也行了，有时就轮到阿丁苦恼地回他院子里去翻书思考对策。我们的用语比当年朱熹陆九渊他们厉害多了，想当年陆九渊在一首诗里，不过说朱熹这种寻求每一细小规律的努力是支离破碎的，而朱熹的反讽呢，也不过是讥嘲陆九渊的那些太过简陋。哪像我们，动不动就破口大骂，幸好我们还惦记着旁边做记录的是胡人，怕他把国骂也全记下，所以我们不敢再上去，这事关国体，千万得注意火候，大意不得。

但桃老师终于显示出了身为数学老师的厉害。那次争论中，我再次强调，理一分殊这说法，和禅师玄觉的"一月普现一切水，一切水月一月摄"，其实是一回事，也就是说，并非只是陆九渊有禅宗倾向，其实朱熹自己也是有禅宗倾向的。阿丁又不对劲了，他从软榻上挺起身子，说虽自仲尼之后，不再有月，但我也不能胡说八道，朱熹他老人家一生都在追求格物致知，就算受禅宗影响，也不会合二为一。我听罢将刚含嘴里的鹿肉一口吐进湖水里，开始声讨朱熹的格物致知不过是在想当然，什么鸢飞鱼跃有它们自己的道理，这种废话有什么好说的，简直比二陆的活还糙。阿丁大大地冷笑一声，直僵僵地倒回软榻上，说俗人眼里鸢飞鱼跃只是鸢飞鱼跃，但在朱熹眼里，却是可以格致出许多精微细节的。我也学他样子大大地冷笑一声，问阿丁是否查阅到过，朱熹格到了什么真正的物，如果有，包括不包括怎么才能把鹿肉脯做得又香又软不腐烂。阿丁这下被激怒了，因为我知道朱熹是格了山上为啥会有牡蛎壳以及雪花干吗要分六瓣，但他肯定没格过怎么做上好的鹿肉脯。果然，阿丁答不上话，气个不行，就又一挺身坐起，将身子投进湖水里，扑通一下，把一池正嚼着美味鹿肉脯的金鱼给吓得一哄而散。隔了好一会儿他才爬上岸，湿淋淋的样子让我笑了个肚皮朝天。

就在这时，桃老师扔给阿丁一条毛巾，在他擦脸的当儿，桃老师一字一句地说，他想通了理一分殊的意思。

接下来所有的时间里，我和阿丁都目瞪口呆地看着桃老师拿着毛笔，开始在宣纸上书写一些莫名其妙的符号，他一边写一边向我们解释这符号什么意思，那符号什么意思，反正这些意思拆开来听我们都听得懂，比如"必然""条件""真"什么的，但合在一块儿就啥也不明白了。最后，他写光了所有的宣纸，就在亭柱上写，写满了柱子就写软榻上，软榻写满了就写地上，最后地也写满了就写阿丁的赤膊上身上，阿丁的上身写满了，我就自觉地脱下我的翰林服……等把我上身也写满了，桃老师说，他的系统描述完了，接下来，就是得找时间进行什么可靠性及完全性证明了。这些都是属于逻辑方面的事情，是我们大宋国没有的知识，就好比长颈鹿是我们大宋国没有的动物一般。说完，他扔下毛笔，自顾自回他的桃花林去了。

我和阿丁愣在这满亭子龙飞凤舞的毛笔字内，不知该怎么办才好，我从没见过有人用毛笔字画这种叫逻辑的符号，也从没见人写毛笔字既不讲究个气韵生动，也不讲究个墨法结体，我猜桃老师一定只是顺着这些符号它们自己的玄机，这么一路写下去的，但这符号它们自己的玄机，我一点都不懂，我看看阿丁，阿丁也看看我，他也不懂。

我将视线落在我自己身上，肚脐那里是桃老师最后留下的墨迹，顺着自己发达的六块腹肌一隆一隆辨认过去，他画的是：

"此理证毕也。"

过了会儿，我在阿丁的后背上，找到"理者，谓之正义乎"等字样。

我们两人费了半天劲，终于零零碎碎又找到了些看得明白的语词，但其余大量的什么□◇∈¬之类的，让我和阿丁看得头昏眼花，怎么都搞不明白是什么意思。再去找桃老师，想请他重新细细将他的话再说一遍，由我们来做记录，但他却始终闭门不开，只顾一人在里面埋头思考他的那个可靠性和完全性的证明。再后来，他索性乘上又缝好的飞毯走了，留下书信一封，说鹅湖书院这壶中天地太自以为是，看上去很须弥，实际上还是一芥子，再住下去，不但脑子要锈掉，更要命的是脚也会变得跟我们一样臭。他说他也学得差不多了，连我们大宋国当代最了不起的数学书《四元玉鉴》也全看完了，所以他该回自己的故乡去教书了。最后他还邀请我们要是有空，不妨顺着丝绸之路到他那里去游学。据他说，现在整个世界的文化中心已经不在印度了，而是在他们阿拉伯帝国，所以取经应该到他们那儿去，最好是到他的撒马尔罕去。

我们怅然若失了好一会儿，才回过神来，赶紧让人将亭子及我们身上的墨迹拓片下来，然后陆续请了不少懂周易谶纬的儒生方士来看，他们总是先很惶恐，近察远观一番后，向我们打听这是谁家的墨迹，等知道这不是我和阿丁而是一个胡人所写之后，就开始放心大胆地讥嘲蛮夷人的书法简直是蛇虫百脚。待我告诉他们不是来看笔断意连间架飞白后，他们才摇头晃脑地看，结果要么看不懂，要么就天干地支瞎诌一气。有次叫了个禅师来，他竟然在我们毫无准备的情况下，猛推掌击阿丁的后背，在阿丁摔个满嘴黄泥的当儿，他忽然大喝一声："你悟了没！"气得我和阿丁立马叫人把这天杀的给赶出了书院。

我和阿丁两人自此就陷入了无限的苦恼之中，我们都明白，桃老师写在亭子和我们身子上的符号，是弄透朱熹老师理一分殊这道理为什么有如此威力的唯一途径。其他所有人对朱熹的解读永远不可能超过桃老师的水平，因为他们只是在用不同的话在临摹朱熹的道理，却无法把这道理给一一掰清楚。

有时实在苦恼万分的时候，我就拿把斧子到山坡上去格竹，竹子倒是被我格倒了不少，而且我还学会了怎么把篾青和篾黄一斧子均匀分开，但难题还是没有一点进展。有时格着格着，我就想起在遥远北方的蕊姨和她的身段，但身体却一点反应没有，脑子想着的，全是她那把双面斧要是在的话，也许能帮我些什么，至少我可以有人去诉苦。阿丁也不比我好到哪儿去，他老是站在松林里听松风，太阳把他的脑汁晒得咕噜咕噜直叫唤，头发也渐渐晒枯了，他开始怀疑朱熹的理不过是个假相，真正的理其实是空，而我们彼此针锋相对的争论也日渐平息。直到有一天，他光头赤脚走到我房间里，袒露了他的想法：他要遁入空门，到天台山去。

我发现他已经没有脚臭了。

但壶中天地还是有一点好处的，那就是外面的世界再怎么变迁，里面的人总是不见老。当我有一天冲着已经斑驳褪色的心渺然亭的抱厦雕花发愣时，我才恍然注意到：已经很久没人来打扫书院、更换物品了，托盘里的鹿肉脯，不知从何时起，就没再出现过。

正在我回忆自己已经有多少日子没吃饭时，书院来人了。那是个身上血迹已干的斥候骑兵，看他脸色明显是失血过多，所骑的马也是伤痕累累。他说当今皇上正被南侵的元军逼到崖山那儿的银洲湖上，各路勤王兵马正急急赶去救驾。他是丞相陆秀夫派出来请我去救驾的，他们一行十余人，分好几路出来，估计就他一人把信传到了。

我诧异地问他，怎么又和元军打起来了？不是自上次蒙宋联合克金之后，大家都已经把边界分好了吗？那斥候骑兵听了，埋怨我只顾自己钻书卷里，对外面事情真的是无论魏晋不知有汉，接着他开始念诵柳永的《迷神引》，什么"帝城赊，秦楼阻，旅魂乱"之类的，于是我想起来了，他就是很久以前被蕊姨当众骂过的那个掉书袋的斥候骑兵。不过我毕竟看了这么多年书了，好歹算是个知识分子，所以并没有像蕊姨那样发火，还是很有礼貌地请他将最近发生的事情择要说一下。好在他也是个有文化的兵，就挑重要的讲了。原来克金之后，皇上自不量力，以为光复中原的日子到了，就开始向北派兵收复失地，结果连连惨败，国都临安都没了。樊城和襄阳城被蒙古人的新式攻城武器扣发式投石机给攻陷了，皇上也已连死两个了，现在的皇上才八岁，由左丞相陆秀夫和少傅张世杰护送着，从硐洲岛迁到崖山，打算利用那里的复杂地形和元军做最后的决战。

要搁以前我肯定不去了，因为哪个朝代当道跟我都没关系，反正这世界太阳总是高悬不去的，我只要自己能活得开心就可以了，哪怕天天蹲坑都得用蓟草我也无所谓。但现在不一样了，我是个儒生了，而且是个掌握儒学威力的儒生，虽然我不懂这威力的原理，但我懂要为天地立心为生民立命。所以我穿起当初发给我的游侠服装，将桃老师的拓片用油布包好收进怀里，就跟骑兵一起往南方走了。走的时候没人送我，自然也没鞭炮，因为这里的老百姓都去勤王了，街面上一片萧条，只有野狗绕着书院门口的朱熹铜像在闲逛。

同行的这个斥候骑兵没走多久就力尽而亡了，那马也一起死了。我就独自一人往崖山方向走,边走边问方向,后来就碰到一小股也是前去增援的宋兵,他们听说我就是当年威震蔡州的鹅湖书院大学士后,就一致举荐我做他们的头儿,要我领兵去保卫皇上。就这么着,不断有人加入进来,等我到达崖山附近时,我已是一支杂牌军的领袖了。

崖山南面是海,北面是银洲湖,当中漏一口子,与崖西的汤瓶山夹一条才几里宽的出海口,当巨大的南风刮起时,这里立刻就是恶浪滔天。口子里面的银洲湖烟波浩渺,岛屿错落,是内陆海水湖,船城就驻扎在这海水湖上,每日早午潮水涨落,船城就可乘潮而战,顺潮而退。当今皇上就在这船城中央最大的一艘船上。

船城是张世杰的发明。他把千余艘船只用铁链串起来,大船在中间,小船围在外边,然后在外围筑战栅楼棚,并把船身涂上厚厚的污泥,配上长木,以防敌人火攻。

但元军张弘范他们也很会打仗,他们兵分两路,南面元军一路攻陷了崖山,居高临下地把着,另一路北面元军隔银洲湖在对面陆地上,同时,他们派兵登上西面的山头,将张世杰所需要的柴禾淡水等必需资源切断。于是,船城就成了一个虽然很稳固但也很被动的堡垒,就类似于襄阳城的处境,只不过是从陆地移到了水上。

由于元军大部队还没有赶到,再说这里水路纵横,马匹稀缺,所以张弘范他们并没有和我的队伍开战,他们只是更加严密地扎紧包围线,不留给我们一点里应外合的机会。

元兵的厉害我是见识过的,现在手下这批乌合之众,真要打起来肯定不是人家的对手,他们大概心里也知道,就催促我快念理一分殊,好让元军立马全部放下武器,这样他们就可以冲上去大大立功了。我自是不答应了,说还没到关键时刻,念出来是没效果的,要有效果,我在鹅湖书院那儿就能念,干吗长途跋涉到这儿来?见他们都一脸困惑,我便把桃老师的拓片取出一部分,瞎七搭八地推演了一番,反正最后的结果就是现在不能念,因为还没到时候。这些人里有些是懂奇门八卦梅花易数的,听我这么一说,就交口称赞说我高深莫测,深得河图洛书之精髓,大宋国的复兴看来有望啊!其余众人见了,就再也深信不疑了。

其实我背地里不知念过多少遍理一分殊了,可就是没用,元兵一个个仍旧生猛得很,我怀疑可能是因为现在的元军大多已是汉人血统的缘故,因为里面那种长得又黄又阔的蒙古人并不多,大多数是跟我们一样的长相:又精又瘦的,看上去都不是打架的料,但其实脑子鬼得很,随时能给你背后插上一刀。所以,对我们汉人自己,儒学的威力可能就大打折扣了。

我虽是这么想，但还是不死心，毕竟桃老师说的那些我一窍不通，所以天机到底如何我是不该妄加蠡测的，再说，士不可以不弘毅，哪怕真的没用了，我也得知其不可而为之。

我就这么不断拿儒学给自己打气，古往今来一个个圣贤的打气话不断注入我的丹田，渐渐我发现这气会越打越足，越打越充塞天地……当最后我浑身气鼓鼓地走出营帐，丢下众人往船城直奔而去时，我感到孟子所说的浩然之气，正盈荡在自己的心性内。

对着前面层层设防的北面元军，我大喊一声："虽千万人，吾往矣！"

脚下众人麇集在军营里，对着升入空中的我狂呼鼓掌不止。

我很气愤现在自己的体型，竟然被这浩然之气给充成了一个圆滚滚的大球，难看死了，本来我还以为自己能像列子御风而行的，就那种大袖子长头巾，飞在空中能捋捋胡须，再抿口老白酒的样式。现在完蛋了，我一世英名全毁在这次意外的飞行里了，我真懊恼自己干吗看不懂桃老师的符号，要是看懂了，说不定就能飞得比列子还有型了。而不是像现在，简直是一头会飞的猪。

对面元兵也吓坏了，他们看到过会飞的马，但从没看到过会飞的人面猪，个别胆大的拔箭欲射，其他兵士却急忙把他摁倒，叫嚷着说这就是大宋国传说中的神，千万别惹他，要是惹毛了，懂汉文化的忽必烈大汗都没得办法。

等我飞到船城上空后，就开始绕圈想降落下来，但我儒学里只有给自己打气的句子，没有给自己消气的句子，下面的宋兵也着急了，他们在铺成一片的甲板上乱奔一气，有人还拿了接起来的竹竿想把我钩下来，但我飞得高，竹竿够不着。南面元军由于地势高，所以他们也看得清清楚楚，很快一员大将威风八面地站在山顶上对我喊话，说神啊神啊我就是张弘范啊，我这边地势高风水好，我这人有文化会武艺，请你到我这里降落吧，这里属于我们大元最伟大的皇帝。

底下船城里有位膀粗腰圆的宋廷大将，听了敌方将领的话，也着急起来，他也对我喊：神啊神啊我就是张世杰啊，我这边碧波清空气新，我这人好学问会兵器，请你到我这里降落吧，这里属于我们大宋最苦命的皇帝。

为了防止南面元军用硬弩射我，我装作不知听哪里好的样子，在空中茫然无措地晃来晃去。至于难看的体型被双方将士看到这一点也顾不上了。忽然，一件熟悉的物事从底下迅速升空，嗖嗖地向我飞旋而来。我还来不及反应，它就一下子划破了我丹田这里的皮肤，倏然又回去消失在下面的人群中。在一片血珠喷溅的哧哧声中，我边泄气边慢慢降落到了船城上，然后看见一女子拿着金创药，从我面前两晃而过后，笑吟吟地将药丢到我脚下。

不用猜就知道是谁。

后来在闲谈中，我才知道蕊姨在北方兜了一大圈，她越走越北，穿过无数冻土冰原，最后遇到一片冰冷的海，可能就是传说中的北冥。据她说那海里全是会浮动的大冰块，不同的大冰块上住着不同的部落，每逢打猎时，部落士兵就把大冰块的边缘打碎成小冰块，然后让一头白色的大熊站在小冰块上，自己再骑在大熊上，用鱼叉射杀海里的豹子、狮子或大象。蕊姨和他们住了一段时间，学会了怎么用斧子在海里捕猎，她的捕猎水平越来越高，所以很受当地人的欢迎。但时间长了她又想念中原的锦绣河山了，就又原路走回，由于她身材高大，全身披着白色大熊的皮，帽子上还插着两把骨制匕首，身上一股海腥味，所以一路上无论是汉人蒙古人还是女真人高丽人斡罗斯人，都没敢对她怎么样。就这么她一直走过黄河，打听到我要到崖山勤王，就想来会面，没想到来早了，好在她有以斧劈鱼的能耐，就被安排在船城上专事捕鱼。没过多少日子，元兵就把船城包围了，再过段日子，她就等到了我在空中的猪样。

掐指算算这么长的岁月过去了，蕊姨也该进古稀之年了，但从外表上她并没有老多少，我琢磨这是由于她在北方经年常吃深海鱼油的缘故，当然，她也很惊诧我一点都没变老，我把壶中天地的好处与她说了，这使她对儒学稍稍有了点好感，她说等我勤王结束后就带她去鹅湖书院转转，看看能否让她也永葆青春。

由于汲水的地方被张弘范封死了，所以船城上淡水日渐短缺，一般士兵都只能将淡水掺着海水喝，但还是不够，有些人就憋不住直接去喝海水，结果又闹肚子又呕吐，使战斗力严重受损。我也尝试过好几次让自己再充盈成一头猪的模样飞起来，好到银洲湖外面去汲水，但浩然之气并不是收发由心的，越着急，就越不行，弄不好就只好哈下身子屙阿堵物。这么几次折腾下来，我内火上升，嘴里全长满了燎泡，只好作罢。

还好我们这儿永远是白天，太阳光充裕得很。我们在船城里面挖了个浅池，找些懂制海盐的当地渔民，让他们倒过来专制淡水。这样，皇上等一干重要人物的供水就有保障了。至于其他人，就由丞相陆秀夫通过宣传鼓舞来解渴，比如说他让手下在船板上到处贴"望赵止渴"的标语,意思就是说:想望当今皇上就能生津止渴。好在那些宋兵大多是有文化的,所以一宣传就真感觉不渴了。

但这对蕊姨没用,所以每次都是她到我的船舱里要水喝,因为我位列游侠,属于国家一级重点保护对象,有一定量的淡水配给。这么一来二去的,我和她之间的隔阂又渐渐冰释了,我跟她讲了后来胡人桃老师、阿丁和我三人共同钻研朱熹的事,她也跟我聊起了在极北之地遇见巨大的海鱼,就是传说中的鲲,打着响鼻腾空而起的壮丽景象。她听当地人说,这种巨鱼随着春秋变化,总会从北冥游到南冥,然后在那里生了小巨鱼后,再游回来。她还说她跟当地人学会了怎么骑着这种大海鱼在北冥里破冰前行,还能腾空而游,听得我啧啧不已。后来我发现,只要我不光脚,我们就总是能谈得很愉快,虽然她对儒学深恶痛绝,而我却对之如痴如醉,有时我甚至想,是不是她对我有意思了?还是我对她有意思了?幸好我已经是个恪守礼仪的儒士了,所以我言忠信、行笃敬、惩忿窒欲、迁善改过,连以前见了蕊姨后那种舒泰感也没有了。我相信,就凭我现今如此虔敬的操守,等到风雨欲来的那一刻,我一定能唤来理一分殊所有的奇迹。

在这船城上我们又遇到了一对胡人夫妻,那是蕊姨捕鱼时在船甲板上撞见的,他们会汉语,于是蕊姨就边刮鱼鳞边和他们闲聊了起来。无意中才知道他们是和桃老师一个城市的,都是在撒马尔罕,他们的儿子是桃老师的学生,二十三年前,他们在临安做布匹生意时,有一天桃老师从天而降,把他们儿子的消息传到了,说他们的儿子现在身体健康万事如意腰缠万贯子孙满堂,还说撒马尔罕已经被蒙古人毁了,他这次再度到中国,发觉中国也快要完了,叫他们快点逃命,接着,他就乘他的飞毯继续向东飞,说是要找更多的知识去。这对胡人夫妇听罢百感交集,就跟着宋人一起逃难,一路辗转,最后跟到了这船城上。现在他们知道原来我和桃老师有段交情,就竭力打听桃老师的数学教学水平,因为只有这样他们才能间接知道他们儿子的更多消息。我自是对桃老师赞不绝口,说他是当今世界上最伟大的数学家,这老两口听了,就笑了个满脸皱纹,说那就好,那他们的儿子准会有出息的,说城灭国亡没有关系,只要儿子能活得出人头地就行。对他们的这种想法我很不以为然,但毕竟人家年纪这么大,又是西域人氏,所以我并不责怪他们。但蕊姨却欣赏他们的说法,埋怨我不该来勤王,说天下国家关我们屁事,只要能好好活着,不受儒家的气,管它谁来治天下。

"我只要齐家,其他全是屁。"蕊姨怅然若失地说完,就对着海水发怨气。那次她一共劈到了几十担鱼，恶狠狠将它们全堆到了厨房里，把后面埋锅做饭的那些伙夫给吓了一大跳，以为女龙王上岸献鱼来了。

皇上从没接见过我，唯一见过他的一次是他跑到船楼上去晒太阳，由于总躲在船舱里，所以小家伙肤色有些透明，在强光下，还会像个小玻璃人一样有反光。陆秀夫一步不离在他身边。陆秀夫浑身衣戴整齐，大臣该穿的全穿了，就是好久没洗，所以都皱巴巴的，远看时我还以为是一块墩布在船楼上拖来拖去。

但陆秀夫还是百忙之中抽空约见了我一次，毕竟我是声名显赫的当今儒士，一见面他就连连道歉，说不该这么晚才请我出山，如果当初征讨三京时就带上我的话，说不定今日就是我大宋国灭元的日子了。其实我心里清楚，咱国家不到病急时不会乱投医，所以它总能在最倒霉的时候找到一群最不合适的人，比如这个陆秀夫，比如我。不过面子上我还是谦虚地说，即便当初和蒙古人开战就把我请出去，也是不行的，因为我才疏识浅，克金那一仗不过是一次意外的发挥。陆秀夫听了，就问我什么时候能再意外一次，以解当今之困。我说我要是知道这时候，那就不是意外了。他听罢长叹一声，哀哭道：天要亡我啊，天要亡我啊！还没等我找到替他擦眼泪鼻涕的绢头，他又不哭了，问我要是天意亡宋的话，这天意还在不在理呢？

陆秀夫到底是个饱学之士，一个问题出来就让我陷入长考，后来我不得不回答他说我也不知道，因为这理应该是放之四海皆准的，所以天理中要是有亡宋这条意愿，那就该是在理的，可是呢，我们大宋国就是理的化身，如果宋亡了，不就是这理亡了吗？难道，天理是可以否定天理自己的？

还没等陆秀夫反应过来，我顺着这思路又惴惴地自问自答：可是，万一这理有好多化身呢，比如，他们元国竟也是理的化身，于是，这理就在自我更新中，故曰：理一分殊？

这下陆秀夫反应过来，他哼的一声，也不顾把鼻涕哼得满下巴都是，袖子擦擦就断然道：狄人不可与理。

我赶紧接口道是是是。为了悔过，赶紧题诗一首：盘古开天，爰有黄帝。唯我大宋，天下至理。其余各国，均是蝼蚁。蝼蚁撼树，这是妄语。壮我雄威，定我中原。千古之后，永存正义。

陆秀夫听后很是欣慰，说这口语诗真是朗朗上口，他这就要把它们记录下来，吩咐唱诗堆的和尚去背诵，说完，就上茶送客了。

我回到自己船舱，越想越不对劲，蕊姨正巧又来讨水喝，见我愁眉苦脸，就问我是不是便秘了，我把刚才和陆秀夫的对话跟她前后一说，她听了也糊里糊涂，就索性说就算我搞清楚了又怎么样，外面还是大白天，大白天我们还是被包围着。

但我还是没法回过神来，因为我隐隐有种感觉，感觉再这么想下去，就似乎和桃老师的那些符号有点近了。

突然，外面一阵梆子响，嘈杂的脚步声纷至沓来。我和蕊姨赶紧出船舱，一看，原来元军从西、南、北三面开始发动进攻了。他们的船在式样上和我们的差不多，只是桅杆旗和船舷装饰板是黑色的，不像我们，用的是大红。

"蕊姨，流芳百世的日子终于到了！"我按了按收在怀里的那些拓片，摆出视死如归的样子抬头对蕊姨说。

她低头看看我，说："到你妈个头！"

口口口

现在是退潮时间，所以北面元军趁势顺流冲击，他们为了对付战栅，特别准备了装有长木的快船来撞击，还有好几批刀斧手藏在后面的棚子里，等快船撞上后就奔突出来，砍斫战栅。宋军的火炮威力很大，一阵阵白烟伴随着震耳欲聋的炮声，对方船只一旦被击中，肯定就沉个没商量。但好多炮弹都打不准，落水里激起数丈高的水花，再加上对方顺水而来，所以很快就靠近了。这时，宋军开始万箭齐发，对方也开始放箭，但因为双方兵士都有箭垛及盾牌掩护，伤亡就都不是很大。倒是蕊姨的斧子开始发威了，出去兜一圈，定会砍掉些元兵的脑袋。有元兵仗蛮力挺盾牌去挡的，结果哐嚓一声，青铜牛皮圆盾被击个粉碎，那元兵整条手臂被打散，脑袋被斧刃连割带撞得飞出了好远。很快双方就进入了接舷战，对方的长木前头是削尖后包了铁皮的，所以我们的战栅没几下被冲开了好几道缺口，元兵争先恐后地从缺口里跳进来，但都被我们的长枪兵给顶了回去。给我们造成更大创伤的是他们的神风船，满船的火药，撞上后轰然一声，就是个大口子，堵都没法堵。好在张世杰早已将禁军中最勇猛的"江淮劲卒"作为预备队准备好了，哪里有危机，哪里就有他们，这些江淮劲卒多是游侠头衔，至少也是剑兵勇士，所以作战非常勇猛，有的即便头被砍飞了照样能执干戚而舞，情状非常骇人。

　　元军打得非常艰苦，但他们还是抢占到了船城上的三艘船。这是他们的滩头阵地，如果他们以此为据点，不断扩大阵营，等辎重部队都上来的话，那就极其危险了。所以，张世杰命令唱诗堆出阵念诗助威，准备集中所有力量夺回这三艘兵家必争之船。

这时,退潮停止了,海水反而从南面涌来,涨潮的时刻到了。

南面元军开始顺水加入进攻了。张世杰不得不抽调至少一半的兵力去加固南线,由于两边作战腹背受敌,为了加强指挥,张世杰脚踩着独轮木滑车,一蹬一踏地在南北两条阵线间来回奔驰。守纵深防线里的宋兵见他这滑稽模样,免不了笑起来,其中喝了海水肚子不舒服的,肚子就更疼。

蕊姨仍旧在北线奋力杀敌,我自始至终站她旁边,眼明手疾地指挥她斧子该飞向哪儿,幸好这次杀过来的全是元兵,没有老百姓,所以那斧子就能所指即所砍,灵得不得了。由于蕊姨和我的参与,所以我们这里的元军一点战果都没获得。但蕊姨还是很焦急,时不时就催问我准备好了没有,准备好了就快念理一分殊,她说杀人毕竟不是杀鱼,人头乱飞的场面她实在受不了。

我接受了教训,知道这可不能知其不可而为之,得等时机,就跟写诗一样,都属于文章本天成妙手偶得之的,你越是催,它就越是不来了。我把这道理跟蕊姨说了,她也不置可否,反正杀到后来她也兴起了,还将沾了血的斧子在海水里来回漂了几漂,说这叫工欲善其事必先净其器。

这时张世杰踩着滑车过来了,他嗓子都哑了,说整个战局现在看来有些不利,再这么下去,恐怕撑不了几个时辰了。我说没事咱船城上人也不少呢,到时候全民皆兵,不信打不过他。张世杰说这倒也是,我们人比他们多好多呢。"人多力量大。"他最后自我鼓励道。

"对,人多力量大。"我和蕊姨都赶紧附和。

忽然张世杰摆手示意我们别作声。

我竖起耳朵,透过我们唱诗堆的诵读声,也听到了音乐声,而且是从元军那里传来的。

张世杰却高兴起来了:"好险好险,这是元军要吃饭了。他们吃饭时总是要奏乐的。"

果然,四周元军一下子攻势减退了,他们在慢慢往后撤,宋军也不追赶,只是抓紧修复工事,抢救伤员。

没一会儿,西南方向出现了一艘奇怪的元军大船。它整个船甲板以上都是拿帐布蒙着的,刚才的音乐声就是从这艘船里传出来的。不时有元军抬着烧饭用的大锅还有烤全羊之类的往帐布里边送,看来他们都在里边吃喝宴乐来着。

"这帮孙子,吃东西还不给我们看,只让我们听,什么玩意儿。"张世杰连连摇头。

"那不就惦记着我们,怕我们嘴馋吗。"我想他们是不是有鹿肉什么的吃。

船城上其他宋兵也放松下来,虽然他们仍旧很馋地眼望元船,让元军的音乐伴随一阵阵饭菜香慢慢飘进自己的五脏六腑,但他们还不至于傻乎乎地就跳下水,泅到元军船上去被人宰杀。

"要是张弘范以为靠这样就能勾引我们的将士游过去,也忒小样了吧。"张世杰说完,踩着滑车去巡视了。

陆秀夫不知何时出现在唱诗堆里,他站在他们前面,忽然两手一摆一动,很有节奏地打起拍子来。在他的指挥下,唱诗堆坚定有力地诵读起了那首白话诗,由于我写得通俗易懂老少咸宜,众将士听了没两遍后就会跟读了,于是很快,整个船城都是齐声念诵诗歌的声音。

读着读着,很多人就哭了起来,我也跟着流出了眼泪,连唱诗堆的和尚们都哭了,他们声泪俱下地说:和尚有泪不轻弹,只是未到伤心时。

蕊姨没哭,就她一人举起斧子,指着西南方那艘突然启动的元军大船,说:

"他们进攻了。"

宋军顿时忙碌起来,刚才一时的懈怠换来了现在过度的紧张,由于那艘元军大船距离已很近,火炮无法开,所以只能放箭，但放了许久后，发现那船并没有接舷，而是开得很慢，帐布上布满了我们射的箭矢，活像一只巨大的刺猬。忽然，帐布落了下来，里面全是一排排整装待发的持盾元兵，哪里有什么吃喝宴乐的场面。

原来那艘船是张弘范亲自指挥的。他站在船艏威风凛凛的，旁边还有十二个盔甲到牙齿的重装步兵护卫。他正挥旗下令让船快速逼近船城，并放号让所有元军船只发动全面进攻。

宋军眼睁睁地看着张弘范的船接舷，因为我们的箭差不多都用来装扮给刚才那只狡猾的大刺猬了。但元军却放下盾牌，纷纷搭弓射箭，投掷火石，很快外围就有七艘船失守了，升起了元军的旗子，连船舷上的大红装饰色都被改成黑色的了。擒贼先擒王，蕊姨照我指示，一斧子直往张弘范的脖子招呼过去，没料到他有防备，那十二个重装步兵的全身盔甲竟是可以吸铁的，斧子还没接近张弘范，那十二个重装步兵就先先后后腾空向斧子扑来，斧子虽在快速自旋，但也控制不住轨迹，也向着他们扑去，随着喀喇喇一阵乱响，只见半空中一大堆乱七八糟的金属碎块混着烂糊烂糊的血肉，直直掉进了江里。蕊姨见状，大喊一声"我的斧啊"，扑通就跳了下去，天知道她是不是能摸着。

我气鼓鼓地瞪着张弘范，但并没有胖起来，不过他还是认得我，笑眯眯地跟我打个招呼，摸出一金属长筒望远镜向我展示，还把眼睛凑上去对着我龇牙咧嘴，我猜先前战斗时，他一定用这望远镜把蕊姨的招式全观察透了。

不过我还是很佩服他的，动了这么多鬼点子，硬是以少打多地逼上前来。不像我们这厢的张世杰，只会搞些单轮滑车这类的小创意。

我不时把头伸出船舷，想找到一个忽然伸出海面换口气的女人脑袋，但怎么都找不到，而且海水里死人以及还没死透的人越来越多，更加难找到了，而且现在我自己的处境也不妙，周围好几个地方已经陷落了，我旁边船城里仅次于皇上的那艘旗舰，也被张弘范的旗舰攻陷。现在各个战斗单位彼此几乎都失去了联系，只能各自为战。元军正在源源不断地涌上来，有几支箭他们是射给我的，但张世杰事先有死命令下去，要宋兵一定拼死保护我，所以每次都是别人用一条命或半条命，替我将这些箭给挡了去。

打着打着，天渐渐起雾了，海面上一切都开始模模糊糊的，到后来就下起了暴雨，但双方仍旧在雨里雾里搏杀，而且刀枪剑戟要是沾了水洗干净了，白生生的，那杀起人来就更不会拖泥带水。我耳边到处是金属戳入肌肉或骨头时发出的各种古怪声音,而且戳深戳浅发出的声音都还不一样。唱诗堆的念诵声已经听不见了,估计他们也都拿起武器去战斗了,也许现在真的是全民皆兵了,可能那对老年胡人夫妇也加入了战斗。站在滂沱的雨幕里,看着我周围只剩下十来个还站着紧紧把我护在当中的宋兵,以及远近无数七歪八倒的双方将士的尸体,我忽然感到一阵酸楚,这酸楚和着雨水一起流淌到这天地之间,让我顿时觉得整个世界都是一片酸楚。

这一切该结束了,不管最后结局是怎样都该是结束了的,我们也许根本就没理由在这儿打这场战争。理一分殊,多可笑的理一分殊,它永远在你无视它的时候贼似的出现。

"理一分殊。"

我略带嘲笑地把这四字吐向了雨里。

果然没用。保卫我的宋兵又倒下了三个。

我带着他们且战且退,朝着船城中央而去,我想去告诉陆秀夫,叫他快送小皇上逃吧,我失败了,我们没有扭转乾坤的可能了,蚍蜉正在撼倒大树。

刚走到皇上的旗舰上,就见远处雾气中,一艘宋船的桅杆旗被一阵狂风刮倒了。

很快狂风四作,船城上所有的桅杆旗都纷纷倒了。"天意,天意啊!"我望见船楼上一块被雨打湿的墩布,正抱着小皇帝号啕大哭。那船楼已经被炮火打得有点东倒西斜了。墩布旁边,还有几员将领及眷属,正在和旗舰下的一艘刚停靠下来的小艇打招呼,雨大雾大,看不清那艘小艇是我们的还是元军的。

我急忙往船楼上奔去,快奔上船楼的时候,一不小心脚一滑,摔了个五体投地,连脚上的靴子也全飞了出去。

"丞相快带皇帝走吧,我不行啊。"我挣扎着抬头对陆秀夫说。

旁边几个将领,还有他老婆孩子,也捏着鼻子劝他快和小皇帝一起坐那小船走,不管它是友是敌,总得冒险搏一把。

陆秀夫把脑袋伸到船楼外面,深深吸了口气,又缩回来,指着我厉声喝骂:

"你这贰臣,如此时刻,还拿你一双臭脚来熏我等!"

"你快抱我走,这里好臭!"皇上也叫起来了,他两只小手一只捏鼻子,还有一只捂嘴巴,小玻璃人一个,怎么看怎么可怜。

澎湃无比的臭气一波一波地鼓荡开来,把船楼上所有人的衣袂都带动起来。忽然，整个船楼的楼板和天棚都被胀裂了出去，稀里哗啦一阵子后，就剩一底板盛着大家。

陆秀夫一跺脚，突然拔剑逼向他老婆和孩子，一妇一幼被逼得措手不及，小的一脚踩空，连忙拉住母亲，结果手拉手着坠入海里。

我还没回过神来，陆秀夫将脑袋伸出去，又换了一大口气，跪在小皇上面前，一把雨水一把泪水地说："官家大事要完了，奈何还有人拿臭脚熏我们，也罢，就成全他们了吧！"说完，他奋力抱起小皇上，就跃向海里，旁边几个将领见了，纷纷也跟着跳下去。我惶急之下，也想跟着跳，但最后一个跳下去的将领在身形还没坠落的那一瞬，突然在空中停住，抱拳作揖说求您了就别下去了，难道您还想变作水鬼熏死皇上？我只好点头，答应他说我愿意在楼座里遗臭万年，他这才欣慰地笑了一下，便快速坠下去了，和雨水下坠的速度一样快。

陆秀夫抱皇帝自杀的消息很快传遍了整个船城，所有的宋军几乎在同时放下了武器，跳海殉主，一时元军找不到可以砍杀的对象，便只好拿船甲板什么的瞎砍一气。

又是个空无一人的楼座，只是没了护板和顶棚，还好四周浓雾滚滚，光线极暗，所以没人会看见我窝那里屙屎。这次我真是惶急透了,所以拉的量特别大,好在怀里用油布包着的拓片一张没丢。

但没想到量有这么大,似乎我一生的屎都会拉在这儿,它们渐渐漫过我的足踝,又把我整个屁股给埋了进去,但还在往上涌,一会儿工夫我就只有脖子露在外面了,脖子周围是一堆还在膨胀的屎,但比起刚才我澎湃无比的脚臭来,它们不过是些没味道的黄松软糕。大雨落到这堆大粪上,冲淋出的粪水流满了整个楼座。

一头巨大无比的鱼慢慢从雾里探出,我想揉揉眼睛看看这是不是真的,但手臂埋在屎堆里,拿不出来。巨鱼越来越近,上面站着个人,我认出那就是蕊姨,她正握着斧子,骑着这头巨鱼向我而来。我想这一定是她在北冥驯养过的鲲了。她驶近我,歪着脑袋盯了我许久,突然扑哧笑了,还问我在干什么。

我没搭理她,屎现在升到下巴这儿了,整个脖子都暖烘烘的,让我想起蕊姨骑在我脖子上的那段时光。

她兴高采烈地告诉我,在她潜水去打捞自己心爱的斧子时,意外遇到了一头鲲,它在从南向北归去的路途中,和队伍走失了,稀里糊涂进了银洲湖,结果碰到了熟人。

这时雨已经停了,雾正在散去,但四周还是昏暗得很,而且好像比之前更暗了。蕊姨建议我快跟她一块儿走,到北冥去,不过最好去之前先洗一洗。

我摇摇头,说不去。

"那你打算一辈子这么蹲啊?"蕊姨腾地就发起火来。

"是。"

蕊姨二话没说,拨转鲲头就往北去了。

我把头仰一仰,这样鼻子还可以呼吸到空气。雾已经全散了,但天空竟然还是昏暗的——不,不是昏暗,是黑暗,一片黑暗,只有一只很小很小的箭标,在很高很高的地方晃悠。那箭标非常精致,洁白无瑕,正飞速向我头顶坠落,而且越来越大,快接近我时竟有一张桌子那么大,眼看它快要点到我头了,我刚闭上眼睛等死,忽然一声巨大的声音爆了出来,我瞪大眼,见头上火花四溅,蕊姨的斧子正深深嵌在箭标里,箭标没点到我头,被打偏了,歪歪扭扭了好一会儿,才发现蕊姨站在鲲上,正跳脚大骂。于是中了斧子的箭标打了个低旋,转而向蕊姨飞去。

"快逃啊,神来追你啦!"我急吼起来,嗓音很不好听。

但来不及了,蕊姨被它点着了,坠落了下去,看来京酱肉丝是做不成了。鲲想逃,也被点了一下,于是也坠下去了,接着,神掉头向我飞来,我想你要灭我就快点飞吧,再晚就只能点我头顶上的屎了。

看来箭标真的要点也只能点屎了,因为它在离我半尺的地方停住了。四周响起一阵吱吱嘎嘎的响声。

黑暗中我看见一张巨大变形的脸撑满了整个天空,两个眼珠凸愣愣地正冲我发怒,嘴里还骂骂咧咧的。我想人在被大粪呛死前总该是有些幻觉的,不过要是早知道在黑暗里的幻觉是这等模样的话,也许我还是会选择白天的,干活就干活吧,至少没负担。

那箭标还停在原地,动也不动,周围吱吱嘎嘎的响声倒是更大了。

◇ ◇ ◇

"妈的,这盘不算,死机了!"

实无穷

谨以此篇,纪念伟大的数理逻辑学家康托尔

"我见到了,但我也简直不能相信它!"
——艾卜·哲耳法尔·穆罕默德·伊本·穆萨·阿尔－桃

א₀

马特津卡聚精会神听故事的时候,眼睛里的眼珠子会全滑到内眼眦那儿,看上去黑乎乎的一片,根本就数不清有多少,但马特津卡自己却知道一共有多少。马特津卡出生时就是对眼,第一年刚过去,他两只眼睛各自分裂成了两半,于是,小马特津卡就有了四粒眼珠子,每一粒都只有原来的一半大。一开始他还不习惯调配它们,有时三个对到鼻子这儿了,一个却滑到了眼角那儿,但没几天,他就能把四粒眼珠子在同一时间聚到鼻子这一侧了。就这样,马特津卡的眼珠子每年就分裂一次,等他长成少年后,当地祭司见他出落得如此漂亮,就推荐给了特诺切蒂特兰的国王蒙特苏马。蒙特苏马见这么小个孩子就拥有那么多只小对眼,大感惊奇,认为这是羽神克萨尔科亚特的眷顾，就让身边的大祭司一定要努力培养马特津卡，争取把他培养成一名阿兹特克最伟大的祭司。托羽神的福，马特津卡很快就成了一名远近闻名的祭司，而他眼珠的数目仍在以每年翻一番的速度增长着，到今天，这些眼珠子早已分裂到了极其微小的地步，谁也别想数清楚了。本来，他五岁那年，别人还能用一面旗子、两横加两点，数出他一共有三十二粒眼珠的，可没过两年后，就没人能数得清了。

　　但马特津卡知道自己一共有多少眼珠子，据他说他是计算出来的，然而奇怪的是，马特津卡从不把眼珠子数目告诉别人，连他最亲爱的妹妹也不告诉，要是有人问起来，他就支支吾吾说：那数目太大了，全国的可可豆加起来都没那数字大，这使得很多人怀疑他其实自己也搞不清。但姑娘们才不在乎这呢，她们只在乎马特津卡那迷人的眼睛，因为当马特津卡转动眼球时，这无数眼珠子会在眼眶里一阵飞舞，顿时就像雾像雨又像风，惹得姑娘们个个春心荡漾。好在马特津卡身为祭司严于律己，他从不放纵自己，实在熬不住，就割一小片耳朵，本来，耳朵是我们阿兹特克祭司平时训练自己时用的，马特津卡拿它来克制邪火，自然用得比别的祭司快，这就是为什么现在马特津卡虽然年纪轻轻，但只剩两个耳洞的缘故。

我很羡慕马特津卡拥有如此众多的眼珠子，所以只要我有空，我就窜到他那里去练对眼，马特津卡家里有好多练对眼的器具，他自己从来不用，只是拿来做收藏，可我就爱用这些器具，并且相信上面一定沾有他的仙气。这些器具里我最喜欢的是一副绿松石额坠，它用来绑额头的带子是用蜘蛛丝编织的，箍在脑门上特别舒服，垂到鼻尖处的那颗绿松石打磨得光滑异常，上面纹有不少黑斑，越练人就越觉得神清气爽。可惜我悟性不佳，怎么着都练不成对眼，更别说把眼珠子练裂了，他妹妹希丽腾加有时在一旁养胭脂虫时，就故意训练胭脂虫也练对眼来气我。不过马特津卡和我是好朋友，所以我再怎么笨，他也不在乎。

马特津卡现在是和我一起在听瓦娅讲故事，本来我是没资格来的，但马特津卡最近心情很不好，就破例带我一块儿来了，并再三告诫我千万别告诉别人，因为蚂蚁神虽然不是什么大神，但也是神圣不可侵犯的。于是，我们就在城外一片从没人进去过的丛林里，和瓦娅碰面了。

瓦娅还是老样子，细细的腰，连着一只丰满但不失轻盈的后腹部，后腹部上的细毛呈鳞片状密密排在软皮上，阳光照在上面，就折出一轮轮诱人的金褐色光彩。瓦娅年纪大了，胸板这里有点不舒服，所以说话时总是不自觉地将中间一对前脚捧在胸前，这样它就不能像以前一样，边说边同时挥舞自己的四只前脚了。不过她的两条触须还是和以往一样，捧着我们给她带来的巧克力豆，话一停下来就往嘴里送，一刻也不闲着：不管是什么种类的蚂蚁，他们都爱吃甜食，就算那些整天靠菌类为生的素食切叶蚁，也爱没事抓点甜露水滋润滋润自己。瓦娅是我们这里最为凶悍的巴拉蚁，她张开的虎钳牙足足可以放进我一根小手指，可她吃起巧克力豆却细巧得很：她每回用虎钳牙掰进口腔的巧克力，都要反反复复吧唧上好久，才心不甘情不愿地吞咽下去。

瓦娅今天继续说她的国家上月被一头食蚁兽捣毁消灭的故事，马特津卡对这故事特别感兴趣，因为瓦娅所拥护的女王被食蚁兽吃掉了，她的国家灭亡了，这对马特津卡来说，是个不可多得的预言，他说，他也许能从这里面得到一些启示。瓦娅可不管马特津卡要听什么，她只管发挥自己的口才，说到动情处，她的一对复眼就会微微发出光泽，虎钳嘴很响地互相空咬几下，连她站着的无花果叶子都会上下抖动起来。而马特津卡一般就是在这样的时候，进入聚精会神的状态。我真担心要是瓦娅的故事再精彩些，马特津卡数不胜数的眼珠子就要从鼻孔里全掉出来啦。

我们要来听瓦娅讲故事的理由很简单，我是觉得好听，马特津卡则是要得到启示。要知道最近海上来了些白皮肤长胡须的神使，这些神使有时会用四条腿飞速奔跑，还会用粗细不一的管子放光和声音，同时在我们身体上打洞，使我们受伤或死亡。邻近已经有不少国家被打败，或者就投降他们了，他们现在正向我们这里逼近。我们的国王蒙特苏马非常忧虑，就催着马特津卡他们这些祭司去询问神的意愿。由于神的意愿总是不尽如人意，不少马特津卡的同事已被杀了祭神了，因为每次他的这些同事都说：神明已经明确啦，只要我们牺牲得足够多，我们就一定能战胜那些神使，就一定能用他们的心和血给我们的众多神灵献祭。但是，我们总是死伤好多，却从没打胜过他们。相反，马特津卡却总是摇头，说与其冲出去打，不如等他们进城以后，来个瓮中捉鳖。这种引狼入室的想法引起大多数将领和祭司的反对，好在蒙特苏马是很喜欢马特津卡的，所以就一直袒护着他，不让他去祭神。

祭神实在是很可怕的一件事，我就被祭过，就在去年冬天，只不过我英勇异常，硬是过了那关。实际上我本来不是这地方的人，我是邻近恰帕地区的，是当地有名的武士。在一次和他们的战斗中，我最心爱的一把燧石刀砍在一名投枪手的颈椎骨里,那家伙头颈上全是肥肉,把我刀全埋在里面,任我怎么使劲,只是叽里叽里地发出声音,就是拔不出来,结果我一不留神,被四面八方拥上来的特诺切蒂特兰人活逮了。

他们把我关在笼子里,天天拿鸡拿玉米饼喂我,想把我养胖了祭神。被用来祭神的都是这命运,除非你是最昂贵的祭品,就是献给烟雾镜神——特斯卡特里波卡——的祭品,那你可以在一年内整天享受各种荣华富贵。我被关在笼子里的那段时间,就见过一个这样的祭品被八个侍卫围拥着去看球赛。他长得非常修长,踝关节和腕关节都相当纤细,皮肤是又细腻又光滑,所以他虽然不适合做武士,但绝对适合跟娘们调情或者做祭品。和这种祭品相比,我可孔武有力多了,而且我压根就不甘心当祭品,干吗要把我的心血献给他们的神明?凭什么呀!所以白天我就装作和其他战俘一样,醉生梦死地大吃大喝,到了晚上,趁看守不注意,我就悄悄手握笼子栏杆,拼命锻炼自己的全身的肌肉力量,或者对准虚空中某个点出拳劈腿,训练肌肉的爆发力。还真是,人越紧张就越会长肌肉,每晚巨大的月亮快滚过我头顶时,我都能听见自己臂膊里的肌肉在咝咝地生长。月亮上蒸发出来的金气味让我如痴如醉,我真恨不得伸手就唰地掰它一块下来。就这么过了段日子后,终于就到了祭神那天,他们把我打扮一新,然后绑住我双脚,架到广场中心的一块大圆石上,上面湿漉漉地浮着一层黏黏的血,血下面是以前祭神时留下的一层很厚的血皮,又黑又滑地紧贴在大圆石上。而旁边神庙周围的人头栅栏上,有不少新鲜的人头插了上去,滴滴答答的。有几个人头还是笑嘻嘻的,我一直猜那是怕痒的缘故。空气里弥漫着血的生铁味道,来看热闹的特诺切蒂特兰人,把整个广场挤得乌糟糟的,周围几座金字塔上的庙宇里站满了酋长和祭司,个个伸着脖子往下探。说不定蒙特苏马也混里边正看得欢呢。

没一会儿,一个家伙在大圆石下面递上一把木斧,我接过掂了掂,天,轻得连一只蝴蝶都打不晕,我刚想喊换斧子呢,一个豹猫武士跳上来了,他手里拿的可是货真价实的燧石刀呢,黑黝黝的刀身,刀刃磨得又快又溜,折出的光线非常坚硬。我只好微微蹲下身子,十个脚趾拼命张开,扒拉住滑唧唧的血皮,然后目不转睛地盯着对方的眼睛看:这是作战经验,你可以从对方眼神里看出他下一步想干什么,果然他眼睛朝我左肩一瞄,接着就一刀挥了过来,我原地向右一划拉,瞅准时机一把抓住他的燧石刀柄,然后用我的木斧敲开他拿刀的手,夺下燧石刀,在身体失去重心前将锋利的刀刃划进他的左太阳穴。他一声没吭地倒下，大腿抽搐几次后，死了。台下一片低沉的惊呼，我努力站起来，笑呵呵地向他们挥手致意。

后来他们取走我的燧石刀，又接二连三地派上几个武士来，而这几个武士一个比一个等级高，武艺自然也一个比一个高强，而我只有一把木斧，不过我就是比他们厉害，虽然我腿上和肩上各被划开一道大口子，鲜血直冒，但那些武士先先后后全都命丧我手。按照祭祀规矩，他们不能杀我了，在台下一片如雷的欢呼声中，他们派出一个年轻的祭司，把我脚上的绳子解开，当场收我做他们国家的猛虎武士。我死里逃生，当然就兴高采烈地加入了他们的阵营，并在以后的战场上功勋卓著。有一次，我一个人单枪匹马，就抓回了十来名俘虏呢。所以，后来我就升成了侍卫队长，负责看管全国上下最宝贵的祭品，就是献给烟雾镜神的俘虏。当然，我接手时，原来我被关在笼子里时见过的那个祭品，早在五个月前就被祭掉了，现在我手头上的这个是新的，长得还算英俊修长，但看上去苗条了些，人也比较没文化，还需要祭司们细心调教。

马特津卡后来告诉我说，他在走近大圆石，替我解开脚上绳子的一霎，突然就觉得应该和我交上朋友，因为我身上有股子杀气，能冲破很多神定下的规矩，比如，天上的金星每五十二年会将我们这个世界毁灭并复活一次,等等。

　　随着和马特津卡逐渐熟络,我才知道早年他在家乡博隆钦时,曾跟过一位异人学过数学,所以他才会对天文历法等等这么有研究。那个异人是住在地下溶洞里的,由于当地的水全在地面以下,所以人们都得搭梯子到地下溶洞里取水,马特津卡就是在这时候结识了这个异人,并跟着他学数学,作为回报,马特津卡则教他怎么在水下生活。据说,博隆钦人的祖先,是从水底大西洲那里迁徙来的,所以博隆钦人都能在水下生活,他们会用龙舌兰草扎小气囊,考究点的则用动物皮扎,更考究的是用人皮扎,当他们在水下生活时,他们就靠这些小气囊维持呼吸。另外,他们还会用龙舌兰草或其他草根植物扎出巨大的气室,每隔一定距离就在水底固定住一个气室,并且专门有人住在气室里,负责给水下生活者换气囊,那异人学的就是龙舌兰的编织技术。据马特津卡说,这里面有学问,值得研究,至于有什么学问,连马特津卡也不清楚,不过好在马特津卡后来数学越学越好,那异人要离开时,还问马特津卡愿不愿意做他的学生。本来也许马特津卡会答应的,但同时他又被保荐到蒙特苏马这儿来了,两相比较之下,马特津卡还是选择留下,于是,那异人就自个儿一人坐一卷铺张开来的毯子飞走了。当地人不明白，还以为是羽神飞走了，就急急忙忙雕了好几十座巨大的羽神石雕，把大地神的气力全部耗尽。结果，博隆钦渐渐消失在周围疯长出来的植物里，再也找不到了。

瓦娅今天说的是她如何与四百多个姐妹一起奔到附近一棵喇叭树上，自高而下扑击食蚁兽的故事。在她眼里，食蚁兽巨大得活像一座会移动的大山，她们纷纷跳到食蚁兽背上，张嘴就咬，但什么都咬不下来，猛然间食蚁兽浑身一个抖动，她们就全飞了出去，瓦娅一头撞在附近一棵枯枝上，当场就晕了过去，等她醒来时，食蚁兽正在掘地三尺，拼命想把巴拉蚁女王给拱出来。

时间不早了，瓦娅的故事虽然还没告一段落，但一切都渐渐变成了蓝黑色，阳光斜着射不透丛林，周围温度在迅速下降。远处传来一声势大力沉的啸声，接着啸声就此起彼伏起来，这是吼猴在相互约着拉屎。我和马特津卡赶紧和瓦娅道别，免得臭味滚滚熏来。

瓦娅虽说是个坚强的独身主义者，但还是显得有点失落了，毕竟现在整个丛林里，她已经失去了所有的亲人，一入夜，各种危险就会随之而来，好在她找的住处还算安全，我和马特津卡都去看过，那地方在丛林腹地，静悄悄的，弥漫着一股杀气，所以连根草都没有，更不要说动物了，一块巨大的石板就扣在那里，上面没有任何缝隙，石板上雕刻着一幅巨大的羽神头像，张着大嘴盘在上面，将杀气缓缓地推向四面八方。瓦娅就住在这嘴里下牙床左起数第三枚和第四枚牙齿的缝隙处，虽说这地方硬得硌人，但好歹也算个窝。

א$_1$

我们走出丛林，特诺切蒂特兰城就出现在眼前。高耸入云的金字塔在落日的余晖中，轻盈得似乎快要溶解到夜气里。很快我们走上了通向城内的堤道，堤道上全是急着回家吃饭的人。两边广阔的湖水里，独木舟里的农民正忙得欢。一些在水下站岗的武士正七手八脚地爬上岸来，湿漉漉的羽冠随头这么左右一阵子摆，顿时水珠就飞溅了一大片，周围的人躲都来不及躲。马特津卡来自博隆钦，当然比这些水下兵团更识水性，有时打仗时，他就跟着水军出发，在河水里他们急行军好几天，然后突然浮出水面袭击敌人，而他马特津卡就在军队里用巫术助威。马特津卡在水里从来就不怎么需要什么空气囊，而且他的身体表面也很特殊，好像总有一层脱不去的干蜡在保护他和他的衣服，所以他每次出水时从来不需要摆身子甩水，经年不洗的头发上，板结着的黑色血块永远能臭烘烘地粘在上面，让其他一些随水军出征的祭司无比羡慕。

这时，马特津卡注意到水下有一队军团经过前面的吊桥时，没有顺着台阶爬上来，而是继续沿着堤道往城外开拔。河水很清，趁着暮色，可以看见一拨拨的武士，都手拿木斧、投枪、弓箭、投石器等等，正冒着气泡行进着。由于是从河面上看下去，所以每个水下的人看上去都有点扁有点薄，而羽冠斗篷及腰上扎的流苏被水浸透后就显得非常庞大，它们在水里随着行进中的涡流和气泡，不断一飘一飘的，好像是一大群七彩水母在移动。

"你们晚上打哪里？"一个酋长正好打我们脚底下走过，马特津卡就叫住他问。

那酋长听见水面上有人叫他，就抬起头来，我一看，原来是瓜特穆斯，蒙特苏马的一个侄子。瓜特穆斯见是马特津卡，就急忙从嘴里挖出一串金丸链子，这金丸一个个有小孩拳头大小，纯金，共二十只，其中十九只吞到胃和食道里，一只衔嘴里，用来潜水时增加体重，一般每个水下武士都会吞一串，除非水性特别好，比如像马特津卡就从来不用。酋长把压舱用的金丸链子交给旁边的一位武士后，就双脚在水底河泥上一蹬，浮了上来，告诉马特津卡，他们将要去攻打乔卢拉城，因为长胡须白皮肤的神使正在那城里，蒙特苏马大王决计将他们消灭在乔卢拉城，免得后患无穷。

"你们多少人呢？"

"半提包可可豆，四千。"

"这点人不够。"

"陆地部队已经出发了，他们有两提包可可豆的人数。"

"祭神的事情怎么安排？"

"这次准备了七个，两个大人，五个小孩。"

马特津卡没追问下去，摆摆手，于是酋长就立即猫腰潜水里，手脚并用地追赶他的队伍去了。

"不会又要输了吧？"我边走边问马特津卡。

马特津卡犹豫了半天，然后艰难地点点头。他建议我们这就直接去见蒙特苏马，问他这是怎么回事，为什么又要派兵出城去攻打。

蒙特苏马最近忧虑重重，所以浮在离地仅一个手掌左右的高度上，在神使没来之前，愉快的蒙特苏马少说也可浮地三尺呢。不过尽管如此，他保养得还是很好，胡子修饰得非常精致，足以和他身上众多的嵌金宝石和头上巨大的翠羽发冠相配。我们脱了鞋子，进去低头行过礼后，马特津卡就问起派兵攻打乔卢拉城的事来。

蒙特苏马无可奈何将手往旁边对称地摊开，叫手下把他的神鸟端出来。蒙特苏马总在最危急的时刻拿出神鸟,就跟人临死前才肯说出真话一样。

没一会儿,来了四个上身赤裸的强壮奴隶,吭哧吭哧用木杠驮来一尊银子打造的鸟笼,那鸟笼也就两只手掌大小,可见关着的神鸟有多重。

神鸟头部长眼睛的地方,嵌着一面厚厚的透镜,或者说,鸟的眼部结构被左右打通并扩大了好多,这面透镜就是镶在这贯穿的孔里。神鸟看上去气色不错,羽毛光鲜得跟阳光下的蓝藻一般,细微纷繁但又浑然一体。马特津卡上前一步,隔着鸟笼去看镜子,神鸟不怕生,就侧过脑袋让他看,我跟上去也瞧了个新鲜:果然,透过鸟眼膜上的虹彩以及上面蒸腾起来的薄薄烟雾,可以看到里面正隐约显现着一队神使,从海上向我们这里过来。

"这么说一切都已经注定了?"马特津卡问话时像是还有一丝疑虑。

蒙特苏马命人将神鸟抬下去,然后抖抖他两只宽大的衣袖,立直了向前方长叹了一口气。这口气带着柠檬黄色,呈圆锥状缓缓在室内均匀地扩散消失开去,同时,蒙特苏马的身体也略略向后退了几步。马特津卡曾私下跟我说过,经他多年观察,发现高贵的蒙特苏马由于经年脚不沾地地浮在空气里,以至他成了我们国家长得最对称的一个人,并使得他的一举一动也对称起来,比方说,他吃饭时,必是左右手一起抓玉米面饼,然后一起送嘴里。或者说,如果他在某一个地方向左转弯了,那他必然会在另一个地方向右转弯,以使他到目前为止的生命中,向左和向右的转弯次数是相等的。今天我亲眼见了蒙特苏马那绝对对称的柠檬黄色叹气,就彻底相信了马特津卡的观察。

蒙特苏马叹完气后,眼望远方说道:"是的,我们祖先留给我们一个预言,说总有一天,来自日出处的人会来统治我们。我们输给这些神使好多次了,这次乔卢拉城要是我们还输的话,那我就该接受神鸟的预言,放弃抵抗,把我的王位还有我的王国,都交给他们。"

"这怎么可能呢!"我性子急,就不顾一切地大叫起来,激得外面保卫蒙特苏马安全的卫士差点全冲了进来。

"特索索克,神意是没有必要违抗的。"马特津卡拉了拉我的衣袖,向蒙特苏马行礼后,边倒退边拖着我出了王宫。

ℵ₂

"我猜你自己压根就不信什么狗屁神!"一到马特津卡家,我恶狠狠赶光他屋里所有仆人并关上他家所有门窗后,就满肚子气地向他发火。

马特津卡顽皮地点点头，眼睛里无数的小眼珠子调皮地弹上弹下了好一会儿。他趴窗户上张望了一会儿，确信四周没人了，就打开地窖的锁，取出一大缸谁也不知他藏了多少年的特其拉酒，这种烈酒是拿龙舌兰发酵做成的，我们年轻人平时喝了要是被发现，搞不好可能命都保不住。但也正是因为明里喝不到，所以暗里偷喝酒的年轻人就越多，马特津卡也不例外，我经常到他那里去的目的，明处大家都知道，是去练对眼，暗处那就只有我和他两人时才知道啦。

一见有酒，我火气就消了一大半，赶紧找了个碗来盛。马特津卡自己先尝了一口，无比畅美地从喉咙深处往外呼出一口浓甜的酒气，然后就给我倒了个满，我连忙一咕噜喝下，顿时就觉得神清气爽，想哪怕整个特诺切蒂特兰明天就交到神使手里，也不关我屁事。

没多少时间，我就醉得差不多了，但马特津卡酒量甚大，他一点事都没有，自个儿拿出一沓整齐的本色棉布，摊开在桌子上，然后开始他几乎每天都要从事的数学演算。

我也不管他，自己找了一些他们祭司常服的麦司卡林，和着酒一块儿吞下去。很快，我眼前就出现了各种各样绚丽多彩的几何图案，这些图案个个稀奇古怪，有鼓凸出来的三角形，有交错直线形成的圆孔，可以相交的平行线，还有绝对对称的蒙特苏马不断在一分为二，越分越小，最终成了一簇纷繁有序的彩色豆荚，颜色比我见过的拥有最奇幻色彩的马铃薯甲虫还要奇幻四百倍。我把我看到的一切都语无伦次地告诉给马特津卡听，他不置可否地随意回答着，大致意思是凡是我看到的都是可以在他那里演算出来的。迷迷糊糊中我就问他，既然连我脑子里的幻觉你都可以演算出来，那么，我们这个国家将来的命运，你为什么演算不出来，还要靠求神问卜来预测，到头来还不如一只鸟。

马特津卡具体回答些什么我也记不住，就算记住了我也听不明白，他说的话就和他眼睛里乌云一般的小珠子一样，复杂得我一辈子也弄不清。反正大致意思就是他所关心的事情，类似于给同样法力无边的神再分一次法力大小，比如，众神之神特洛克·纳瓦克算是老大，羽神太阳神烟雾镜神他们就算是老二，火神啊雨神玉米神他们呢算老三，月亮神啊海螺神啊等等就只好算老四老五了。

"好吧，等你大小全排好了，就叫醒我吧。"说完我就沉浸在一望无垠的几何图案里了，再也没有其他任何知觉。

等我头痛欲裂地醒来时，桌上那堆演算用的棉布还在，但马特津卡人已经不见了。天大亮着，把刷得雪白的墙壁照得快要飘起来。我摇摇晃晃地下地，在草垫上找了半天鞋子，还没把鞋子穿利落，房门就砰地被撞开了，一群胭脂虫忽悠忽悠爬了个满地都是，后面紧跟着一个小姑娘，正手忙脚乱地将胭脂虫抓回到南瓜囊里。

"希丽腾加，胭脂虫打翻了？"虽然我现在看见的景物还有些模糊，但马特津卡的妹妹希丽腾加长什么样我还是看得出来的。她身体还没发育好，但已有了一头长及腰间的黑发。希丽腾加的两眼略略凹在眼眶里，非常大非常好看，当然，可不是对眼，自然也没裂开来，可比一般人的要明亮，而且只要她愿意，她的眼睛表面就会闪出草绿色光泽来，配上她在眼睑上涂的草汁眼影，真是再好的祖母绿也及不上她了。

希丽腾加不回答我，还是在集中精力抓胭脂虫，他们马特津卡家的人就是这点厉害，不管做什么事，都会聚精会神，哪怕心脏被人挖了也无所谓，大不了事后再争取要回来。我看着她抓了一会儿，想这么袖手旁观也不像个样子，就起身和她一块儿蹲着抓。

胭脂虫又小又软，一团团跟棉花似的粘在草垫上，有些还翻落进草垫下面的红泥地里，非常不好收拾，我脑袋一阵阵发涨，根本指挥不了自己十根末端粗大的手指，结果没一会儿，草垫和我的手指上，就全是湿乎乎的胭脂虫体液，红得让我都没脸再帮忙下去了。

"得，你别忙了，还是抓紧练你的对眼去吧。"希丽腾加没好气地把我两只血淋淋的罪恶之手推开，继续心灵手巧地抓她的胭脂虫。

"你哥上哪儿去了？"我没话找话。

"去气室里算题目去了，他叫我等你醒来后告诉你，他要思考上好些日子才出来，叫你没事别去找他。"

得，唯一的借口也溜气室里去了。马特津卡就这个毛病，老是在我最需要他的时候，一人钻气室里去算题目，还说什么只有待在水下思路才会清晰，根本就不管我在地上的死活。那气室是他专门为思考设计的，和一般常见的还不太一样，我见过，就在他家地基下面。我们这儿大多数房子全是建在水上的，先在水上养一种特殊的草，并填上各类肥料，等茂盛到处处是腐烂泥浆时就填土打地基，这样，就造成了一个水上平台，一般一个平台上住十来户到几十户人家，平台与平台之间以小规模的堤道连接，它们星罗棋布在特诺切蒂特兰的城里城外，靠三条大堤道通往中心广场，那里就住着我们的蒙特苏马，还有许多金字塔、球场、集市等等。马特津卡由于职位显贵，所以他就按照他个人的意愿，

实无穷 | 143

让人造了个小平台，只供他兄妹俩居住。而在平台下面，他把形成平台的水生植物的草根都收拢起来，扎成一根空心大辫子，底部开一小口，人进去后，就在辫子里面再把口子收紧。这就是马特津卡改进过的气室。这气室有一点好，只能透水，但不透浮游生物，更不必说鱼儿了，所以里面特别安静，除非自己要打嗝放屁。另外，马特津卡在大辫子里层刺了不少小孔，用空心龙舌兰草当管道，将小孔里的空气聚集到气室顶部的一堆豹皮囊里，他只要每隔几天就去吸豹皮囊里的空气，就能连续好几个月不吃不喝地待在水下。

我蹲了会儿，见希丽腾加胭脂虫也捡得差不多了，实在无趣，就只好无可奈何地起身走出屋子。外面太阳正笔直笔直地照下来，把远处十来座金字塔照得晶亮晶亮，以至它们看上去比平时要矮一些；几只本地大蝴蝶抓住深秋最后的几天，在一捆玉米秆附近扑闪扑闪地瞎折腾，一只大蜥蜴哧溜一下从玉米秆旁边的河沟里窜走了。

我刚走上桥，就听后面希丽腾加喊了一声："你上哪儿呢？"

"去市集那儿，买点仙人掌汁醒醒脑，我头疼得厉害呢。"

"别去了，我这儿有，你等一等。"还没等我回过神来，希丽腾加就跑上来了,她手里捧着一小罐水,绿茵茵的,瞅着就该是仙人掌汁了。

"喝吧。我自己做的。"

我尝了一口,比集市上的要新鲜多了,还掺了蚜虫蜜,酸里带甜的,特别给劲。我一仰脖喝个精光,感觉精神清爽了不少,想想两人傻站着也不是个办法,就再次告辞。但希丽腾加没放我走,她要我带她到她哥常去的那片丛林里去找蚂蚁瓦娅。

"这不行,你哥准不答应。"

"废话,他要答应我还求你,你看你,都喝了我做的仙人掌汁了,还磨磨叽叽的。"

"那要你哥知道了咋办?蚂蚁神可不能……"

站在她家粉红的房子前,希丽腾加把头一甩,两只黑眼睛这么一亮,草绿色的光泽在一汪深潭中这么一闪,还没等她答话我就同意了。

其实我对希丽腾加心仪已久,这才是我经常上马特津卡家的真正原因,但我不便说出来,怕万一希丽腾加拒绝了,那我以后就没法再来假装练对眼或偷喝酒了。不过我不怕啊,仗着我在特诺切蒂特兰的名气越来越响,我相信总有一天希丽腾加会属于我。

那座丛林离城还是有段距离的，等我们来到丛林入口处时，天已经黑了，远远近近不时传来郊狼的嗥声。我拔出双手抡的黑曜石长刀，站定了问希丽腾加，是不是非要去找瓦娅。

"当然是啦，我就搞不懂为什么我养的胭脂虫说不了话，可蚂蚁却行。"

"瓦娅和一般蚂蚁不一样，她身上有神背着，所以她现在就是蚂蚁神了。"

"不管，我要亲眼看看是怎么回事。"希丽腾加固执起来不亚于她哥。她比我要矮好几个头，挎着个南瓜囊，我很想蹲下去抱抱她。

不过实际上我没抱她，只是咽下一口口水后，就拿刀砍进去了，她哥要是知道这事，就全怪我身上好了。还好这条道昨天刚拿刀砍过，所以挡路的乔木灌木还不是很密杂，黑曜石长刀爽气一挥，前面的树木就应声而倒。希丽腾加一路紧跟在我后面，偶尔会嘻嘻偷笑两下，夜里天气凉，所以她笑时呵在我后脖子上的热气特别暖，我总是在不经意间往后仰一仰脖子，感觉这样子能让热气铺得再开些。

越进林子，天上的月亮也越大，上面的山山水水看得是一清二楚，马特津卡说根据他的计算，月亮实际上离我们非常远，即便我长了一副瓜达鲁贝大鹰的翅膀，飞上一年半载也到不了。我是不信的，有天还特地看了他的计算式子，天，密密麻麻，全是他写的字，但没有一个我认识的，因为上面没有画芦竹、房子、黄色、棉花、水滴或燃烧等等。我识字不多，但一般的文书我还看得懂，可这玩意儿就实在不行了，马特津卡倒是很体谅我，他拍拍我肩膀说，他用的这些奇怪字母，都是来自遥远国度的，是当年那个异人传授给他的，这些字母用在计算上就特别方便，不过呢，用来唱歌或跳舞就不行了。他还说，他最近一直忙乎的，就是想用这些字母，看看会不会得出一个非常可怕的结论，那就是天上地下整个世界，其实不用那么多神，它也能万物流转，根本不会因我们不祭神而毁灭，或者说，不管我们杀多少人祭神，世界是永远在那里的，因为它自己就是法力无边。我当时听了大吃一惊。赶紧问他这结论算出来了没有，他摇摇头，来回搓搓在气室里泡得有些干蜡的手，说快了快了快算出来了。那天后来希丽腾加就进来了，嚷嚷说要去和蚂蚁说话，马特津卡一巴掌过去，假惺惺的速度快到正好能被我拦着，于是希丽腾加气呼呼地跺脚走了。嘿嘿，现在她可美滋滋地走在我后面呢。马特津卡特别溺爱他这妹妹，但他大概不知道我比他还溺爱。

月亮发出的柔和光芒，足以照亮周围好大一片地方，我们来到瓦娅睡觉的地方，能把整个伏在地上的羽神头像石板看个正着。希丽腾加起初被羽神扁扁的狰狞模样吓了一大跳，连忙躲我身后，好一会儿才大着胆子，和我一起走上石板，到羽神的嘴巴这里去找瓦娅。瓦娅正趴在石头牙缝里，表情麻木地想心事呢。见我带了个陌生人来，她很吃惊，但听说希丽腾加是马特津卡的妹妹后，就客气地请我们坐下，然后爬到羽神鼻孔凹槽里，掬了把水漱漱喉咙，再把自己浑身舔了一遍，然后干干净净地爬到我们面前坐好，问我们来找她干什么，是不是希丽腾加也想来听她和她的伙伴如何血战食蚁兽的故事。

"没有啦。"希丽腾加左右忸怩了一下，不小心屁股外缘蹭到我手背上，我一个哆嗦，差点从羽神下巴上滑出去。

希丽腾加咽了一口口水，然后问瓦娅为什么能讲话。

瓦娅张开头上两根触角说，她也不知道，反正有一天她碰到在丛林里苦行的马特津卡后，就忽然会讲话了。"这就跟你忽然有一天就爱上一个人一样，没道理的。"瓦娅随口说道。

希丽腾加一下子就紧张起来了，我甚至能感觉到她浑身在冒热气，她憋了一会儿，突然问瓦娅，她要是喜欢上一个祭神用的祭品，怎么办。

　　这回我终于滑出羽神的下巴了，我一直滑到它颈边的头一圈骷髅骨项圈处，才被某个骷髅友好地挡住。天，今晚月亮好圆，照得骷髅都那么玲珑可爱，那些个黑黑的眼窝，个个都值得用嘴去亲一亲。

　　真的，我从没想过希丽腾加竟会喜欢上我，喜欢我这个曾当过祭品的男人。一时我实在控制不住自己，就伸出两手紧紧握住黑曜石长刀的刀身，感觉冰凉的石片在我灼热的手掌心里被握得快要软掉了。

　　瓦娅追问希丽腾加喜欢的那人是谁，希丽腾加说，就是我现在看管的那个祭品，全国最宝贵的那个。

　　月亮一下子把它巨大的身影躲云层中去了，我非常感谢它，因为在那一瞬间，我孤身一人，无地自容。

　　后来瓦娅和希丽腾加就热烈地海聊了起来，就跟两个女人碰头，聊到婚嫁就准能结成死党是一个德性。瓦娅坚决支持希丽腾加和那祭品私奔，说她的女王就是这么找到合适丈夫的。不过她也说，这会害了我，因为按照国家规定，要是祭品跑了，那我这个侍卫队长就得去顶死。希丽腾加听了，就说一块儿私奔，我听得不耐烦，只是一味摇头，想小姑娘就是小姑娘，脑筋简单得没法和她哥比，好像整个阿兹特克全是她家的一样。一块儿私奔，能跑哪儿去？往西往东全是海，往北压根没路，往南倒是行，可那是人家的地头，据说那里的人喜欢太阳，有钱的人人都打造了一个放家里供着，有用土原料打造的，有用水原料打造的，打仗时就互扔太阳，所以那里烤死的比老死的还要多出好多，去那种地方，一不留神就成焦炭一捆了。再说，也要我愿意跟你们小两口跑啊，那家伙踝这么细，能跑多少路，还不得我背着，拿我当牲口使唤，堂堂的阿兹特克第一猛士就成了你这小姑娘的牲口？还不管饭？呸。

　　回去的路上我一言不发，只管在前头走，希丽腾加大概从没见我这么生气过，也不敢说话了，就拎着她装胭脂虫的南瓜囊，窸窸窣窣地跟在我后面。走了一会儿，她叫我保证不要把今晚的事告诉她哥，免得她哥揍她。

　　我的怒火一下子就腾上来了。她不就是想着那祭品吗，害我欺瞒我的朋友，偷偷带她见了只有大人物才能见的蚂蚁神——这算什么事啊？！我真后悔带她来见瓦娅，要是不见不就没这回事了吗，明年五月一过，那祭品一开膛，心和血被烟雾镜神吃个饱，希丽腾加不就只能喜欢我了吗。我越想越恨，猛地大吼道就告诉你哥就告诉你哥就告诉你哥把心挖出来也要告诉你哥。我一吼，性子就上来了，见路边那些不挡道的树木，也是照样抡圆了一刀砍下，而且树身越粗我砍得越带劲。砍着砍着，我觉得浑身憋着的怒气发泄到了酣畅淋漓的地步，身上每一个毛孔都贪婪地张开，拼命呼吸着林间弥漫着的树液气味。无数从树上落下的虫子和四下逃散的鸟兽，更是增添了我无比的杀气，而且我有意要让后面这小姑娘看看，什么才是真正的男人。

等我走出林子，见到月色下的特诺切蒂特兰时，我的心情才稍稍平静下来。四周阒然无声，只有我粗浊的呼吸声音。我回头一看，希丽腾加不见了。走过的道路黑魆魆的，月亮恢复到了平时大小，失去了朗照一切的力量。

ℵ₃

到天亮时，我才嗓音嘶哑地再次从林子里出来，很沮丧，我没找到希丽腾加。瓦娅被我粗粗的手指捅来捅去，可就是醒不过来，光迷迷糊糊说梦话，看来她是什么都不知道了。我环顾四周，只听见郊狼在哀嚎，天知道希丽腾加躲哪儿去了，说不定她已经被狼或虎或豹子什么的……我实在想不下去了，就只好奔城里找她哥马特津卡。马特津卡被我从气室里打扰出来很不高兴，苍白着脸问我是不是又想找酒喝了，等知道是他妹妹不见后，才着急起来，眼睛里的小珠子顿时全颤抖了,像被水煮开了一样。

马特津卡阻止了我召集手下进丛林寻找的企图,说神居住的地方,还是不要乱来为好。然后,他和我两人再入丛林,东寻西找的,可没任何进展,最后我们抱着一丝希望,到了瓦娅住的地方,但发现瓦娅死了,蜷成一团,后腹部上的细毛失去了光泽,尸体微微发出一股发酵的甜香。

"年纪大了,一宿没睡,就不行了。"我试图找一个理由来解释蚂蚁神的死亡,当然我知道,身为祭司的马特津卡,一定有更好的解释。

马特津卡摇摇头,安慰我说,这是他妹妹自己不好,擅入神的地方,闯祸了,咎由自取。他俯下身子,将瓦娅小小的尸体捧起来,然后嘴里念念有词地召唤风神,很快,一阵风吹过,瓦娅就消失了。

自此以后,马特津卡就总是回避和我见面了,就算是开首领会议,他也尽量不和我在同一时间发言,他的眼神开始涣散起来,有时他眼睛里所有眼珠子全趴在眼底,动也不动,看上去空空的眼白下面伏着一条懒洋洋的黑线,很是吓人。当然,没有其他人知道我闯祸的真相,要是他们知道我擅自带人去见神灵,那我和马特津卡就全完了。所以,我们对外说的都是,希丽腾加在捉胭脂虫时跑远了,结果失踪了，找不到了。

再后来，马特津卡索性连会议也不参加了，他遣散了他所有的仆人，然后整天都躲在气室里，演算他的那些宝贝题目，根本就不理会当前的紧张局势：自上次我们派兵攻打乔卢拉失败后，神使步步逼近，如今，他们已经兵临城下，蒙特苏马国王迫于无奈，已经答应让他们入城了。很多祭司和首领都很不满意蒙特苏马的这个决定，乔卢拉战役中，侥幸活下来的瓜特穆斯，蒙特苏马的侄子，就是反对声音中最激烈的一个，他甚至扬言要自立为王，和那些西班牙人抗争到底。自和神使交过手后，在他眼里，已经没什么神使了，只有和我们一样的人，只不过他们叫西班牙人，会骑马放枪罢了。蒙特苏马面对内部压力，就差人潜水里，去听取马特津卡的意见，没想到的是，本来坚决主张让神使进城的马特津卡，竟然也会同意瓜特穆斯的说法，说那些神使的确不过是些平常人，只不过他们的武器比我们先进，他竟然还说我们不应该以抓他们做俘虏祭神为荣，而是应该以消灭他们为主，并且最好把抢获的枪炮及马匹仔细研究，使我们也掌握他们的技术，而不是将这些东西一概拆毁祭神。他说，这叫学习野蛮人的发达技术，以便用来制服野蛮人，还说，他最近身体有恙，必须整天泡在水下面，所以尽量不要去打扰他。蒙特苏马听了回话，心里老大不高兴，认为马特津卡在最关键的时候出卖了他。

我除了参加这些会议，有时抽空就回到侍卫队去，打远处盯着那个祭品看，越看我就越讨厌他，恨不得一刀就结果了他的小命。由于合理的营养和合理的锻炼，他的身材比以前出色多了，而且整个人已经变得很有修养了，不但会吹一手好芦笛，还会写字记录我们的历史，甚至还会赋诗，这可是只有祭司才掌握的神秘法力啊，没办法，我们除了让他吃好穿好玩好，还派了最好的老师教他文化知识，以便到祭神那天，可以向烟雾镜神奉献一个德智体全面发展的高质量祭品。我想，这可能就是希丽腾加喜欢上他的原因了，神喜欢的东西，凡人怎么会不喜欢呢。

我开始想念麦司卡林的奇妙好处，就经常到希丽腾加家去，反正马特津卡在气室里，所以我总是关紧房门和窗户，一个人灌酒，同时吃麦司卡林。这样，第二天醒来时，我就能在头痛欲裂的当口，看见希丽腾加一次次撞开房门，蹲地上聚精会神地捡着胭脂虫，小小的手里还攥着一只南瓜囊，没心没肺的爱理不理样。这样恍恍惚惚的美好日子一直持续着，直到有一天，在我天昏地暗的时候，门真的被撞开了，门板都飞了起来，我的一个手下闯了进来，捂着撞破的脑袋大声说不好了不好了，神使要杀蒙特苏马国王了！

我大吃一惊，哆嗦了好几下，拼全力抓起我的黑曜石长刀，跟他一块儿朝王宫赶去，一路上我不知撞了多少次墙壁，摔了多少次跤，骂了多少个人，才跌跌撞撞地赶到出事地点，不过人也差不多痛清醒了。

那地方周围密密麻麻全站满了我们的人，桥上、房顶上、独木舟上人人拿着武器又喊又叫，还有许多人在敲鼓打锣，谁都听不清别人在说什么。我好不容易才搞清楚，原来蒙特苏马被神使软禁了好长一段日子，其间神使干了很多坏事，他们说我们神的坏话，将他们形状丑陋的十字形木头架在神庙里，最可恶的，就是他们将我们国家几个战功赫赫的武士给活活烧死在蒙特苏马面前，说是献给他们自己那个抱小孩的女神。所以，瓜特穆斯他们就立蒙特苏马的一个有名望的亲戚为王，今天将西班牙人包围，打算彻底歼灭他们。

这时，蒙特苏马出现在神使住的那间房子的房顶上，他浮在那儿，巨大的头冠仍绚丽地开着，人看上去还很自由，实际上呢，他旁边都是全副武装的神使，什么都做不了主。远处供奉太阳神和烟雾镜神的金字塔顶上，神庙大殿正熊熊燃烧，火光把天上的太阳都照得失去了光彩，大量黑烟从高空翻压下来，把所有武士的愤怒都撩拨到了极点。

蒙特苏马两手同时举过头，然后缓缓向下按，示意我们都静下来，他反复做了十几下，周围的喧闹才渐渐小下去。我向旁边一名神鹰武士要了把弓箭，然后拉满弓，瞄准离蒙特苏马最近的一个神使，想万一有什么变故，我就先结果了这神使的性命。我这阿兹特克第一猛士，还没和这些神使交过战呢，今天雪藏的猛士终于出山了，你们就等着吃苦头吧。

蒙特苏马见我们安静下来了，就先叹了口气，这口气吐得非常哀伤，所以是淡紫色的，细细的圆柱体，在阳光下凝了片刻，才褪色消失。接着，他就把神鸟的算命结果，公开告诉了我们所有人，并劝我们不要和神使争斗，因为这是命运的安排。

大家愣了会儿，正在考虑到底是听蒙特苏马的劝告，放下武器向神使投降呢，还是为了我们国家和神灵的尊严，一鼓作气冲上去把西班牙人全抓了祭神。这时，站在瓜特穆斯旁边的一个酋长发话了，我向那儿看去，原来就是蒙特苏马的那个亲戚，这次行动的指挥者，他神色严肃地指责蒙特苏马已经被邪魔所控制，所以不配做我们的国王，并要求我们所有人拥护他做国王。

一下子，安静的人群又鼓噪起来，瓜特穆斯手下的人开始诅咒西班牙人,并向他们扔石弹。有个神使慌张了,就拿枪向蒙特苏马靠近。

我二话没说,手指一松,嘣的一声,那箭直接向那神使飞奔而去。我虽然头痛欲裂,视力受了极大影响,但射箭是门用心而不是用眼的艺术,准不准完全靠感觉的。所以,那个神使就捂着喉咙摔下了平台,一点犹豫都没有,这说明我这一箭的火候,足以和我的声名相配,同时也说明,瓜特穆斯和马特津卡是对的:神使原来和我们一样,也是人,不过是会放枪的西班牙人。

这下子,所有的武士都行动起来了,无数的箭矢、石弹和烧红的投枪向西班牙人发去,一时天都被遮暗了。那些西班牙人赶紧架着蒙特苏马朝神庙内部退去,但来不及了,等我刚想射死第二个西班牙人时,我亲眼看见一块石头嘶嘶打着呼哨,砸进了蒙特苏马的额头,他僵了一下,似乎不相信这个事实,然而第二下打击,一块打中他腿部的石头使他终于回过神来,他双手向天张开,对称地向后倒下了。这时第三块石头击中了他的手臂,这一击使蒙特苏马在脚着地的时候失去了平衡,他向左翻了半个身子,死了。也就是说,蒙特苏马晚节不保,在他生命最后的一刻,他使得他一生向左转的总次数比向右转的总次数,令人痛心地多出了半圈。

战斗还在激烈地进行着，但由于西班牙人龟缩在神庙里向外放枪放炮，所以场面上是我们占优，但非死即伤的全是我们自己人。我倒是成功地蹿到了房顶上，刚用长刀砸出一个大窟窿，突然神庙里就戳出一杆长枪，本来我以为躲得过的，没想到那西班牙人骑马的速度竟然有这么快，转瞬之间他的长枪就到了我面前，我只好将身子硬是往左一侧，结果右臂被拉了条大口子，鲜血滋滋射了出来。接着，我就看到了我出生以来最神奇也是最可怕的一件事情，屋子里面有个火枪手向我射击了，我眼睁睁地看着那粒小金属朝我胸口扑来，但我就是躲不开，真的，当时我很清楚，就算我没吃麦司卡林，就算我右臂没受重伤，我也决计躲不过这鬼玩意儿，它简直比金蜂鸟还灵巧，我只好屏紧胸大肌，挺着，看它能啄开多少，结果它轻而易举地就在我的右胸大肌上凿开一个孔，并钻了进去。在我掉下房顶的一刻，我看见下面是湖水和很多武士，心想但愿还有救，毕竟我还得留条命，思念思念希丽腾加的。他们都传说人在临死时，只要努力想自己最想见的人，就一定能见到。于是我一边往下跌一边就想着希丽腾加的容貌，见鬼的是我什么都没看到，就感到浑身一个激灵，在一片水声中，很多脸上画满白色红色绿色条杠的水军兄弟，正从四面八方向我游来，他们个个一脸的关心，嘴里露出半个金球和两排牙龈，于是样子更加丑陋不堪，真是气死我了。

ℵ₄

托战神维辛洛波切特利的福，我好歹是活过来了。醒来后我做的第一件事，就是问西班牙人杀光了没有，回答是没有，说是被他们逃走了，因为邻近的特拉斯卡拉人收留了他们，蒙特苏马的那亲戚前段日子病故了，现在一切都由瓜特穆斯掌权，他正竭尽全力，要和西班牙人决一死战。

我胸口那儿缠着棉布，牵扯一下还很疼，右臂上的伤看来无碍了，几百个蚂蚁头沿着伤口一路排下去，它们的虎钳牙紧紧咬合住伤口两边的皮肤，裂得厉害的地方就用大头兵蚁，裂得一般的地方就用个头普通的工蚁，而且虎钳牙咬入的深度也把握得很好，看来这个医生的医技还相当高明。看着这些蚂蚁头，我就想起瓦娅，接着就想起希丽腾加，还没想到她哥马特津卡，马特津卡就出现在了我的面前。

"题目算好啦？"好久没见到他，我也不知从哪里开始和他打招呼为好。

马特津卡摇摇头，说这些日子里虽然进展很大，但离最后的结果还是差得很远，他甚至怀疑，他想得到的那个结

实无穷 | 159

果，不是凭这些字母就能够推导出来的。"那个假设，天知道它是真的，还是假的。"马特津卡沉浸在他的数学世界里，我第一次注意到他的脸竟是如此瘦削，而眼睛里的小眼珠子是如此的奄奄一息。

"当心身体。"我垂下头，总觉得欠他什么。

马特津卡坐到我跟前，把我头托起来，于是我近距离地看见了他所有的小眼珠子，墨洇洇的，从内眼眦处向整个眼球弥漫开来，情状颇是凄惨。

"我现在能确定的是……"马特津卡回头向门口处张望了一下，见没人，但还是不放心，就去把门关严实了，才回到床边，继续说道："这场战争我们准会完蛋。"接着他用托我下巴的手压住我要争辩的嘴，说："但无论我们的国家会不会完蛋，这个世界还是会这么下去的，瓦娅的国家完蛋了，丛林里的生活不照样过得很滋润吗。所以……"他惭愧地咧了咧嘴角，"所以，我们这些祭司，还有我们的祭品，我们的神灵，纯是胡闹。我们的神灵也许都是假的，他没有能力保证我们能够一直昌盛下去。也就是说，也许我妹妹的选择是对的，那个祭品，她有理由获得。"

我一扭头，避开他的手低声喝道："你一定是算题目算疯掉了！要是被瓜特穆斯知道了，你准会没命的！"

他淡淡一笑，说自蒙特苏马死后，瓜特穆斯压根就不再理会他了，包括其他祭司，瓜特穆斯也不怎么搭理，现在瓜特穆斯只器重那些武士首领，包括我这大难不死的侍卫队长，不过呢这样对他也好，因为他可以全身心地投入数学里，再也不会有人潜水里去烦他了。

我虽然头脑愚钝，但也能猜测出：一定是他钻的那些题目害了他，使他形容枯槁神志不清，竟会认为我们国家必然会灭亡。当然，蚂蚁神瓦娅我还是很敬重的，但我不相信她的王国覆灭，和我们的特诺切蒂特兰有什么关系，要知道我们这里的神灵个个都是很照顾我们的，他们每年许诺我们这么多的收成，而我们奉献给他们的，不过是些微不足道的人心。我们和神灵之间的关系如此和谐，怎么会灭亡呢，西班牙人再厉害，他们那个抱小孩的女神再凶狠，也不可能打过我们和我们的神灵的。

我也是一时糊涂，就问他到底在算些什么，以至于认为我们国家准会完蛋。

这下我惨了，他说了一大堆昏话，夹杂着无数手势和唾沫，他所有的小眼珠子也顿时欢快起来，把我听了个晕头转向，真是恨不得西班牙人马上再给我补一枪。他叽里咕噜说了一大串，最后顿了一下总结道，和真正的无穷序列比起来，我们的神灵序列不过是个虚假的无穷。见我一脸迷茫，他就指指自己的眼睛，灵气地一笑，继续解释下去："你知道吗，它们分裂了三十二年了，这个数字我清楚，远远多于你能看见的星星。从去年开始，它们就不是一年分裂一次了，它们速度加快了，现在每隔三天它们就分裂一次，这促使我想，要是它们速度越来越快，以至于每一极小的瞬间，它们都在分裂，那么，你说，这数字最大会大到多少？"

"很大很大啊。"

"会有多大？"

"你想有多大就有多大。"

"可是，我怀疑这不是想多大就有多大，而是本来就有那么大。而这个真正的无穷，才是真正的神。"

我想这下我听明白了，果然是他算题目时中了邪气，傻掉了。我暗自盘算着什么时候找几个信得过的祭司，帮他驱驱邪，面上我却显得一派光明，露出理解万岁的痴呆笑容。

"所以，既然太阳神他们可能都是假的，那么，我是不是该原谅我妹妹呢。"说完这话，他黯然神伤地拍拍我肩膀，走了。留下我一人坐床上发呆。

过了几天，伤口基本痊愈后，我径直去找那祭品。虽说现在是战争时期，但他过的依旧是鸟语花香的生活，四个年轻貌美的女孩正在为他梳洗打扮，他优哉游哉地抽着雪茄，很是风花雪月。旁边站着的是我七个手下，看护着他的一举一动。

他们见我来了，都亲热地上来问候，连祭品也跑过来嘘寒问暖。我皱起眉头问他，是不是离大限不远了，所以很开心啊。

他愣了一下，没想到我会这么说，突然他就扔了雪茄发起狂来，涕泪交流地把头冠上的鸟羽全拔下来，折断，扔地上，用脚来回碾。几个侍卫立刻上去架住他，免得他弄伤自己洁白如玉的皮肤。

挣扎了几下后，他没气力了，就安静下来不吭声了。

希丽腾加就喜欢这种人。我念叨着这句话，走了好长一段路，来到了那片丛林外面。好久没来了，入口已经被各种树木封住，要进去的话只能再砍一条路出来。我在外面徘徊着，但就是不敢进去，怕万一进去了，希丽腾加就会跑出来，去约那个祭品，那我就什么都没有了。

至少现在我还有这片丛林。站在它外面，从各种鸟兽发出的声音里，我可以分辨出不少新的巴拉蚁王国，正在和军团蚁切叶蚁它们为争夺土地打仗。这声音生机勃勃，欣欣向荣，不比我们祭神时剖膛挖心时发出的声音逊色。我沉浸在它们的血肉厮杀中，感到浑身的血液都在沸腾，恨不得瓜特穆斯能立即派给我一队四万人的兵力去将西班牙人悉数抓来祭神。

转眼就快到一年中最隆重的节日托斯卡特尔节，大家都忙碌起来，一方面要全力抗击西班牙人，另一方面则开始张罗起一年一度最大的祭神仪式。由于这次祭神直接关系到国家安危，所以人人办事都很一丝不苟，不少祭司都把自己割得鲜血淋漓，有些甚至因失血过多而在神庙里当场殉职。另外，我们还押着一些宝贵的祭品，就是西班牙俘虏，不过最宝贵的，还是我看管的那个祭品。所以这些日子以来，我每天都在侍卫队里，马特津卡那里我几乎就没时间去，所以酒和麦司卡林也不沾了，整个人看上去又恢复了以前那种威风凛凛的样子。瓜特穆斯每回看到我，都高兴得同时举起双手说，这个国家就靠你们了。自从瓜特穆斯做了国王后，他的身体也能浮起来了，而且从长相到一举一动也对称起来，虽然还没达到老国王蒙特苏马那种严格对称的境界，但已经足以让我辈心动了。

为了迎接即将召开的托斯卡特尔节，我使出浑身解数，把各式各样的祭品都安排到位，一些重要位置上，连候补祭品都考虑好了,至于那个全国最宝贵的祭品,除了日常看守他的七个侍卫,我还另外加了一队豹猫武士守在外层,以防万一。同时,我率领大部队猛烈攻打附近倒戈西班牙人的村落,抓了大量俘虏,全关笼子里养着,由于我自己在笼子里也待过,所以对他们的处境也感同身受,就给予他们无微不至的照顾。比如,我拒绝一些人提议笼子不够就一个关俩的提议,并要全城人民节衣缩食,一定要让这些祭品吃饱吃好,以在祭祀时讨得神灵的欢心。对那些被俘虏的西班牙人,我更是亲自去嘘寒问暖,还特地找人教他们跳舞,这样他们可以活动活动筋骨,保持身心愉悦,从而在祭神时,他们不至于手脚笨拙,让神灵看了生气。由于我事无巨细都办得妥妥帖帖,大家都非常爱戴我,不少人见我就叹息,唉,你怎么会有马特津卡这样的朋友啊!

但朋友就是朋友,面对这样的叹息,我从来是不苟同的,每一次我都义正词严地说,谁要是不喜欢马特津卡,谁就别来和我说话。而我自己更是以实际行动,表达了我的见解。几乎每天我都要忙里偷闲,拿些日渐短缺的食品,比如鸡啊玉米饼啊什么的,到马特津卡家去一次,虽说老碰不到他,但只要让周围人看见就行了。毕竟我和他是老朋友了,我耳朵里听到对他不利的言辞在增多,甚至还有人扬言,要把他这个当年提议引狼入室，后来果然害了老国王的祭司，在这次祭神活动中一块儿了结了去。所以我想我应该有义务多去他那儿，让那些家伙有所忌惮。不过马特津卡那儿，我也打算找机会和他通一声气，叫他举止正常些，别老钻水里，让那些好猜忌的以为他在水下搞什么阴谋诡计。再说，这事我也要负一定责任的，自从上次马特津卡和我在病床上长谈后，我就偷偷找了几个平时要好的祭司，给了他们许多银子和绿宝石，请他们秘密做法，让马特津卡从邪魔中恢复过来。没想到，这几个祭司做完法事后，竟然又把马特津卡的话偷偷报告给了瓜特穆斯。这些事我都不敢跟马特津卡说，我发现自己的确非常蠢，先是把他妹妹弄没了，现在又把他给害苦了。不过我打定主意了，到时谁要敢对马特津卡下手，他就得先过我这关，哪怕来的是瓜特穆斯，我也绝不退让。

　　马特津卡家看上去又老了一些，外面的粉红涂料几乎都剥落了，那捆玉米秆还横在老地方，只是已经腐败发黄，渗出的臭水也干了，留下几缕歪歪扭扭的暗绿色印记，一直延续到不远处的河沟内。我推门进去，那门显然自上次被我那粗心的侍卫撞飞后，就没好好重装过，推门时发出的声音叽嘎叽嘎的，好像房子快倒了一样。每次我到这里，都下了决心，等来年开春以后，一定要派人来整整这个地方。

屋子里果然又没人，但昨天留下的一包玉米面不见了，看来他上岸进来过。现在我和他的交往有点搞笑，我们都是根据桌子上的食品有无，来判断彼此是不是来过了。我放好今天带给他的一陶罐炖鸡，拿起搁在桌上的一块棉布，见上面写着叫我下水去他那儿坐坐。

这可是六十五个金星年也遇不上的一次邀请呢——马特津卡的气室，那是什么地方？全国最伟大的祭司想问题的地方欤！我敢打赌，全国上至国王下至奴隶，没一个人进去过。我高兴坏了，急急脱了羽冠斗篷项链还有裙子脚镯什么的，往桌上一扔，来到水边，深深吸了口气，一个猛子就扎了下去。

春天里的水就是冷，不过总比夏天那会儿清澈，所以水下那根巨大的草根辫子我可以看得一清二楚，它上面结满了各种寄生藻类，还有贝壳石壶什么的，远远看去像是棵种在水里的树，而且树身呈纺锤形，最粗的地方三个人都抱不拢。我游到辫子末端，来回晃了几下那里的根须，没一会儿，那些集成一把的根须就散开了，马特津卡没出来，在里面招招手，示意我进去。我点点头，搓搓手就钻了进去，里面并没有想象中的黑，那些从草根处输送空气给豹皮囊的龙舌兰草表面都涂了深海鱼的荧粉，一根根密密排列在内壁上，发出均匀的荧光。我趁着这微弱的光亮，赶紧向上游到收空气的豹皮囊那里，找了最胀鼓鼓的一个，打开口子狠狠呼吸了几大口，还待在入口处的马特津卡把根须重新用绳子收紧扎好，就游了回来，笑嘻嘻地指指停在顶上的众多豹皮囊，做了个都归我享用的手势。

这里的确是个非常曼妙的地界，我依托水的浮力，俯在一大堆豹皮囊里，让它们湿濡濡的毛皮贴在我的肌肤上。每过一段时间，我就美美地吸上一口，然后过上许久，才慢慢把气泡吐出来，让它们蹭在我的脸上，痒痒的。要知道我水性虽然没马特津卡好，可真要在水里憋气打仗，我在军队里还是数一数二的。马特津卡就浮在我下面，他基本上没什么气泡吐出来，样子也比我舒展得多，还时不时从手里端着的一只木罐里倒些东西进嘴里，见我馋了，就把木罐封紧，手一松，木罐便晃悠悠地向我浮来。我伸手抓过来，小心翼翼地将木塞拔开后，立即将嘴候上，嘬了一口，是龙舌兰酒，而且酿制纯度非常高，好喝极了。这酒一下子冲开了我尘封多日的记忆，我想起了那无数个在他家偷喝酒的日子，我情不自禁咕嘟了几大口后，才把木塞封上，这时才发现，原来在水下喝酒，连嘴巴都不用抹啊。

马特津卡见我那副嗜酒如命的样儿，摇摇头笑了。他又游回到入口处，把那里的一个袋子打开，天哪，几十个木罐全漂了出来，而且外观式样没个一样的，我喜不自禁地离开豹皮囊，抓了一个看上去好像是绘有蜘蛛网图案装饰的木罐，塞子拔开一尝，果然还是同样的龙舌兰酒，而且纯度一样高。我乐坏了，这要在这里和他一起醉上个一天半夜的，又有何妨，地面上一切我差不多都打点好了，自个儿先抓紧快乐一把才是正经呢。

我打手势告诉马特津卡，我非常开心，想在这儿大醉一场，还打手势告诉他，最近他要小心点，因为有人说了对他不利的话，所以尽量不要待在水下，不过不管怎样，我一定会誓死保护他的。马特津卡听了摇摇头，表示不在乎，摇头的时候，他一头长发就在水里飘散开来，由于他长久没有参加祭神活动，所以本来满是血污板结的长发，如今已经完全干净，并能完全打开，和蓝黑色的湖水浑然一体。我甚至认为，这样飘荡的长发比原先那种更好看。当然，这是对神不敬的，可事实的确如此。

我们俩就一木罐接一木罐喝着，喝到后来我连东西南北也分不清了，但是哪个木罐喝空了哪个还满着，我还分得清——那些喝空的木罐都是没塞子的，所以我再怎么醉，也没喝到一口湖水。

纺锤形的房间里，现在浮满了各种好看的木罐，还有我和马特津卡。自从他妹妹走失后，我就一直没和他好好在一起玩过，我心里一直觉得对不起他，并认为他也一定会记恨于我，有一度我甚至以为，我们的友谊快要结束了。但今天，真的今天，我想一切都可以从头开始的，我会好好待他，我会终身不娶，这样就等于好好待了希丽腾加。

又喝了十多罐后，马特津卡看来也醉了，他游到我旁边，两手抓住我肩膀，捏了好几下，我能感觉到他在哭泣，因为他的肩膀在耸动，在水里我不知怎么办才能安慰他，正好他的脚漂到我手边，我就捏捏他的光脚板，并为自己破坏了一个高尚的气氛而感到有些好笑。

过了会儿，马特津卡再次游到入口处，我想他可能又去解绳子放木罐了，但我等了半天，也没见动静，我迷迷糊糊地游到入口处，发现马特津卡不见了。我想我可能喝多了，就返回去找，结果游到顶部，撞了一大堆豹皮囊，还是没看见马特津卡。这下我着急了，赶紧吸了口空气，然后向入口处游去，又找了一遍，还是没有。于是我趁着荧光找扎根须的绳子，发现绳子没扎，松的，但入口处却从外被收紧着，我用手扒拉，开不了，用脚蹬，自个儿蹬上去了，那口子却纹丝不动。

我想静下来好好想一想，到底出了什么事情，但办不了，我眼前开始出现各种漂亮的几何线条和图案，它们在荧光和木罐里来回穿梭变动，艳丽得让我根本就无法思考。我只是知道让自己浮到豹皮囊那里，尽情享受这美景，千万别睡着，以免忘了吸一口空气……

等我完全清醒过来时，我发现自己担心睡过去的顾虑显然是多余的，马特津卡在酒里掺麦司卡林的量，拿捏得相当准确，使我既失去识破他计谋的判断力，又不至于昏昏睡去窒息至死。在尝试过种种突围方法均未果后，为了不浪费空气，我停止了徒劳的挣扎，开始估摸豹皮囊里的空气量，看来马特津卡为我准备了二十来天的空气储备，如果我保持安静状态的话。至于那些还有木塞的木罐，看来就是我这二十来天的食品了。

我不知马特津卡葫芦里打算卖什么药，大不了就是他算准了，我会接受邀请下来找他，然后中计被窝死在这地方，这样他就为他妹妹报了仇。可就算是这样，我还是没什么好怨的，本来我就欠他一条命，现在我中计把命还了，也是心甘情愿，但我还是有点伤心的，他妹妹从没爱过我，而他，也许从没把我当作是朋友。总之，一切都是我这笨蛋在自作多情。

ℵ₅

等我二十天后被侍卫救出气室时，人已经泡虚了，就跟玉米面见水就涨一样。我变得又胖又白，一掐一个水坑，把那些侍卫给逗得不行。我气得在太阳下狂奔了好久，出了许多许多的汗，才把自己恢复成原来那种皮肤棕黑浑身肌肉的形状。接着我要了大盘的玉米面、火鸡、菜豆汤、樱桃酱和热可可茶，一边狼吞虎咽，一边叫侍卫向我报告情况。

侍卫说二十天前的一个夜晚，马特津卡跑到他们那儿，手里拿着你特索索克的羽冠，说是奉特索索克的命令，要带祭品去试一试节日里穿的盛装，并问一下神灵对这个打扮是否满意。我们都知道你和马特津卡的关系，所以见他拿了羽冠来，都信了。我们都认为，一定是你劝说他重新出来做些祭神活动，以免却众人非议的。当时天色晚了，我们大家都不放心，生怕祭品中途逃脱，就一起跟随着来到马特津卡的家里。马特津卡把门窗关紧，把祭品拴在房门把手上，然后拿出好多形状各异的木罐来，神神秘秘地说，特索索克的兄弟也就是他的兄弟，这些日子来我们都辛苦了，不妨偷偷一块儿喝点酒，活活血气，等特索索克到了之后，就一起出发去神庙给祭品试装。

我们一见有酒，全高兴坏了。特索索克，其实不瞒你讲,我们这些人,早就看出来了,你到马特津卡家练对眼是假,偷喝酒是真,但我们都不好意思点穿。再说,这种事弄得不好,连命都要丢的呢!你看,我们对你够忠心吧,所以你听到后面要是生气了,请千万原谅我们酒后误事吧。

我们那晚就你一罐我一罐喝了起来,马特津卡还拿出一包玉米面和一罐炖鸡,给我们当下酒菜,我们个个大吃大喝了一顿,早把要等你一块儿去神庙的事情忘个精光啦,有人还撕了块鸡肉去喂祭品,并问马特津卡,干吗把这么漂亮的一个人绑着呢,应该放了和我们一起玩乐嘛。去去去,什么那人就是我,是你,对,肯定是你,反正不是我,我早喝醉了,而且眼前出现了好多好看的图案,方的圆的三角形的,一会儿我就人事不知了。等我们醒来后,方觉大事不妙,马特津卡和祭品都不见了。

我们四处搜寻,连水下马特津卡的大辫子气室都去看过了,没有,真的,单凭外观绝对看不出里面有人的,而且我们也不知道怎么进去,再说我们想他也不可能把祭品藏水里闷死啊——嘻,我们哪知道那时你在里面呢,是后来马特津卡托的一个信使告诉我们你在里面,我们才拿了斧子来救你的,妈的那草根真难劈,我们哥几个轮流劈了一个上午,才把你救出来。你别说,马特津卡还真聪明,他给了那信使不

实无穷 | 173

少银子，然后叫信使带上口信和一只鹦鹉，出城跑上十天的路程，把鹦鹉放了，再原路折回来，不多不少正好二十天，真是会动脑子——你说，咱国家为什么就他一人会动脑子呢？

得，扯远了，掐回来掐回来。我们搜索了半天，没见马特津卡和祭品的踪影，就都着急起来，大伙商量了一下，只好硬着头皮去报告瓜特穆斯，说马特津卡骗取了我们的信任，带着祭品跑了，特索索克失踪了，大概被他杀害了。不过我们没告诉瓜特穆斯喝酒那一节，免得当场就掉脑袋。

瓜特穆斯人一下子蹿出了好高，我们是从他投在地上的影子来看出这一点的。唰地一下，那影子就从这儿射到了那儿，隼都飞不过它。他立刻就调集大批人马，在全城彻底翻查，没有，然后到邻近村落、丛林、河流、荒山去搜索，也没有。他只好先把战神的祭品先献起来，而把献给烟雾镜神的日子拖到最后一天的最后一刻，要是到时候还没找到那该死的祭品，那我们这几个就算是活到头了。你想，祭品没了，就该你特索索克顶上，你也没了，那还不是我们顶上。

就在我们被看押起来的那天，忽然，马特津卡就出现在了我们面前。我们高兴坏了，真的，比他偷给我们酒喝还高兴啊，我们挣脱看守，拥上去就是一顿好打，打完后问，祭品哪里去了？我们的队长特索索克哪里去了？

马特津卡当时疯疯癫癫的，我们后来才知道他是真疯了。他擦去嘴角上的血迹，说是要见瓜特穆斯。

瓜特穆斯见到马特津卡的第一句话，就是问他怎么不对眼了。我们都歪头去看，果然是欤，他那双好看的对眼没了，整个眼睛里现在全是灰蒙蒙的，上面的眼珠子我们一个都看不出来，就知道他的眼睛没有一点反光，像阴天一样。

马特津卡挺着个脑袋说，他失踪了的妹妹，一直喜欢那祭品，所以他就用计把祭品放了，是往西班牙人那方向放的，一些特拉斯卡拉人帮了忙，所以等我们搜索到边界时，祭品早走远了。他还说，管祭品的特索索克也是一块逃过去的，现在他一个人回来，就是为了顶死，因为他是祭司，不能逃避应该负起的责任。

瓜特穆斯才不管什么责任不责任呢，有人回来顶死再好不过，总比杀了我们这几个没用的家伙要对得起神啊。他马上吩咐手下带马特津卡到烟雾镜神庙那里。祭神所需的一切准备工作我们早就做好了，就等着祭品来了，至于还要带祭品到离别山上和他亲戚见最后一面的手续就免了，祭神地点也从离别山那儿改到了中心广场上。没办法，一则他亲戚没了，二则时间不够了，三则神庙自上次被焚烧后又修葺一

实无穷 | 175

新，特别适合搞活动，所以我们决定移风易俗，丧事从简。

神庙下面簇簇站满了人，马特津卡也是祭神的老把式了，所以他熟门熟路，根本就不用旁边的祭司教他。好多围观的姑娘都在叹息流泪，起初我还以为她们是在替马特津卡快要死了而难过呢，后来近前一打探，才明白她们在哭马特津卡没了那双万人迷的对眼呢！嘿，这些娘们儿，没点哥们儿义气，不是我说什么特索索克，要是马特津卡不把你藏起来，那天上神庙的就该是你啊，所以现在想来，我是很服马特津卡的。

对了，我还得补充一个细节，马特津卡在登上金字塔时，出了点意外。可能是长时间斋戒的缘故，他人太轻了，放在台阶上供他踩的芦笛，他竟然一根也踩不断，我们让他来回上上下下试了好几次，还是不行。最后，还是马特津卡自己想出了主意，他叫人到水军那里拿一副干净的金球链来，然后涂了好吃的可可浆，就一口一口将十九只金球吞到胃和食道里，一只衔嘴里，用来增加体重。果然，踩一根断一根，下面围观的人群和塔顶神庙里探头向下张望的瓜特穆斯等头面人物，都一起拍手称好，喝彩的声音一浪高过一浪。

马特津卡登到金字塔顶后，将金球链吐出，还给人家，然后自己走到神庙前临时搭建的祭神台前，将身上华丽的羽冠啊披凤啊玉米轴项圈啊手镯啊脚铃啊一件件全摘了，然后自觉地仰天倒在祭神台上，摊手摊脚地平躺下来。他还调整了一下身子，让后腰部那块凸起的石头垫得更舒服些。旁边四个祭司到这时才想起自己的职责，赶紧上去四下里蹲下，每人按住马特津卡的一只手或一条腿。由于他们行动迟缓动作笨拙，引来下面观众一阵嘘声，我当时是站在神庙上的，感觉那嘘声就好像下雨一样，只不过是从地上往天上下。

接着，那个主持开膛的祭司上去了，他到底还是老资格的，所以手不抖心不慌，上去还想和马特津卡交换一下眼神，可惜马特津卡两眼一片灰，什么眼神都没有。那祭司定定心神，高高举起黑曜石刀，就要一刀下去。

听到这里我一阵打颤，嘴里的可可茶差点没把我呛死，那说故事的兄弟赶紧不说了，和其余几个一起上来又揉背又捏脖的，拼命想帮我止咳。

我喘息着，摆摆手示意他继续说。

他清了清嗓子，继续说道：那一刀正要下去时，忽然，我们都听到什么东西裂开的声音，像是龙舌兰席子被扯裂时发出的，但又更脆些。这时我发现，原来是马特津卡的胸膛自己开裂了，刺啦啦一阵子响，唬得四个按他的祭司同时吓趴了下去，而那拿刀的往地上一瘫，刀也扔了。马特津卡的

实无穷

胸膛就这么裂开着,我甚至能感到一阵阵热气从里面在往外冒呀,慢慢地,他伸出右手,放进胸膛内摸,天哪,他竟然勇敢地自己摘自己的心!我只感到头皮发麻,脚也软了,事实上当时神庙上好多人早已软在了地上,连瓜特穆斯都是缩着的。

只见他手猛地一用力,那心就摘出来了。可我再定睛一看,哪里有心啊?没有啊!血淋淋的手上是空的!但几乎就在这时候,我感觉眼前一阵红,仿佛整个世界都是红的,而且这红色似乎是由无穷多颗心脏组成的,每一颗看上去都是跳动的,每一颗看上去都能摸得到。起初我还以为我看错了,事后问了旁边人,包括神庙下的那些围观百姓,才知道人人都有同样的经历,都是感到有那么一刻,整个世界被这无穷多颗细微的心脏给遮满了。

后来,我们按照规定的仪式,抬着没了心脏的尸体走下了金字塔,并把他头颅切下,挂在了人头栅栏上。再后来没多久,那个信使回来了,把口信带给了我们,于是我们赶到马特津卡家,潜下水把你救了出来。事情大概就是这样的。

"好吧,你们都回去吧,我吃饱了。"

ℵ$_6$

人头栅栏就在中心广场上,由于天下着雨,所以每个插在栅栏上的人头看上去都很新鲜，即便其中有些皮肉都快烂光了。看来，这几天求雨还是很有效果的，毕竟那些献给雨神的童男童女，都是精心挑选的。而装他们的独木舟，则是我亲自监工打造的，所以，那独木舟沉得特别端庄大方，连瓜特穆斯都赞不绝口。现在我身上的负担稍微轻了一些，因为明年最宝贵的祭品还没到手，我趁机可以休息一下，四处走走，散散心。

我在人头里找了一会儿，结果很快就看到了马特津卡的头，那根尖桩上只串了他这么一个头颅，所以特别好认。

他眼睛里一粒小眼珠子也没了，白茫茫的一片，只见到正瘪缩下去的眼白，不过他看上去气色还不错，由于不再分泌保护皮肤的蜡层，所以他整张脸水淋淋的，秀挺的鼻钩这儿，不时有水珠滴下。他的长发也被雨打得透湿，有几缕被风吹得搭在了脸颊上，很生动的，令我忍不住伸手帮他把这些头发从脸颊上拨去。

可他的嘴角却带着一丝笑意。我端详了许久，确定那的确是在笑，而且是嘲笑，好像他迟早知道我会到人头栅栏这里来看望他。一阵很大的风吹过，使他的头颅来回动了几下，好像他又在摇摇头，然后准备说些长篇大论，把我这个笨蛋说个瞠目结舌。

但他说不了话了,我没见过离开身体的头会说话的,马特津卡看来也不例外。

当我认定他没法说话后,就挺直了腰板,自信满满地冲他一笑。

我笑了一半,却没法笑下去了,是的,马特津卡这笑容我太熟悉了,每次他胜我一筹时都是这张死脸,这次我一定又哪里发傻了。我表情僵在那里,对着他的那双白茫茫的眼睛愣了半晌。忽然,天上轻轻擦过一个小闪电,我想到什么了,不由大叫一声,声音盖过了紧跟在后的雷声。

深夜,雨停了,月亮比平时更加明亮。我提着黑曜石长刀,悄悄来到那片丛林前。费了半天劲,我才找到去年开出的那条小道,然后开始劈树开路。越往里走,月亮就越大,它慢慢向我头上压下来,散发出的月晕忽大忽小。没一会儿,我的汗水飞溅出来,有些一定是溅到了月亮上面,结果传下来一股浓烈的金气味,让我闻了更加兴奋,前进的速度也更快。那些四散奔逃的蛇虫虎豹我理都不理,没一会儿,我到达了这片丛林的腹地,月亮摆在眼前这一大块石板的头顶上,好像能把石板上羽神的头给吸起来一样。

那个祭品就躺在石板外侧,我上去一看,果然是死了,死于过量服用麦司卡林。他周围还有几个空木罐,看来酒里掺了大量的麦司卡林,而这个祭品却把它们喝了个精光。

我绕着这块巨大的石板走了一圈,停下,佩服马特津卡缜密的思虑、坚忍的耐心和对他妹妹无止无尽的溺爱。我可以想象他领着祭品来到这片丛林前,和他一起艰苦地一路砍进来,然后在石板上等他妹妹希丽腾加出现。人在哪儿失踪就该在哪儿出现,这道理就跟你在家里丢了手镯,就该在家里捡到一样。但希丽腾加没有出现,我想马特津卡一定不吃不喝地等了二十天,然后他才绝望的,他最后一招失败了,希丽腾加的心上人没有唤回他的妹妹。于是,他就把毒酒给饿得不行的祭品喝了,那祭品是他救出来的,自然不会对他有疑心。等祭品倒下后,他走出了丛林,用自己去代替那祭品,而祭品则被他留给了妹妹希丽腾加,让她独自享用。

不过,虽然马特津卡没有找回他的妹妹,但他还是误打误撞对了。我沉下腰,两手扳住大石板的底部,深深吸口气,仰脖,屏息一发力,对,那天晚上我也是这么做的。我追回到这里,看见希丽腾加伏在石板上,嘤嘤地哭,瓦娅站她旁边,正鼓励她和那祭品私奔。我二话没说,一伸指头就点瘪了这出馊主意的狗屁蚂蚁神。但希丽腾加我怎么会杀她呢,我这么喜欢她怎么可能杀她呢,她一定是不小心

实无穷 | 181

自己死掉的,我只是去扶了她一下,扶得又不重,我扶她的意思就是,那个祭品有什么好,有我好吗,你要跟他去是吧,好,我扶你一把,让你去,这是帮你,你要我帮你吗,要的是吗,要大点力来帮还是小点力来帮哪,这还用问吗,肯定是要出大力帮啦,我是你哥的好朋友,我怎么能不出全力帮你呢。于是我就帮了她一把,她就被我扶着,而且越扶越高,最后离开我的手,飞起来了,往头顶上的月亮那儿飞起来了,她又慌乱又惊奇,手舞足蹈的,满头长发迎着月亮张开,一定是月亮在给她吹风。她人不断在往上升,我想我用了这么大的力气,她准能升到月亮上的。这样,那祭品就甭想得到她了,而我过了明年五月,就再到这里,把她接下来,这样就能保证不出事了。她要是怪罪我,我就说我没想到会有那么大力气。可后来她太坏了,她不愿意在月亮上待着,升得老高后,我看她明明可以抓住月亮了,她却不肯,又掉下来了,挎的南瓜囊塞子也松脱了,里面的胭脂虫纷纷和她一块儿掉下来,她一边掉,一边还喊着要我接她。是啊,要我接她去见她的心上人,那个什么都不是的祭品,好,你要我接,我偏不接。是的,那晚我就是这动作,两手扳住大石板的底部,深深吸口气,仰脖,屏息一发力,对,大石板被我掀起来了,它也够厚的,起码两个手掌厚,我将大石板推过头，然后脚往前走，将整个大石板全竖了起来，露出下面一大片干硬的泥土。过了一会儿，等天上掉下来的东西全都掉干净了，我才慢慢往后退，把大石板扣回到原地。于是，一切就和什么都没发生一样，这就是说，希丽腾加不见了，她要是死了的话，那就一定是她不小心自己死掉的。

现在我重新掀起这块大石板，掀到一定高度后，石板背面传来祭品尸体滑落下去的声音。我把石板再次完全竖起后，见明亮的月光下，坚硬的泥土一如往昔，什么异物都没有，除了有处地方，一小团扁扁白白的棉絮在蠕动。我定睛一看，原来是很多个胭脂虫，胀鼓鼓的，体内红红的汁液，被月光照得晶莹可爱。

我小心翼翼绕到大石板背后，将祭品尸体抓起，再绕回来，轻轻将之放到这片泥地上，然后人往后退，再一次将大石板扣回到原来的位置上。不过在路经那堆胭脂虫的时候，我捡了一个，其余的我一个都没动。

月亮比先前更膨胀了，它发出的月晕几乎能拂到我的脸上，大石板上的羽神头像，比以往任何时候都温柔了很多。

我把那只胭脂虫捏开，鲜红的汁液涌满了我的双手，我想，我终于得到我的希丽腾加啦。

形式国

谨以此篇,纪念伟大的数理逻辑学家希尔伯特

"作为数学家,我同样认为理想元素是摆脱困境的灵丹妙药。"
——艾卜·哲耳法尔·穆罕默德·伊本·穆萨·阿尔－桃

昆布踩着那朵云梯向上爬时，天空中出现了一长列彩虹。它们一贯又一贯排得整整齐齐，从我们村子的上空，一直延续到北方天地相交的地方，越来越小越来越淡，最后溶在天光里看不见了。昆布目睹此景，一激动，脚都有些站不稳了，幸好她是我们各族里挑选出来的足踝最精巧的人，所以她很快又恢复了平衡，云梯上仅留下一处色泽变暗的小凹坑，淤在昆布刚才使了坏劲的那格横挡上。由于这横挡是云做的，所以过了会儿，横挡下方就渗出点水来，聚在那儿，半天不滴下来。小危险过去了，昆布继续向上爬，橙色的脚底板交替踩在云条上，逐级上升，像是两条快活的鲷鱼。我们下面看的人也都呼了一口气。要知道在我们这里，雨季里雨量最充沛的日子就这么几天，而雨过天晴后，虽然天上飘浮着不少适合做云梯的云朵，可是要从中翻拣出一长条合适的来，那可就不容易。首先，云梯要足够长，一头连在地面上后，一头还能顶到天空尽头。其次，云梯的横挡间隔不能太大，免得人无法攀爬上去。最后，重要的是，云梯上的云，不论是做横挡的，还是做直杆的，都必须厚薄适中剪裁适当，要是太厚，爬的人就会爬着爬着被粘在云梯某个位置上，上不去下不来，最后被风连云带人不知给吹哪儿去了；要是太薄，那爬的人就会随时踩破梯子，从半空掉下来，就算足踝再精巧也没用。

今年我们非常幸运，找到的这把云梯绝对理想，据年纪最大所以下巴这里围着一圈白胡子的族长阿杜说，他这一辈子还没找到过这么理想的梯子呢，要是他也有昆布这样的足踝，他就亲自上去了。扎了一脑袋小辫子的宫廷琴师兼厨师萨果，也认为这是个瑞兆，他见昆布摆脱了危险，就一个手势下去，在场的无数人马上应和着拍起了鼓。萨果算是指挥，他今天高兴得要死，因为昆布口袋里的蒸糕就是他亲手做的。为了做这个蒸糕，他特地挑了最好的蜡烛米来捣成粉末，又把最新鲜的食蕉片、鲱鱼片、羊肉片拌在里面。由于非常好吃，所以昆布最后只带了小半个上去，还有大半个被熬不住的萨果自个儿趁热全吞了——我跟萨果这么熟也没吃到。

萨果虽然现场指挥得很卖力，下面的人也给足面子，鼓声打得很大。但由于有大量外族的人来，所以鼓点乱得很，而且速度也不行。于是萨果就像一个傻瓜一样，在那里自顾自地乱挥手。我站在人堆里，努力想把鼓点堆得再整齐一些。但没办法，那些大娘大嫂只顾自己快活，嘴里嚯啰啰一阵乱叫，哪管自己鼓拍得好不好，尤其是提玛的女主人，也就是我的后妈莎莎，人胖鼓也胖，一巴掌下去，旁边三四个人的鼓声全被她盖了下去。她拍的鼓点乱哄哄的，跟她那一头蘑菇发一样乱，亏她还是个理发师呢，我决定以后头发再也不叫她打理了，直接找提玛算了。听人说萨果那一脑袋辫子就是她一手扎的，有七百多根，提玛扎了整整一天，萨果脖子酸了整整三天，但很好看啊，莎莎也不得不承认，她的仆人提玛真是心灵手巧。

提玛和我们不一样，她家祖上来自遥远的中国。那里的人皮肤是黄的，奇怪吧，竟然不是黑的，而是和土一样的颜色，黄的。传到她这一代，不知怎的，可能是在这里待久了，被太阳使劲地晒，如今她的皮肤就提成明黄色了，就算是站在树荫下，亮晃晃的也很扎眼，再加上她也喜欢和其他女人一样,在腿上绑黄铜护腿,于是整个人在太阳底下走时,像是个会活动的黄金人。提玛的祖上当年是个丫鬟,随中国的一个大船队来到马林迪后,当地国王送了头长颈鹿给那商人,作为交换,她祖上就被当礼品送给了当地国王。等到提玛这一代时,正好遇上埃塞俄比亚那里的阿拉伯奴隶贩子南下掠夺,就把她逮了去,起先卖给了埃及人,又转手给了摩尔人,辗转数月后她被卖到了我们阿散蒂,被莎莎在集市上看中,用四根铁条给买了下来,否则,她老早就装船去古巴了。

本来,我、提玛、昆布,还有另外十几个伙伴,都是好朋友,但现在那十几个伙伴都陆续不见了,被隔壁芳蒂人全逮去送荷兰人了。芳蒂人比北方的摩尔人还厉害,他们住得离海近,所以做起生意来比我们赚头要多出许多。我们抓来的奴隶转卖给他们,他们再转卖给荷兰人英国人,当中差价真是太大了。现在倒好,内地人口抓得差不多了,他们竟开始打起我们的主意来,心狠手辣,一抓就一大批,有时女人早上出去采果子,晚上回来,家里男人和小孩就不见了。我们和他们打过几次仗,可他们枪多,而且有荷兰人撑腰,所以总打不赢他们。阿杜也试图说服我们的国王,把沃尔特河口抢下,从而加大我们和葡萄牙人及法国人的奴隶贸易,以换取更多的滑膛枪和火药。可我们还没商量定当，芳蒂人已抢先一步发达起来了，那些帮他们的荷兰人还扬言，要把我们阿散蒂人的金凳子也抢过去。

头可断，血可流，金凳子可千万不能丢。听住这里的祖辈们说，这金凳子是很久很久以前，天上的神从云端里降给我们的，是我们阿散蒂人的灵魂，要是没了金凳子，我们不但会失去土地，失去亲人，还会失去我们的肤色。那是多么值得自豪的肤色啊，在我们这片土地上，再也没有比这肤色更纯的黑色了，那些骑骆驼的北方佬是棕色的，那些在丛林里吹毒箭的小矮人是红色的，南面石头城那些顽固的家伙是褐色的，他们根本都不能代表这片土地；这片土地唯一的天然代表，只能是我们阿散蒂人，所以，只有我们才有资格去买卖他们，去换取我们所需要的枪支、玻璃珠、铜丝、烟草等等。可是要是我们失去了肤色，那我们还做什么人呢，做河马算了。我们的族长阿杜有一次说，他很后悔当初没劝我们的国王，和骑骆驼贩盐的北方佬搞好关系，合力弄出条通往埃塞俄比亚的奴隶之路，然后和遥远的中国搭上关系。这样，整个内地的奴隶就全在我们掌握中了，我们可以把奴隶全部卖给中国人，中国人把丝绸全卖给我们，他们的宝船巨大无比，活像天上飘下的朵朵云彩，他们的东西也比荷兰人强,而且个个长得眉清目秀,斯斯文文,有些男的连胡子都不长,一看就是好人中的好人,哪像荷兰人,浑身一股子毛骚味,说话还打卷,比南面那些讲话吸气的家伙还说得差。可现在,我手里只有这么件中国货了。那天阿杜说到这儿,无限落寞地轻抚起披在肩上的中国丝绸。

遗憾归遗憾,该做的事还得做,我们加固了我们的防守工事,晚上派更多的人巡逻。还有,就是我们抓住了这次千载难逢的机会,将一个伟大的使命托付给了昆布:请她背着金凳子,爬上云梯,将金凳子重新放回到神那里,等到安全的时候,再请神赐还给我们。

昆布现在就背着金凳子,身手敏捷地爬到了十棵库马西树叠一起才有的高度。在明朗的蓝色天空下,她的身影看上去又小又瘦,倒是她背上的那只金凳子,在阳光的照耀下光芒四射,使得更高处那无数贯彩虹显得更加鲜艳欲滴。

等昆布的身影慢慢消失后,我们把固定这把云梯的八条绳索解开,让云梯自己随风而走,免得风万一大起来,昆布还没到天上,梯子倒被吹散了架。至于云梯飘走后昆布怎么回来,我们事先已经和昆布交代过了,她把金凳子放好后,要是发现云梯移位了变形了稀薄了或者索性不见了,没关系,她可以往村子南边的河里跳,那里河面开阔,而且仍在我们阿散蒂人的势力范围下，所以她尽可放心跳下来，我们会派人划着独木舟在那里守候她的。当然，要是神愿意亲自送她回家，那是再好不过。不过阿杜叫昆布尽量不要去麻烦神，能自己解决的事情就自己解决，否则万一得罪了神，那麻烦就大了。

等昆布爬到我们谁都看不见的高度后，高歌纵酒的时候就到了。阿杜请客，几百桶香蕉酒棕榈酒芭蕉酒，要怎么喝就怎么喝，大家纷纷拿瓢拿碗来盛。莎莎的酒量最惊人，喝到后来她索性直接打开木桶，头往里一探，一会儿工夫后，她整个人就在桶里了。然后她爬出来，神情轻松，身上衣服是干的，跟没事一样。我们自己见了，见怪不怪也没什么，其他外族的人见了，都轰然叫好，连已经道别要走的国王图图和几个大酋长，也不得不停下脚步，连连顿着手中的包金权杖赞叹。到底是头面人物，顿出的节奏非常有弹性，根本不是我们村里那帮人可以比的。莎莎一得意，就一桶接着一桶这么个喝呀，间或到林子里去一下。阿杜再大方，见了也有点舍不得，就想了个主意，差人把莎莎唤去，说今天高兴，想请莎莎帮忙理个发，最好能设计一个新发型，以示我国地大物博、历史悠久、雄兵百万、气吞山河。可怜的莎莎恨得痒痒，只好最后牛饮了一大口酒后，站在阿杜身后，冲着他一头斑马辫冥思苦想。一股股酒气喷在阿杜脑袋上,阿杜装不知道。

我对酒可没多大兴趣,就在人群中搜寻提玛,想找她一块儿玩。后来在一堆绳索上找到了她,她正无聊地剥着柯拉果,望着空中出神。

"还在看昆布哪,看不见啦。"我一屁股坐到她旁边,顿时我靠她一边的身子就被照得泛黄光。

"仔细看总能看得见的。"她边说,边用手指指天上。

我顺着她的手势往天上看。

"哦,我也看见了,她正在撒尿呢。"我胡诌一句,然后躲开了她扔过来的半只柯拉果。

"你真烦,昆布肯定不喜欢你。"提玛气呼呼地跟我说。

"行,你继续看吧,我回家吃饭去了——对了,你吃好饭后来找我吧,下午我就出发了,你和我一起去吧,我们一起到河那儿等她去。"见提玛点过头后,我就乐颠颠地穿过东倒西歪的人群,回家了。

提玛兴致勃勃地坐在船尾,说她妈正在为设计新发型而上心呢,压根就不想管她,所以她这次就算外出三天三夜都没关系。她还捧着一芭蕉叶的香蕉干来,边吃边眯着眼看天上，好像昆布这会儿就要跳下来一般。下午河面上热得晃人，大家还在村子里狂喝酒，所以来这里打算出发的并不多，即便是来的，大多也醉醺醺的，只是想找个借口下河去醒醒脑。在所有的独木舟里，我这条不但是划得最快的，而且是最漂亮的，甚至可以说是漂亮得一塌糊涂。它是我爸用整棵桃花心木闷烧了三天做出来的，所以淡褐色的材质上，一条条木纹又长又滑，从船头可以连到船尾，人皮肤蹭在上面，一下子就能蹭出好远。我爸在娶莎莎前，一直和我一起住在贝宁靠海那边。我在那里有许多好朋友，我是他们当中潜水最出色的一个，我能潜到珊瑚礁以下的地方，还能沿着水底斜坡一直往深里游，和我一块玩的那些都不行：他们要是跟着我潜这么深，一上岸保证耳朵鼻子全流血。我有一次潜得特别深，竟然还碰到了一个人，他坐在一张摸上去像毯子的东西上。后来我上去和他们一说，他们都不信，说我又吹牛了，算了，不和一帮庸人一般见识。从此，我没事就潜下去找那人玩，下面黑乎乎的，谁也看不见谁，大家都是拿手指在对方手掌上画。摸着手骨节我知道那人是男的，来自一个叫花剌子模的地方，那里有个数学家叫花拉子密，曾画过一张海图，他就是顺着这海图，从黄金海岸的那里一路晃过来的。这男人头上戴了顶大帽子，被水浸了后特别饱满，里面全是桡足虫，惹得不少鱼和水母都在他帽子前后左右绕来绕去，而他就坐在毯子上动也不动，津津有味地欣赏它们发出的斑斑磷光，连气泡都不怎么吐。他碰到我也很激动的，毕竟这么深这么黑的地方没什么人。很快我和他就成了朋友，彼此用手掌心互相画来画去来交流，我画给他各种深海里的有趣事情，他画给我有方向的数字有内积的空间等等更有趣的事情。再后来，我爸那里的学习小组我就索性不去了。要知道在那时，我爸是当地有名的木匠，木工活没得挑，无论是雕人像还是刨船，他手艺都是一流的。他做出的船，就算立一头象都不会沉，要是用力划的话，可以和海豚一样快；而他做的头像，更是贝宁城里最棒的，没人能像他那样同时抢十来把长短不同粗细不一的刻刀来刻木头，玩飞的时候，他能把木头抛到空中去雕刻，那木头在空中起起落落几百次，木屑碎片满天抛撒，忽然啪的一声，掉台子上的就是一尊身价百倍的人像，我爸则已把所有刻刀往袖子里一收，气定神闲地站一旁目观远方，等着周围雷鸣般的喝彩声响起。他倒是想用心教我的，硬叫我参加他办的学习小组。那学习小组在贝宁那一带可是名声很大的，多少有钱人的儿子皮肤晒白了都进不来，可我实在是不上心，只想着潜水去看那人，就算拿了扳锯也当它是鱼鳍在玩。所以我在班上几乎就没学到什么,更别说碰到那个奇怪的海底画掌人了。

本来,在帮我造船的那段日子里,我爸说过些日子,他要把船头再加工一下,让它速度更快些。但后来他被抓走了,就在这船造好后没几天,他说到河对岸去砍点阿洛树来,家里牙刷棍快用完了。我左等右等,想他怎么还不回来,就去河对岸找他,结果只找到几大束劈好的牙刷棍,用海藻绳扎着,还有一把小斧子。听人说被抓走的奴隶都先集中送到黄金海岸那里,然后会有铁皮大船先往北划,再往东划,把他们运载到很远的地方,什么墨西哥秘鲁巴西之类的,那里本来不缺人,但荷兰人西班牙人还有其他白人,开了很多种植园,然后把当地人都吃光了,他们没吃的了,就把我们黑人抓到那里去,供那里的白人吃。

我想我爸一定被他们吃得连骨头都不剩了,所以我一直想找个机会,抓个白人来给萨果吃。因为萨果吹牛,说他吃过人,味道很好,比鹿肉还香,我们都不信。提玛在阿拉伯奴隶贩子手下吃过不少苦,所以很支持我,还说要和我一起去抓,她说她见过白人,知道他们长什么模样。但昆布就不同了,她整天盯着我。由于她皮肤黑得出类拔萃,所以夜里没月亮时,只要她不张嘴露牙,我根本看不出她躲在哪儿。只要一发现我背上箭筒拿好砍刀,她就马上报告族长阿杜,

形式国 | 197

说不好啦，敦鲁又想抓白人去啦。于是我又得挨一大堆骂，什么我一个人不是他们对手啦，白人牙齿比象牙还长啦。阿杜骂人时，白胡子上全是他自己的唾沫星子，攒多了他头一甩，你躲都躲不掉，这时昆布就拉着提玛的手，站在一起，躲在哭哭啼啼的莎莎身后，幸灾乐祸地偷笑。提玛总是起初不笑，没多大会儿就心肝全无，跟后头一块儿乐。

现在好了，昆布上天放凳子去了，没人管我了，所以这次出发，我一是要接昆布，二就是要乘人不备，沿着河流溜到出海口那里，去抓个白人回来。提玛我一定要带上，像她这种是非不分的墙头草一定要争取，到时候白人抓了来，看还有谁会帮昆布。

我掀开船头暗板，从下面拿出一根牙刷棍，问提玛要不要，她不要，于是我给自己刷。牙刷棍一碰到唾液，棍头就裂成了很多须须，刷着刷着，红色汁液溢了出来。我含了不少后，伸头吐在水里，看着这些黏糊糊的汁液奇形怪状地荡了几下，然后消失。

"敦鲁，头冲下干吗？昆布在水里啊？"我头一抬，见萨果划着他的独木舟凑了过来。

"她什么时候下来呢？"我想萨果在宫廷里干活，应该见多识广。

"不知道啊,谁知道神住哪儿,昆布大概要找上一会儿吧。"萨果擦了把头上的汗:"我要不先回去休息了,明天我还得回都城上班呢。提玛,看着他哦,当心他又要去抓白人啰。"

"放心吧,萨果大叔,昆布也在天上看着他呢。"提玛打趣道。

萨果划走后,提玛忧心忡忡地说,她到现在还没发现昆布,整个天她都翻遍了,还是找不到。

"那是,天上嘛,你怎么看得见。"我含含糊糊地说完,把又溢出的红色汁液涂在嘴唇上。提玛的嘴唇比我们的要薄许多,头发也不卷,直直地垂下来,皮肤明黄明黄的。我想我要是以后娶了她,生下的孩子会不会是上嘴唇薄下嘴唇厚,头发一边卷一边不卷,皮肤一条黄的夹一条黑的?

提玛见我傻愣愣地冲她发呆,就不理我了,单眼皮往上一翻,继续眯着眼对着天扫来扫去,一边扫一边吃她手里那一大捧香蕉干。等她眯眼全吃完时,太阳已经掉水里了,独木舟只剩下我们这一条,他们都回去继续喝酒去了。水面墨绿墨绿的,提玛的身体被月光照出一层晕乎乎的色泽,黄里泛绿,像是雨季来临前的棕榈叶子,散发着酸酸的味道。

我正眼盯着提玛,然后压低声音问她:"想不想和我一起去抓白人?"

"想。可是你妈要是知道了,准又哭。"提玛斜着看你时,她的单眼皮会弯起来,我们没人会这一招。

"没事,把白人抓回来就该轮到萨果哭了,我敢打赌,他不敢吃人肉。"

"可是,万一白人把你吃了怎么办?"

我轻蔑地哼了一声,把暗板掀开,将早已放在里面的箭筒和砍刀拿了出来。

"听村里人说,出海口那里有座堡垒,里面全是荷兰人,我们远远地停在海面上,要是有荷兰人出来,我就用箭射他,把他麻倒,然后我们悄悄把他拖到船上,再运回村。总之,我们不靠近他们,所以要是被他们发现,他们也抓不着我们,你和我一起划桨逃,肯定逃得掉,我这船最快了。"

"他们说荷兰人的铁皮船很快的。"

"我这肯定比他们的更快!"说着,我坐到她那头,然后两手各拿起一支桨,用力往后一扳,随着提玛一声尖叫,我们停在了离村子很远的地方。

"这什么船哪?这么快?"提玛抢过一支桨,惊讶万分地掂了好半天。

1

在月光下，我们飞速穿过了阿丹西族、邓克拉族，还有死对头芳蒂族的领地。两岸的树枝不断刮擦在我们身上，等划到海面上时，我和提玛浑身都是股树液的味道。海面开阔得令人神往，让我想起以前在贝宁那儿的海上日子。提玛这时被月亮照得更晕乎乎了，她腿上的两块黄铜护腿，闪出的黄光又黏又稠。

现在这季节，夜里海面上总会浮起很多半透明的枪乌贼，月光下密密匝匝的，数都数不清，我们船划到哪儿，哪儿的枪乌贼就齐刷刷地散开，而且一律大头冲外，就像一大捆整理好的芦荟叶子从筐子里掉出来，不落停当就没法收拾。海面上还有好多尾随而来的其他动物，有些还发蓝光，闪啊闪的，天上星星虽然一颗颗又大又亮，看上去结实得很，但水里这些星星要比天上那些闪得更加飘忽诡异。再加上我们船速快，所以从没出过海的提玛都看傻了。我们的独木舟划出枪乌贼产卵区好远后，她还在喃喃地反复唠叨："好看呀好看呀，什么时候帮我抓些来吧。"

我只管自己划桨，她的话当没听见。这个笨蛋大概一辈子连灯笼鱼都没见过，所以不知道被它那排小尖牙咬上一口是什么滋味。还是昆布好，她虽然也没见过海，但水性好。

我们一拨人平时没事就比谁潜得深,她回回都能拿第二。有一次她甚至跟我一起潜到了河底,别人都吓坏了,只敢在我们上方转来转去。我躺在河底看她,阳光在水上方,像一束金子做的碎布头缠在一起,跟着水势一块儿晃,昆布像条盲鳗一样扭动着被照得更加苗条的身子,那节奏,我敢说全阿散蒂没个比她更强的了。我在河床上打着节拍呼应她,河泥腾腾地就起来了,她就扭得更欢了,还忽然腿一并冲到我肚子上,将她的肚子和我的贴一块儿磨,又痒又滑的。我浑身发热得受不了啦,赶紧往上浮去,探出水面,抹一把脸,看见提玛正朝我扮鬼脸。

提玛是个旱鸭子,对水的体会是一点也没。我想这得怪中国的大宝船做得太大太稳了,只要不自己放火烧了,根本就不会沉,所以会不会水无所谓。有时私下我也想过,到底是娶个会潜水的做老婆呢还是娶个连游泳都不会的,但总是没个结果。莎莎老催我,一天她还严肃万分地提醒我说,再这么挑下去,昆布和提玛的年纪比她都要大了。究竟她是怎么得出这结论的,我是一点都不知道,反正她脑子一向糊涂,数数从来不能超过二十,因为她一共才十根手指和十根脚趾。好在她只管理发,不管粮仓,否则阿杜老爹非被她气出病不可。

前方突出的海岬上，矗着一座方头方脑的建筑，我猜那就是荷兰人的堡垒了。我给提玛打个手势，叫她提高警惕，然后放慢放轻划桨动作，让独木舟慢慢驶向那儿。

今晚月亮很帮忙，把那八角形的堡垒还有它周围的沙滩照得清清爽爽。堡垒西面远处，是一排排房子，一看房子样式，就知道那是我们的老对头芳蒂人住的。

我和提玛仔细观察了很久，也没见什么动静，岸上空无一人，像是全到海里去产卵了一样。

天快要亮了，我甚至看到有个别海鸟的身影了。罢，索性一不做二不休，我靠了岸，然后取了武器，叫提玛留在独木舟上，打算一个人潜进去。提玛吓得大气不敢出，就把整个身子全卧在独木舟里，就露个脑袋，单眼皮眨巴眨巴地替我放哨。我跟她说好了：要是发现苗头不对，就嚯啰啰地叫，要是我听到警告后，还是来不及赶回来，那她就自己划桨逃回去。我再三叮嘱她，这种时候，别牵牵扯扯，保命最要紧。

沙滩上的沙凉得要命，跟白天不好比。靠近堡垒后，我游过放满水的壕沟，绕过又粗又大的一座炮台，顺着堡垒外山岩上的树丛，从一个哨眼翻爬了进去。里面静悄悄的，只有外面海水冲刷沙滩的声音。

等提玛终于见到我向她走来的身影时，天空中的云层已如水母般透明了。她见我还真带了个昏迷不醒的俘虏回来，顿时喜得不行，帮我把他安顿好后，就急急把桨给我，我也兴奋得哆嗦个不停，第一划连方向都划反了，结果独木舟在沙滩上冲了个急停，差点把我们三个人全扔了出去。

划出老远后，我开始吹嘘起自己的经历，说自己在堡垒里一连射死了十来个，又砍倒了二十来个，最后抓了一个得胜归来。提玛起初还乐呵呵地听，听到后来她实在憋不住了，就告诉我箭筒里一支箭也没少，砍刀上一滴血也没有，我这才满脸通红地说了实话。实际上，翻爬进堡垒后，我什么危险都没碰上，就是堡垒里的路太复杂，根本没有土丘、小溪、灌木丛之类的标记物，害我兜到后来竟然又从堡垒大门处兜了出来，差点被堡垒对面的芳蒂人岗哨发现。后来我终于找到了一间门没关拢的房间，里面有光线透出来，看来有人，我吸了口气，把门轻轻推开，结果门年久失修，很不识相地吱嘎了起来，我只好把门一下子用力推开，然后猛闯进去。里面的人正背对着我，就着桌前的灯光，两手在不停地动，不知在干什么，压根就没注意我进来了。我想都没想，上去就给了他一下子。砍刀刀背正砸在他后脑勺上，于是他就歪了下去，他手里握着的小刀和一块木头也掉在地上。我一看那木头，再看看桌上一个制作好的人像，就明白这个家伙是在搞木雕。看来贝宁那里的木雕实在是著名，这手艺活都传到芳蒂人这儿了。看来这白人也是干这行的，不过他好像是新手，做的东西很烂，要是我老爸见了他的作品，准会门牙都笑掉的。

进了河道后，我们逆流而上，把独木舟划得贼快贼快，再次穿过层层压着头顶的树枝，不顾沿途其他各部落人的大呼小叫，顺顺当当回到了出发点。太阳正从树梢上升起，光线被树叶扯得毛拉拉的，看情形一时半会还升不了天。那个俘虏这时也醒了，摸着后脑勺上又胀又亮的包，很不满意自己的处境。提玛识货，告诉我这人准是荷兰人，因为荷兰语她听到过，轰隆轰隆的，跟野牛打响鼻的声音差不多。这俘虏年纪看上去和我们相仿，细皮嫩肉的，但长得很难看，尤其是鼻子，又窄又高，把两边眼睛全挡了，我怀疑他的左眼打生下来后就没看到过右眼，右眼也是。

放好独木舟后，我们押着俘虏，兴高采烈地走在回村的路上。河那边几十头象刚喝好水，正耷拉着大耳朵，慢条斯理地跨过河，朝河对岸的树林里走去。水里的鳄鱼还没完全醒，对我们踏水而过的六只脚理都不理，几只出来巡逻的黑蚂蚁听见我们的动静，个个把头抬起，牙钳张得大大的。

哈库纳玛塔塔,真是很有意思。哈库纳玛塔塔,简单又好记。

前面就看得到我们村垒的防御工事了,一股股不新鲜了的酒气,从工事里面飘出来。组成工事的一段段粗原木被拆散了架,上面敷着的树叶枝条也丢了一地,现出一个大窟窿,好像被什么庞然大物给捅过一般。

"一定出事了!"提玛也不管俘虏和我了,闪着沾满泥的黄脚板就奔了进去。我因为押着俘虏,走不快,只好骂骂咧咧地落在后面。

村子里一片狼藉,一个人影也没有。我头一个想到的是象群,但马上否定了,因为这里没有象脚印子,再说刚下过雨,象有的是吃的,没必要冒险闯村子来抢食物;其次我想到的是鳄鱼统统爬上岸,撞破防御工事后爬进来吃人,但想想也不是,因为我们没有在它们的巢穴里打扰它们,然后我想到了黑蚂蚁军团突然袭击村子,于是大家全逃个精光;又想到了国王邀请他们去宫廷里继续喝酒……就在我绞尽脑汁想再找些理由的时候,提玛从我家里飞奔出来,抽缩起来的脸上布满恐慌,她嗓音嘶哑地喊了一声:"全被抓走了,抓走了,莎莎阿姨也不见了,都不见了!"

于是我才正视眼前景象:地上有破碎的陶罐,有折断的树枝,有血迹,有死人。

我们在村子里胡乱兜着,最终在堆绳索的地方,找到了一个活人,是昆布,她一言不发地瞪着我们,眼圈红红的。绳索看上去少了许多,剩下的全乱糟糟的。

"你回来了?"提玛总算帮忙先开口了。

"金凳子放好了?"我接着问。

昆布轻轻地点了下头,然后就哇地大哭起来,她嘴巴咧得那么开,使得她两只耳朵都快被挤到脑门上了。我们都上前安慰她,那个俘虏也想上去安慰,被我用刀背拍了个满脸是血,顿时就倒在地上打转,再也不敢爬起来了。

好不容易昆布才止住不哭了。她断断续续地告诉我们,今早她从河里回到村子时,正好看到芳蒂人押着村里人往外走,她连忙躲起来,看到队伍里有莎莎,有萨果,有阿杜,总之全村大人都被抓了,他们都醉醺醺的,被我们自己用来绑云梯的绳索捆着,一个接一个地押出了村。还有十来个白人和几百个芳蒂人在旁压阵,谁要是不听话,他们就用皮鞭抽,用枪托打。

我这才明白,为什么我们袭击的堡垒没人守卫。

我把箭筒在肩上一紧,握着砍刀就想奔到独木舟那儿去，结果被地上的什么东西绊了一下，我一瞧，是那俘虏，就又给了他一下子，不过这回是刀刃，所以他就脑袋一分为二地裂了。就这么缓了一缓，我被昆布死死拖住了，提玛也说，就算要去救人，也应该晚上摸过去，现在最好把死去的村里人先埋了。她边说边帮昆布擦溅到脸上的血。那血是红色的，我再看看地上这堆砍坏了的肉，奇怪，竟然真的是红的，跟我们的血颜色一样。

村里被杀害的全是儿童，还有婴儿，因为他们被抓了也没用，卖不了钱。我们阿散蒂人抓奴隶可不是这样，小孩都放过不杀的。我把尸体全堆在那些被毁了的工事上，到了晚上，放把火点了。火很快就蔓延到整个村子里，噼噼啪啪，很是热闹。

独木舟上三个人。我坐中间，头上坐着昆布，尾上坐着提玛。本来，昆布还提议我们该到都城向国王图图报告的，但被我否决了，因为跟图图报告了我们也打不赢，到头来还是得跟荷兰人谈条件停战，烦都烦死了，还不如就跟抢那荷兰俘虏一般，把我们村里人偷偷抢回来。我船快，保准能比他们早到堡垒那儿，要是我们能在那里先设好埋伏，准能把芳蒂人和荷兰人揍趴下，那儿不是有炮吗，我们可以开炮，把他们押俘虏的队伍打散。

但几周之后,当押解亲人的队伍出现时,我们的营救行动可耻地失败了。这主要得怪提玛和昆布,本来我都弄清如何开炮了,她们偏说我瞄不准,说我这一炮发出去,我们只能把亲人的尸体再埋一次,我只好对着天空开炮。结果炮生气了,就没响,然后就是一大群黑压压的芳蒂人冲过来。我们三个死命逃,结果在沙滩上全被搞定了,她们两个是被活捉的,我是脚脖子这儿挨了一枪,才没逃成功。

关押我们的木头大笼子做工很差,要是我爸见了准会帮他们重新刨整一下的,都什么呀,连钉子都敲得不得法,这么多人挤在一起,挤边上的一不小心就会被钉头刮得哇哇乱叫。给我们喂的食物更是差劲,我怀疑他们的厨子是直接拿沙滩上冲上来的死鱼在打发我们。好在萨果是一把烹饪好手,他刨了坑,用随身带着的盐把那些糟烂伙食使劲擦了个够,然后埋到沙下,又问看守我们的芳蒂人要了些干树枝。白天,他在埋食物的上面堆上树枝,用钻出的火焖,晚上则扒开吃烤鱼,哎呀,那味道真是好多了,香味甚至能把芳蒂人给引来。后来,萨果就和他们做了个交易:他们给我们好一点多一点的伙食,以及更多的盐巴和树枝,我们则把烤好的食物分一点给他们。再后来,他们就把萨果给放了出来,专门当厨子。

吃好晚饭，就着满天被木条隔出的一段一段的大星星，我们开始长吁短叹将来被吃掉的命运。虽然荷兰人已经叫萨果转告过我们，说他们不吃人，把我们抓来是要送到巴西去工作，去享受新的生活，可我们不相信。后来在阿杜的提议下，我们就让昆布给我们讲送金凳子的经过。她讲了一遍又一遍，我们听了一遍又一遍。在那些日子里，我们天天仰望着头上的星空，有时大家全默不作声，遥想着空中那美妙的世界。有一天，在长时间的安静后，萨果拉起了他新得到的一把琴，琴声幽咽低沉，提玛跟着轻轻唱了起来：月亮在白莲花似的云朵中穿行，晚风吹来一阵阵故乡的歌声，我们坐在大大的木笼子里，听昆布讲那天上的故事。我们坐在大大的木笼子里，听昆布讲那天上的故事……

那时候，昆布满头大汗地到了云梯顶端，她一脚跨出，踩在柔韧的云朵上，四周全是一望无际的白云，一朵朵云浪顺着风势向东滚卷而去，昆布得不时两脚踩云，才能不至于被云浪打到云底下。好在她踝骨精巧，每一次踩云，都能使她身子高高跃起，要是正好有一些薄云从她身边滑过，她还能借力飘上一段路程。就这么她在云海里东奔西走了好久，可还是什么都没看到，太阳明晃晃当头照着，把她背上的金凳子照得滚烫滚烫。正在她焦急的时候，忽然她感到身后一轻。

昆布回头一看,见一个巨人正蹲在她前面,聚精会神地琢磨着金凳子。那巨人说来真奇怪,它只有轮廓线,其余什么都没有,云哗哗地从他身体里穿过,他一点也不在乎,那轮廓线也是没颜色的,只是由于云流过轮廓线附近时,被分成了两股随后又合并时造成了不少小漩涡,所以昆布才能分辨出轮廓线来。

昆布试着跟他打招呼,还做了表示尊敬的手势,那巨人这才回过神来,把金凳子还给昆布。

昆布问,你就是我们的神吗?那巨人笑笑,于是大量的云从他的嘴唇线里穿过去,把他的嘴唇线给扩大了好多,几乎把整个脸都挤了一半多。

这下昆布高兴了,说那好吧?那请你帮我们收起这张金凳子吧,我们现在正被荷兰人还有芳蒂人欺侮着,怕保护不了当初你赠给我们的礼物,所以还是先在你这儿放一放,回头等我们收拾了荷兰人芳蒂人,我们再回来向你要。

那巨人想了想,说不行,他一人做不了主,因为当初赠给阿散蒂人金凳子的主意,不是他一人出的,他得问问另外三个兄弟,他们分别是面巨人、体巨人和点巨人,至于他自己,他说昆布可以叫他线巨人。

于是昆布就跟着线巨人一起走。线巨人把昆布抱在自己手臂弯上，说这样就可以走得快些。果然，线巨人迈开大步，嗖的一下就走出了好远，风裹着云急速向昆布迎面扑来，幸好线巨人手臂弯处的反向涡流，将昆布的小屁股紧紧粘着，昆布才能被一块儿带着前进。

很快，昆布就看到远处云雾缭绕的地方，有一间硕大无朋的云屋，像只海螺一般，高高矗立在那里，上面的云在阳光的照耀下，闪着砂红色的釉彩，看上去非常厚实。线巨人说，那就是他们的家，还说到了晚上，海螺式的云层表面会全铺上月光颜色，到时候会有晶莹的珠光时不时折射出来，肯定会漂亮得让昆布看个目瞪口呆。

走到云屋前，体巨人听见动静，跨出门和线巨人打招呼，两人互相拍了下手掌。昆布坐在线巨人臂弯上，就看到前方空气里出现了两个硕大的手掌轮廓印，风吹了好一会儿后才渐渐消散。体巨人是实心的，但却是透明的，所以光照得过去，但风穿不过，他就像一座在空气中的玻璃城堡，你只有一头撞上去后才发现他的存在。昆布从线巨人臂弯里下来，向体巨人的方向走了几步，试图小心地去碰碰他的皮肤，但就是测不出自己的手指离他还有多远，一旁的线巨人呵呵笑了，就挥了下手，把几片云扯过来，让它们撞在体巨人身上，于是昆布才找到了位置，她马上将手指触到那个位置，感觉那里硬硬的，一点弹性都没有。她收回手指，看到那里残留着一个她食指的指纹印，又小又淡，一会儿就没了。

线巨人把昆布的意思和体巨人讲了，体巨人说他这就进去把面巨人叫醒，面巨人正在第三层睡着呢，不过点巨人还得等到晚上才能碰到，他到其他地方去采集数字了，就是那些平时我们地面上人们一直在用但从来没看到过的东西。

昆布由线巨人带着，跟在体巨人后面进了海螺云屋。里面非常空旷，巨人们住着都显宽裕，更不用说昆布了。一到屋子里面，由于屋子内壁上折射出的砂红色光泽，使得线巨人的轮廓线和体巨人的外表面都染了色，他们一走动，这些色彩就顺着他们的运动姿势，光滑而均匀地变换着明暗关系。屋子里的光线有些古怪，好像什么形状的都有，不单单是只有直线，还有空心圈、螺旋管、球面、凹陷三角形、点阵等等各种样子。昆布发现自己的形体也在发生各种无法预料的变化，有时她看见自己的影子是立体的，有时她又发现自己可以同时向无限多个方向迈出步子。这时线巨人拍拍她肩膀叫她放心，说他们住的地方，空间是由他们按照自己的规则制定的，所以和昆布在地面上的空间不太一样。

屋子当中还有根大柱子，一直通到忽而变尖忽而变粗的房顶上，围着大柱子的是一圈圈的阶梯，它们像藤蔓一样攀附上去。整个房子内壁都挂满了一块块裁得四四方方的云板，上面涂满了各种稀奇古怪的符号。线巨人说，这些都是他们四个平时演算问题时留下的痕迹。昆布跟着两个巨人，沿着阶梯往上走，绕了一个大圈后来到了屋子的第二层，那里有一大片斜斜的云舌，从屋子内壁上生长出来，然后以和阶梯一样的上升走势，一圈圈地升腾上去。线巨人说，这里是整个屋子里面积最大的一片云舌，所以他们把他们要思考的所有问题，都堆放在了这里，每一个问题搭一间小阁，昆布数了数，这里一共有二十三间小阁。昆布拉拉线巨人的小脚趾，说能不能打开一间小阁，让她看看里面的问题是什么。线巨人和体巨人商量了一下，便把第七间小阁打开让昆布看了。昆布不敢进去，只是站在外面往里看，黑乎乎的，看不清楚什么，就看到乱糟糟的东西堆了一地，还有无数个不同大小的空心圆圈和空心方块飘浮着，没一点声息。线巨人介绍说，这里主要是在解决怎么化圆为方，虽然他们已经得到了这是不可能的证明，但有关超越数的许多性质，他们还是一无所知。线巨人接着嘟噜嘟噜说了一大通，听得昆布脚下一个趔趄，还好有体巨人在旁扶了一把。昆布跑到墙上开的一个小窗孔前，呼吸了几下新鲜空气后，才回过神来问线巨人，你们神天天就在思考这些问题呀？

是啊，线巨人非常自豪地回答。

那我们阿散蒂人怎么办呢？昆布把背上的金凳子往上揉了揉。

这个啊。体巨人来回搓搓手，说没关系的，只要他们在天上把这些小阁里的问题全解决了，我们地上的那些事情也就全会解决的。线巨人应声说，对，这叫群的不变代换，不过可微性还是个困难。体巨人用他的大手拍了拍他自己的大胖脑袋，说他可以尝试绕过可微性来解决这个问题。线巨人皱起眉头说这么办好像不行喏。两人就争吵起来，没一会儿他们双双飞到没涂写过的空云板前，用手指唰唰唰唰写了起来，一个还没全写完，另一个就挤上去抢着继续写，嘴里还叽叽呱呱说个没完，至于昆布，他们早就忘个一干二净。

昆布起初还有兴致看他们吵，时间长了脚又站不稳了，就从云舌那里的小阁处返回到阶梯那儿，自个儿继续往第三层那里登。

第三层的云舌果然比下面一层的小了不少，那里有四间房间，其中有一间传出了均匀的鼾声。昆布悄悄走上前去，看到一大卷东西躺在床上，也不知哪里是头哪里是脚。

大概是下面那两个巨人的声音太吵了,这一大卷东西停止了打鼾,不满意地哼哼了几下,就把卷起的身体打开来。很快,一张巨大的人形面皮出现在昆布面前,昆布想他就该是面巨人了。

面巨人把身体来回抖了好几个波浪,算是伸完了懒腰,然后他非常吃惊地坐起身,揉揉眼睛,看着昆布发了好一会儿呆,又伸出扁得跟树叶一样的手去摸摸昆布背的金凳子,然后大声叫线巨人和体巨人过来。

三个巨人围在了一起,嘀咕了一阵后,他们叫昆布今晚就和他们一起吃晚饭,然后等点巨人回来。

晚饭很简单,三个云做的大桶,线巨人那个桶里是一捆线,他把嘴就上去,下嘴唇唇线从当中破开,把那线的两头接上。很快,桶里的线全哧溜哧溜转到他身上去了,线巨人说他每天吃一桶这样的线,就可以保证他一日的消耗,否则,他的体形就会变小的,同理,面巨人吃的一叠来回堆置起来的面,体巨人吃的是一桶实邦邦的体。等他们全心满意足地抹干嘴巴后,看了看昆布,才想明白这些食物对人来说,都是不能当饭吃的。

还好,昆布口袋里有萨果给她做的蒸糕,她拿出蒸糕,一股扎实的香味飘了出来,昆布邀请三个巨人一起来尝尝,说很香的，但他们都说闻不到，也吃不了，并且觉得奇怪，为什么这些地上的人，要花这么多工夫在这个上面。线巨人说，要是人都不吃五谷杂粮，光吃点线面体，那就不会贩黑人了，这都得怪他们四个当初没设计好。体巨人听了就不乐意了，说贩黑人就是在设计中的，这样能加速人种分布，没什么不对很正常嘛。于是两人又吵起来了，面巨人把身子抖得哗啦啦地响，他们才没在昆布面前继续斗下去。

点巨人回来的时候，天已经黑了。海螺云屋真的不时迸射出一颗颗明艳的珠光来，昆布这才知道，原来流星就是这么产生的。点巨人实际上就是一个会发光的点，但他能在极短的时间内，在巨人形状内的全部位置上，都迅速无比地闪现一次，这样，在昆布眼里，点巨人就成了一个会发光的虚巨人，他看上去很实在，但手伸过去，却什么都没有。

点巨人一回来，就马上把采集到的数字往海螺云屋里的一个球形地窖里扔进去，另外三个巨人看着这地窖被这些数字涂得又薄又均匀，个个都非常开心，连声说这下大概稠密了稠密了。

办完正事后，四个巨人经商量后最终决定，把金凳子暂时收管起来，放到海螺云屋中的一个叫不动点的地方，那地方是点巨人看管的，非常安全。等阿散蒂人危险过去后，他们会再叫昆布来取。另外,他们还劝昆布就在云屋里睡上一觉,跟他们讲讲人间的故事,明早天亮时,他们再送她下去。

口

这就是昆布每天晚上要讲的天上经历,其间,我们一次又一次地问各种各样稀奇古怪的问题,什么线巨人是不是特别爱和体巨人顶嘴,面巨人是不是侧面看过去就什么也看不见,点巨人睡觉时是不是就会静下来成为一个点。昆布起初还能回答清楚,到后来有不少细节也是牛头不对马嘴,好在我们也巴不得每次听到的都有些不一样,所以昆布到后来也就不再多考虑讲的是不是真实,她只要考虑讲得是不是好听就行了。

白天莎莎没事就在阿杜的脑袋上花功夫,她什么工具都没带在身边,就只好全部用手编,但编了好几个辫子不是她自己不满意就是阿杜不满意,觉得不是没体现出我们的地大物博,就是没体现出我们的气吞山河。提玛也没心思给莎莎去出主意,她有事没事就甩甩自己明黄黄的脚掌,就跟牛甩尾巴一样,我脚踝上的伤口在红肿化脓,引来很多蚤蝇,所以她得不时帮我赶走它们。

昆布则没精打采地坐在地上，我估计是每晚讲故事给讲累的，她有时睁着一双大眼睛瞪着我，问我将来到底会怎么样。我发烧发得厉害，就胡乱回答，说我们一定没事，天上的巨人都帮我们收管起金凳子了，要是我们全完蛋了，那他们找谁还这累赘？

阿杜有时会披着一头乱七八糟的头发来查看一下我的伤势，见我满身冒虚汗的样子，就催笼子外的萨果再多弄点草木灰来敷伤口。莎莎在这时就得努力做出些当妈的样子来，她会小心地帮我擦擦汗什么的，免得有人说闲话，我也只好配合配合她。我和她没吵过架没翻过脸，一直都客客气气的，不像我在贝宁时，和我原来的老妈整天要怄气，因为她不让我跟着我爸学刨船学木雕，说这没意思，更不要说玩潜水了，她一心要把我送出国去留学，英国荷兰什么的，不要一辈子连字都不会写。后来她就一个人去荷兰了，反正她信了白人的教，自有白人给她出钱去，再后来我就和我爸离开了那伤心地方，走走停停来到了阿散蒂，然后莎莎就和我爸在一起了。她傻乎乎的，除了理发什么都不会，就会整天催我娶姑娘——现在好，提玛和昆布全在我身边了，就是没法娶，嘿嘿。

过了没几天，荷兰人他们从别的部落里抓来了更多的人，笼子里越来越挤。由于大家不是一个族的，所以就经常会吵架斗殴。当有一天大波波族的一个黑家伙被邓克拉族一个更黑的家伙给打死后，一场混战就爆发了，人多，没法抡拳头，他们就用手捏用肘子开，不少人脖子耳朵眼球乳房什么的就捏坏了开爆了。后来荷兰人芳蒂人匆匆赶来，把笼子门打开，人全放出来，再用棍子枪托皮鞭铁链一阵乱打，总算平息了风暴。地上躺着还能呻吟的，基本都还活着，那些不动弹的，十有八九是死了。

这以后他们就又造了个大笼子，但可气的是，他们把男女分开关了，所以提玛或昆布没办法和我说话了，要说话就得把头贴在木条空当上，对着我这里大声嚷嚷，可几乎所有的人都在这么干，所以谁的话都听不见。看守我们的芳蒂人个个愣头愣脑的，叫他们传话压根就没戏。幸好我那可怜的莎莎后妈，耳朵不好使，嗓门倒是惊人。所以提玛她们就托她传话，每回她开口，都技压群芳，而且她还会边喊边敲笼子上的木条，节奏虽然很烂，但声音很响，所以几番较量下来后，莎莎一开口，大家就不响。结果满世界都是她洪亮无比的声音和奇差无比的拍击伴奏，当有一天这噪音把一个男人给引到跟前时，我想我们终于全得救了。

我爸多年不见，看上去还是像以前一样健壮挺拔，他穿着上好的蓝丝绸大袍，上面别着几个华丽的象牙饰针，脖子上挂着金项圈，一条天青石链缠手腕上，脚蹬一双白人才穿的翻毛皮鞋。他做的第一件事就是认出莎莎和我，第二件事就是把我俩全救出来，第三件事就是立刻叫了西医帮我治枪伤。

再也没第四件事了。

所以等我腿伤好了以后，再跑到木笼子那里去看望村里人时，发现阿杜族长没了，一打听早已死了，被拖走了；还有其他一批不够健壮的，也都死了，被拖走了；昆布和提玛看情形也不太行，幸好萨果手里有的是吃的，他不时接济她们一点，情况才不至于太糟糕。

我马上找我爸，叫他把她们放出来。

我爸现在住在城西一间大房子里，手下给他打工的好几百人，他现在是这片黄金海岸最大的贝宁木雕生产商。他招募了贝宁那里最好的一些木匠来给他干活，而他自己则负责监督，并设计一些更新潮更时尚的木雕款式，以满足广大白人消费者的需要。

对于我的要求，他的回答是：他的能力仅限于救出妻子和儿子，其他人都无能为力，这里是芳蒂人的地盘，虽说他有荷兰总督做后盾，但毕竟强龙只有和地头蛇合作，双方才有利可图，而他不过是双方夹缝里的一条虫，只有在夹缝里才安全。所以，他不能做得更出格。

于是我说我要娶提玛和昆布为妻，而且是马上。这时莎莎从里屋拎了一大罐酒出来了，她比以前更肥满了，浑身油津津的，脖子上戴了圈象牙骨饰。她咕嘟了口酒，说现在她手头有更好的姑娘了，是当地芳蒂人一个酋长的女儿，长得肯定能称我心如我意，还说那姑娘不但踝骨细巧，而且肌肤明黄，身兼昆布和提玛的优点，出身又好，以后我可以和她双双到荷兰或英国或其他地方去留学。莎莎最后乐滋滋地说，反正你老爸现在有的是钱，不但能送你们出去读书，还能让你们周游世界玩呢。

我没理她，就问我爸这算是怎么了，怎么现在成这样了。

我爸也没顾上回避莎莎，直截了当地说，他要让我妈看一看，他现在多有钱多幸福，他儿子现在多有钱多幸福。

我问他我妈现在怎样了。

他说她嫁给了当地一个穷得叮当响的基督徒，两人现在过着蜜里调油的日子，但也就这么着了，不会有更多发展了。但他的事业却随着贩奴业一起蒸蒸日上，现在，整个欧洲和美洲大陆，都盛传着他的名字，那些白人还当着面夸他，说他是黑非洲之父。

"凭什么呀，他们这么喜欢你？"我也不知和我父亲说什么好，走之前慌慌张张地就随便问了一句。

"凭什么？嗯，凭我的艺术，离天堂仅一步之遥。"

后来我没事就往大笼子那里跑，我在外面蹲着，她们在里面蹲着，当中隔着那些粗糙难看的木条板子，在芳蒂人的监视下，我从空当里给她们递送吃的。空当缝虽然不小，可一不小心手还是会划出血痕，烦得要死。后来我实在憋不住，就重操旧业，到我父亲工场里找了把刨子，把障我们视线的木条板子给刨得又光又滑，那木料真的是很差，刨上去磕磕绊绊个没完。本来，如果我在我父亲前坚持下去，死活要娶她们两个，说不定还是有希望的，但我有天说漏了嘴，把一刀劈死个荷兰人的事情对他说了，这下完蛋了，他勃然大怒，说那荷兰人是他弟子，人家是听了他父亲，即我们这里的荷兰总督在一次沙龙上的慷慨陈词后，不远万里自费跑来投师学艺的，又虚心又聪明，而且学得特别认真刻苦，没想到就这么被我一刀给劈了。

日子过得真快，海边的大笼子也越来越多，有一天早上，他们所有人都走出了大笼子，因为有很多贩奴船靠岸了。芳蒂人个个喜气洋洋，看来他们又有不少钱进账了。萨果给他们烧了那么多顿饭,一个子儿也没捞到,还要他每晚到他们营房去拉琴,伺候各路贩奴商,要是人手不够,还要他去扛象牙。萨果越想越恼火,就想偷偷逃回阿散蒂,结果被他们发现追上打死。我连忙跑到我父亲那儿,把这事跟他说了。他专心致志于他的木雕头像,嘴里嗯嗯啊啊的,就等我说完了,他好花大工夫把脸颊这里修圆润——那是块黑檀木,修理起来非常花功夫。

然后我说今天开始所有黑人都要装船了,如果昆布和提玛都装了,那我就跟着一块儿上。

这下他终于停下来了。

"你到底想干什么?"多年不见,他的脸也和木雕比较像了,上面没什么皱纹,皮肤像绸缎一样光滑。

"想和她们在一起。"

"你是不是疯得没完了?"他不耐烦了,放下手里的凿子,两手手指叉开往天上举。

"你才疯了呢,天天刨这些木头。"不过说真的,我发现这些头像做得真好,海龟蛋似的长脸上,分出一双忧郁低垂的大眼睛,厚厚的嘴唇轻轻努起,像是在吹潮热的空气。

"总比待阿散蒂那儿刨云梯强吧。"他拿出了很亲近的口气,一听就是假亲近。

"云梯要你刨？那是我们用绳子抓来的。"我继续保持强硬。

这下他真的火了，一把抓住我的手，把我拖到后面的木工间里。他手下的那群木匠好奇地看着我，他们个个手里都抓了四五样木工工具，几个领班更厉害，耳朵上都别着两把铁锉，空气里一股各种木头刨开的混合香味，木工间抵墙根的地方，是一大堆长长的来回折叠起来的木架子，漆成白色，好些地方都已经开裂了，看来堆放得很不小心。

他手指了指这些木架子，说这就是我一直念念叨叨的云梯。

我用脚踢了踢，说鬼才相信你的鬼话。

他叫来旁边几个木匠，他们一致证实，这些木架子是芳蒂人在押解村里人时，一块带过来的，因为我父亲不想把他以前的手艺留在马上就会荒成丛林的废墟里。不过，他们只带回来了这些，金凳子实在是找不到。

"云梯、独木舟这类玩意儿，做得再好，也赶不上人像，"父亲环抱双臂，目光对着远方一个虚点聚焦，"每一处的微妙，都要用心中的神去雕琢。如果真能竭尽这里面所有的变化，那再敷绿锈或镶铜片就没必要了，更何况包银箔。对了，还有，我最近在想，如果当初我把金凳子四个凳脚的弯度再做得弓些，几处镂空的地方再做得含蓄些，那镶上黄金后是不是会更饱满些呢？"

我听都不想听，赶紧就奔出木工间去找昆布。

"最高的境界，是不用任何工具！"身后父亲的声音很响，整个房间都轰隆隆的，他那些手下个个停下活计，满脸肃穆地朝我父亲站的地方望去。

老远我就认出了昆布，烈日下所有排队等着上船的人里，就她的脚踝最漂亮。提玛陪在她身边，看上去像是衬着昆布的一面黄铜镜子。

"昆布昆布。"我一连声地叫住她。旁边那些管押送的都知道我是谁，都没拦我。

"怎么了？你老爸终于说通上面，我们可以不装船了？"提玛在昆布身后探出半个脑袋，半是嘲讽半是期冀地问。

"不是不是，"我低下头，猛吸一口气后，直接问昆布，"你说，你爬的云梯，到底是云做的还是木头做的？"

昆布笑了，又厚又红的嘴唇里吐出一串好闻的蒸糕气味："你都知道了？"

"是真的？"我想我眼珠子一定瞪得和鼻孔一般大。

昆布点点头。

"那你，那你遇到那四个巨人呢？"

提玛叹口气，接过来说，自然也是假的了。

昆布说她没办法，那天按照国王图图的意思，她背着金凳子攀云梯，到了顶端后就等神来取。这样的活动已经办了好几次了，大家都希望这次神能眷顾我们。可是等了半天，还是和以往任何一次一样，没见什么神来。虽然云梯做得很高很结实，底部还有绳索缚着，但昆布一动都不敢动，生怕一不小心掉下来，下面的云飞速地向东滚动而去，看得她头晕目眩。正当她想要背着金凳子原路下来时，一个骑毯子的奇人出现了，他头上缠了个大头巾，又松又软比云朵还云朵。他对着金凳子左看右看，说这金凳子的凳脚弯度是很有意思的双曲面，说要拿来研究研究。作为报答，他就编了一套天上四个巨人保管金凳子的故事，叫昆布记住，到时候可以向村里人交代，至于金凳子，等他研究完后他会帮忙藏在森林里的，芳蒂人什么的肯定找不到。

"他们需要我编的故事，否则都会撑不下去的。"昆布眼睛红了。

"那人骑的毯子有多大？"我想我总得有样结实的东西可以抓来撑一下。

昆布比画了一下，和我曾摸到过的差不多大。

"对不起,你平时吹牛时,我和提玛都嘲笑你,没想到真有这样的人。"昆布开始抽泣起来,提玛搂住她,但昆布还是觉得冷,她皮肤上的毛孔都结了起来,太阳光再强也晒不开。

我陪她们一起站着,脑子里空荡荡的,好像里面除了风就没其他东西了。

等装船的队伍实在是长得很,到中午了,还有一大半的人没上去。几个一直用皮鞭在维持秩序的荷兰人也抽累了,就各自找了个荫凉地方去歇息。

昆布站累了,就原地坐了下来,提玛也想坐,但小腿上的两块黄铜护腿被太阳照得滚烫滚烫,一动就痛得慌。于是我问芳蒂人要了一小桶水,给提玛浇了一泼子,冒起哧哧白汽。接着,我们三个就坐成一圈,你一口我一口喝了个透饱。旁边被脚镣铐成一线的其他黑人见了,把嘴唇都舔烂了,全拥了过来,结果被芳蒂人用枪托和皮鞭给打了回去。

"金凳子就这么保护我们吗?"提玛瞪着空水桶,手指甲刮擦着她的护腿。

我把我父亲的夹缝境遇跟她们说了,还说了我父亲自己造金凳子的事。

昆布和提玛互相看了一眼,又一起看了我一眼,我被她们看得心都慌了。

昆布挪到我身边，就着我的耳朵说，我父亲是个不祥的巫师。

我大吃一惊，问她到底想说什么。

昆布把眼泪擦干，稳定了一下自己的情绪，平静地对我说，金凳子是神赐给我们的，但我父亲一直对他的手艺很骄傲，虽然搬到了这里，但一点都不想学着尊重金凳子。在村里的时候，他一直在私下模仿金凳子的样子，偷偷跑到树林里，用木头造了好些个木凳子，虽然他干得很隐蔽，而且做好一个就毁掉一个，但还是被村里人发现了。在他帮我做好独木舟后没几天，阿杜他们就决议把他驱逐走，理由是只有不祥的人，才能做出比神的手艺还漂亮的凳子，来和神挑战，以至于金凳子再也不能保护阿散蒂人了。他走的那天，听说是想帮我再削一捆牙刷的，就冒着危险到河对岸去，没想到遇上猎奴人给抓走了。

我问昆布我怎么不知道这些呢。

提玛说我们以前跟你说过，你就是不相信，你只相信你老爸是个好人，就是不相信他是一个坏人，你看看，现在所有好人都倒霉了，就他这个坏人最开心。

不，是他们一家都开心。昆布侧着脸补充一句。

"那你们要我怎么办？"我荤素不分乱哄哄地问了她们一句，才感到内心压力小了一些。

昆布把提玛小腿上两块黄铜护腿解下来，交到我手上。我接过来，沉甸甸的，虽然被水浇过，但还是很烫手。提玛没了护腿，现出的两个脚踝，看上去也很精致，好像敲上去就能发出黄金的声音。

昆布低低地说，去，把你老爸杀了，金凳子就能救我们所有人。

提玛一把抓住昆布的肩膀，说你疯啦，跟敦鲁说这种话。昆布不为所动，眼睛盯着我说，你能杀那荷兰人，就能杀你爹。

我站起来，把黄铜护腿往地上一摔，没好气地说，你们还是统统装船去古巴吧。

提玛抬头看看我，眼里全是泪水。

今天晚上菜很丰盛，因为他们要招待荷兰总督，所以一张大桌子上全是菜，当中放了一盆烤蟒段，看上去晶亮肥嫩，酱汁淋漓。连我这个对吃一点都不讲究的人都早早坐在了饭桌上。外面站着的侍卫也个个精神抖擞，拿着镶宝石的盾牌和镶黄金的宝剑欢迎荷兰总督的到来。荷兰总督不知道是我杀了他儿子，父亲一直瞒着这事，谎称是邻近的阿克拉人杀的，所以总督待我很是亲切，还叫我父亲翻译给我听，说他觉得我长得和他儿子像。我想我可不像你儿子有那么难看的一只鼻子，但我不敢说，更不敢说他儿子就是被我一刀劈烂的，于是就指指自己鼻子，对他友好地笑笑。

莎莎今天做了个雄狮发型，松蓬蓬的长发浮在头上，里面缠了不少细细的金丝，所以她头左右摆动时，会发出脚踩在落叶上的声音，莎莎说这是在阿杜死了以后得到的灵感，她说她听见阿杜的魂离开时，就是脚踩落叶走的。荷兰总督留着山羊胡，他不停地点头，叫翻译告诉莎莎，他很欣赏这个发型，看了让人顿生豪情壮志。莎莎得意死了，放开嗓门哈哈乱笑，连盆子里的烤蟒段都颤巍巍地抖了几下。

我见缝插针，马上把这翻译叫过跟前，对他耳语了一番。于是他告诉总督，我认识一个阿散蒂姑娘，叫提玛，马上就要装船走了，可她打理头发的技术连莎莎都比不过，如果需要，现在就可以叫过来，当场示范，要是不好，马上装走，要是好，请把她留下，正好给我娶老婆。

父亲听得懂荷兰语，脸一下子就沉下来了，他侧头和莎莎说了几句，于是莎莎马上跟总督说，我有病，根本没提玛这个人，我从小就爱吹牛，爱说谎，总是喜欢胡言乱语。

我蟒蛇肉也不要吃了，愤愤然站起来说，我这就把提玛带过来给你们看。

等我上气不接下气地奔到海边时，昆布已经排到快装船的地方了，我问她提玛呢提玛呢，昆布一脸麻木，什么表情也没有，只是递给我两只黄铜护腿，说提玛黄昏时脱水死了，不过不是她一个人，好多人都在队伍里倒下了。

"这倒是个好办法，留下的准是最强壮的。"昆布挺了挺腰，由于长时间没水喝，夜色中昆布嘴里的气味都有些发馊。

"我一定要救你出来。"我两手各抓着一只黄铜护腿，觉得它们分量很是称手。

"得了吧，都快排到了，你救什么救呀。"昆布把头转向不远处的贩奴船。那些船又长又阔，一艘叠着一艘，黑压压地停在岸边，人们排着队，一个一个填进去，昆布跟在队伍里往前移，很快就排到她了。芳蒂人见她和我熟，就没拿鞭子催她上去。

"照我说的去做吧，否则我也会死的，死在船上。"昆布说完，凄惨地对我咧咧嘴，血从干裂的嘴唇里流出来，把她下巴分成了两半。

我失魂落魄地看着她消失在船舱门洞里，过了好一会儿才记起家里还在请客人吃饭呢。顿时我怒气丛生，提着黄铜护腿一路狂奔回去。到了门口，侍卫见我一脸杀气，想拦又不敢拦，我直接冲到我父亲面前。

"你捡两块铜片来干什么？"父亲很奇怪地问我。

"那是我们族里姑娘们穿的护腿。"莎莎忙着向荷兰总督解释，也不管他是不是听得懂。

我对着我父亲看了很长一段时间，我发现他变了，变得那么有教养，比我以前的妈妈更有教养，他的脸型也是长圆形的，眼皮像波涛一样舒展，鼻子宽阔得像鲸鱼翘起的尾翼，还有那可吹出圆润气流的厚嘴唇——是了，他刻的所有木雕人像，都是以他自己的脸为原型，或者他自己的脸，不断在往木雕人像那儿靠。反正，那已经不是我父亲的脸，我记得我父亲的脸不是这样的，他的脸应该是可以用手去触摸的，可以沾上汗水、泥土或树叶什么的。

然后我举起这两块黄铜护腿，转身后用力向下拍去，把荷兰总督的脸给拍得跟烤蟒段一样，看上去晶亮肥嫩，酱汁淋漓。

在四周慌作一团的时候，我对我父亲说，家里牙刷已经用光了。

荷兰总督的运气比他儿子好得多，竟然没被拍死，不过我这回惨了，铁定要被吊死。

关在监狱里的那段日子，我就想念昆布，有时还觉得自己对不起她，因为本来我是打定主意把我父亲干掉的，但事到临头我不知怎的就搞错了，结果还是对荷兰人下了手，照我父亲的话说，我不像个非洲人，要是我能对自家亲人下手，那才叫像呢。在这事上，我很服他，当时唯一镇定自若的就他了，是他吩咐侍卫快把我抓起来的，也是他第一个看出我起初想杀的是谁的。最搞笑的就是莎莎，一开始还难过得不得了，一会儿为我担心一会儿为她丈夫担心，后来见我父亲一副世外高人的模样，她也就学起来了，来看我的时候气定神闲的，还告诉我将被吊死的具体日期，并问我那天要梳个什么发型，她可以提前准备准备。

行刑的那一天，父亲来看我最后一眼，带了一根新削的牙刷。我拿过来用力在嘴里搓，把满嘴的牙齿搓得全是血。他默不作声地看着我发泄，等我刷完了，他问我，怎么好久没听你说提玛昆布他们了？

你干吗呢，提玛已经死了，昆布已经装船了，你什么意思嘛你？我把牙刷小心藏好，没好气地嘟囔。

他叹了很长的一口气，以至于牢房里全是他的这口气在打转。他说，反正我也救不了你了，就跟你说最后一次吧，听不听由你。听着：从来没有提玛这个人，也从来没有昆布这个人，从来没有云做的梯子，也从来没有什么点线面体巨人，你说你杀了一个荷兰青年，还硬要让我相信他是我的弟子、荷兰总督的儿子，不不不不，没有这回事，这里没有会刻木雕的荷兰人，我也没收过什么荷兰人做弟子。你和你村里的人都被抓过来了，是我把你和莎莎救出来的，你脚脖子上挨了一枪，是你企图在半路逃跑时被打的，萨果就是那时被打死的，阿杜族长受了重伤，后来关进笼子没多久后也死了，这些才是真正发生的事情。还有那什么金凳子，没有，阿散蒂人没有过金凳子，就算有也是我们阿散蒂人自己做的，而我可以做得比任何人更好。你总是喜欢胡思乱想，打小你就是喜欢胡思乱想，什么潜到水里去和朋友聊天，这一点倒是和我们非洲人很像。以前我也是，总想造一艘比鸟还快的船，你妈就是受不了这不切实际的幻想，才一个人跑到荷兰去的。现在你看，我终于清醒了，活得很现实，他们欧洲人都赞赏我，说我不像个非洲人。可你，还总是被幻想左右，结果害了你自己。

他还说了很多很多的话，包括阿散蒂最后会消亡等等昏话，这些话我一点都不当回事，但他说得太多了，于是整间牢房全是他的话，把我堵得一动都不能动，到最后我实在忍受不住了，就问他：

"那到底我父亲这个人有没有?"

他不说话了。

"还有我原来的妈妈,还有死去的阿杜、萨果,还有莎莎,还有村里好多人,还有这里的芳蒂人、荷兰人,这些人到底有没有呢?"我问得声嘶力竭。

终于他开口了:"你愿意都有,还是都没有?"

"都没有,我不怕。"我挣扎着站起来。我发现我和他一样高。

✿

后来,我只身一人从埃尔米纳出发,沿着贝宁湾走到刚果、安哥拉,然后又到了腹地,经过石头城大津巴布韦和布满金矿的南非,又绕过坦噶尼喀湖,顺着蒙巴萨、马林迪、拉木一路向北走,直到埃塞俄比亚后又进入埃及,然后折向西穿过撒哈拉沙漠,向南向东沿着西非海岸又回到了这间牢房。牢房看来废弃好久了,里边一股子霉气。埃尔米纳堡垒还在,看上去斑斑驳驳的。

自我说了我不怕后,我父亲就不见了,所有人都不见了,我走遍了这片大陆,再也没看到过一个人。我心里有些害怕,怕这又是我的幻觉,真的,我现在什么都没有了,只有一柄发黑的牙刷棍子。

  反正这块大陆像是被遗弃了，连我都不想多待，整天就只能看到长颈鹿大象犀牛狮子什么的，但我又不想离开这里，总是希望能在这里碰上昆布或提玛，然后说说话什么的。我想既然以前我能把她们想象出来，那现在我应该还能再来一遍。

  我就这么无聊地一圈又一圈在这块大陆上走着，到底走过了多少岁月我也记不清了，直到有一天雨过天晴，我终于遇见了一个女人，她的踝骨无比粗壮，一看就是刚从猿猴那里转过来，但她很自信，拍着胸脯嗷嗷说她将会成为所有人类的母亲，还问我愿意不愿意娶她为妻。嗯，管她是不是梦中情人呢，我抬头仰望天空，对着插满一贯贯彩虹的无数云朵说：

  "好吧。"

神谕

谨以此篇,纪念伟大的数理逻辑学家图灵

"来,让我们坐下来计算上帝吧。"
——艾卜·哲耳法尔·穆罕默德·伊本·穆萨·阿尔-桃

Σ

"桃,该你出牌了。"阿努比斯坐在我对面,朝我翘起他保养得很好的豺狼嘴,把神对人的优越感充分展示出来。

我扭头对坐我左边的玛特笑笑。我也只能对她笑笑,因为坐我右边的阿米特老在打哈欠。他一打哈欠,一股糜烂的臭气就扑将出来,我要是屏住呼吸把头扭向他,就能透过这股淡褐色的臭气,看到塞在他牙缝里的腐肉,有新鲜的才刚挂上的,也有都挂了好几天的,它们深深浅浅地嵌在所有它们能够嵌进去的缝隙里,像是河底鹅卵石间零乱的水草,随着大口的哈欠气流在原地拂动。

玛特耸耸她那对大翅膀,回了个笑脸给我,由于职业习惯,她的笑容总是看上去无比正义无比真理,这使她头上插的那根鸵鸟羽毛显得更加光辉灿烂，让那些排队等候称量心脏的埃及人见了，都会乖乖地把瓦罐里的心交给她去处理。

我对他们三个神的职业实在是看不惯：阿努比斯把死去的埃及人带到冥王府，四十二个神组成的陪审团在一旁听死者演讲。然后玛特负责称量他们的心脏，要是天平失了平衡，那倒霉蛋的心脏就会被阿米特一口吞下。阿米特的最爱就是吞食心脏，尤其是那些罪大恶极的心脏，又大又饱满，吃起来真是咬劲十足汁水横溢。由于阿米特一天要吞吃成千上万个心脏，而且从不刷牙，所以他那张嘴永远是埃及众神里最臭的一张。

在和他们打这副牌之前，阿努比斯就曾很光火地追问过我，为什么看不惯他们的职业，他说，他们那台称量心脏的天平，虽然看上去很是笨重，但在他阿努比斯每日的精心维护下，却是非常精准的，从来不会有什么差错，而他们这些供职的，又个个都是秉公办事，从不贪污腐败收受贿赂。"要知道我们都是神嘛，都是有素质的。"阿努比斯竖起他的两只尖耳朵，打算彻底把我说服。虽说我不是个埃及人，也对埃及众神没什么敬意，但阿努比斯就是喜欢来找我聊天，每到尼罗河泛滥的季节，他就请个假下凡到我家里，和我这个波斯人讨论光明和黑暗问题。其实我对我们那儿的伽萨宗教真的是一窍不通，但阿努比斯认定我既然是那儿的人，对这问题就一定能熟门熟路。所以为了这个，他把我到尼罗河西岸见冥王奥西里斯的日子一拖再拖，到后来就索性和他们的主神拉商量了一下，把我的命给永恒了，使我能永远以人的形式来研究人的内容。于是我就成了个不死之身，可以年复一年看着尼罗河涨涨落落，而不必让那些丧葬团的妇女能有一天对着我的棺椁哀号——她们的职业就是啼哭，可我不喜欢专业培训过的泪水，动了真情的泪水才是好的泪水，据说最上品的泪水，一出眼眶就会化为金腰蜜蜂。但这么多年下来，我没见识过这样的泪水。

至于其他各类大大小小的奇闻逸事，我可经历得多了去了。别说如今的亚历山大灯塔了，就是当年红海海水一分为二的奇迹，我都亲历过。那领头的叫摩西，一把胡须非常好看，所以我就仿他的样，也给自己留了这么一把，没想到最近大家都流行起这种款式了，因为时尚是最好学的了，只要笨就能学会。

说起学习，阿努比斯算是他们这些埃及神灵中最爱学习的一个了，但他也有缺点：他光学善恶方面的知识，对其他的一切充耳不闻。我跟他说，学习一定要面广一点，不要只围着自己的职业生涯打转，可他听不进，没办法，豺狼脑袋大概都这样,一根筋到底,没得救了。哪像我,一百样知识样样拿手,亚历山大进城的时候,那些埃及人只会鼓掌表示欢迎,而我却是拿出上万册莎草纸书卷啊,给了亚历山大图书馆一个天大的面子。这下好了,本来埃及人是看不惯我们这些波斯人的,现在希腊人对我感激得很,还委任我当这图书馆的馆长,于是那些埃及人也就只好来拍我马屁了,我怀疑流行我的山羊胡子就是拍马屁的成效之一。幸亏,我和阿努比斯是秘密交往,旁人都不知道,否则那些埃及人还不定要怎么拍哩。

本来事情都挺好的,可变故还是发生了:前些日子我钻研数学里的公理问题,在资料室碰巧遇到了当今希腊第一才子欧几里得,受了他的影响,我整个人也变得有些为真理而真理了。正好阿努比斯又雷打不动地来访,我一见他那副毫无变化的榆木劲儿,就趁着椰枣酒的酒兴,讥嘲他的工作实在是个天大的笑话。

阿努比斯可是埃及众神里最敬业的,年年被评上圣甲虫模范。有一年,他家墙上挂的金蜣螂勋章实在太多,结果把整个墙面都挂坍了。他被我这么一讥嘲,顿时就光火了,连声追问这话怎么说。

我虽说是活了近千年,但气血还是很旺盛,就把我的想法一股劲儿地全说了，反正这事也憋肚里好几百年了，不吐也是不快：

阿努比斯他们工作时，天平一端放的是某个刚死去的埃及人的心脏，另一端放的是玛特的鸵鸟羽毛，要是天平两头一样平，那皆大欢喜，可要是此人生前作恶太多，心脏就会又重又沉，当它比天平另一端放着的鸵鸟羽毛重时，另一端就会翘起来，于是此人就被判有罪，将永远不得超生，而他的心脏则是被阿米特这丑八怪吃掉。总之，人只要越善良，他的心脏就越轻，就越不会遭此厄运。

好，现在，假设在所有埃及人当中，存在着那么一个最最善良的人，那么，他的心脏分量就该是全埃及人中最轻的，又由于玛特头上的鸵鸟羽毛，是最代表正义和真理的，所以，那颗分量最轻的心脏，再轻也轻不过玛特的羽毛，最多也就是与之重量相等。那么，这就是说，其余人由于都不是最最善良的，所以他们的心脏就都要比那个最最善良的心脏要重。因此，从逻辑上来说，如果天平上的游码固定不动，那么，全埃及有且最多只有这么一个最最善良的人可以无罪，而其余所有人全部都得因心脏分量过重而下地狱。

但现在事实并不是这样。那就只有一个可能：阿努比斯的天平其实灵敏度不高，好多实际上有罪的，都被当无罪的给放了。

阿努比斯那天把自己头皮上的毛都搔落了不少，也不知该怎么回答这个问题，最后无奈之下，就匆匆结束了他的休假，纵身跳入空气里不见了。后来我才知道，他一路赶回去是急着向玛特打听。结果玛特也不知道，就问称量心脏时在旁做记录的她老公图特。见多识广长一鹮鸟脑袋的图特也说不上来，更不用说在一旁正呼呼大睡的阿米特了。于是图特神色严峻地把这事告诉了主神拉。拉就决定叫阿努比斯把我从图书馆给召上来，说是要好好和我商量一下这个问题，商量清楚了就再把我放回去。

坐太阳船离开图书馆的那天，我也很后悔，好好的数理逻辑课题不做，去跟神灵瞎掰乎个啥，要知道所有学问中我现在最喜欢的就是数理逻辑。这下好了，离开图书馆，我就什么资料都查不到了，该死的拉，都什么年代了，还在用称心脏的老法子，你看看那些过了红海的以色列人多省事，所有人到某一天，统一办理上天堂下地狱手续，又快又方便，他们的神耶和华整天啥事没有，班都不用上，只要过段日子召集手下开个会，耍耍领导脾气就行了。要是圣甲虫模范阿努比斯知道这些事，他准会气得从耳朵里喷麦子出来的。

今天午夜三点以后，就是我和拉见面的时间。在这之前的几天里,闲着也是闲着,阿努比斯就下班后叫来他的两个同事——玛特和阿米特——来和我打牌消磨时间。

我们打的是比明暗,轮流出牌,最后牌最亮的那个,就可以得到下一轮的首先出牌权,这样一轮轮下去,看谁手上的牌先出完。这些牌都是玛特平时细心收集的,据玛特说,它们都是用每个埃及人的生命做的,生命有长有短,所以牌正面有的亮有的暗,最好的那种能把我眼睛都照晃了,最差的那种,拿手里就跟拿到一块小黑片似的,一点光都没有。但不管什么牌,捏在手里的手感都非常舒服。开局时,上千张牌展开在面前,层层叠叠像是孔雀开了个满屏。

"别光笑,出牌吧。"玛特也催我了,她总是那么温和那么端庄,浑身上下一点缺点都没有,哪像我搞的数理逻辑,到处都是漏洞,而且都是补都没法补的那种。

我看看她和阿努比斯,然后看也不看阿米特,将手上剩下的几十张同样亮的牌一起押下。

"炸弹。我赢了。"说完这话,我就赶紧屏住呼吸,让阿米特那个臭哈欠顺当地通过。

"这么好的牌,到你手里真是浪费啊。"玛特赞叹起来。

"不,是挥霍。"我又补充了一句:"生命本来就是用来挥霍的,比如挥霍在数学上或逻辑学上。否则,整天上班,干些例行公事的活,有什么意思。"说到这里,我意味深长地看了阿努比斯一眼。

"那就再来一盘吧。"阿努比斯不甘心又输了一局,和我对了一眼就建议道。

"别来了吧,都打了这么长时间了。"阿米特摇头说。我眼睛一瞥,见他手托着自己的鳄鱼大头,两眼通红地征询着玛特的意见。

"再来一盘嘛,换副底比斯的牌来吧。"阿努比斯善打大数量的牌,不像现在这副孟斐斯的,由于城市人口少,所以牌也少。

"得,就这样吧。待会儿他还要去见拉呢。"玛特将桌子上一堆凌乱的牌收起来,说:"桃,我牌收好后,就带你到住的地方去,把行李放一下,认识些人,然后去见拉。"

玛特骨节清晰的双手把近万张牌蹾齐,装进牌套里。我们玩的牌可都是她的私人财产,平时是不轻易招待人的,只不过今天我是拉的贵宾,所以玛特才特意将它们拿了出来。现在牌桌上空空的,但我却幻想着,要是把整个世界的生命都换成牌,让我和他们在这张牌桌上痛痛快快地厮杀一场,那将是何等快事。

Π

拉比林特是一座拥有三千间屋子的迷宫，其中，一千五百间造在地面上，一千五百间造在地面下，并且上下之间一一对称，也就是说，如果你有幸进入地面下任意一间屋子，你其实是头朝下脚在上的状态。只不过屋子里所有的设施摆设以及重力方向也都是倒着的，所以你不会觉得有什么不适。但是，事实上一般人都不能住进地下的这一千五百间屋子，因为它们全是给影子住的，这些影子的主人就住在地面上的那些屋子里，他们的一举一动，将完全对称地投射给地下的这些影子。曾有一些印度苦行僧来造访过，当他们发现自己连脚底下的一片影子都无法拥有时，他们顿时大彻大悟，回到老家后全躲进了森林，开始冥想起无无的奥义。据说在几百年前，他们那里冥想出了一个满头梳着螺蛳壳发型的大神，功夫不在以色列的耶和华之下。

由于我对天平的质疑，使得最近一段日子阿努比斯这里滞留了大量等待称量心脏的埃及人，实在没处挤了，拉便决定开放离冥王府很近的拉比林特，让这些人有个住处，等到称量上的逻辑困难解决了，再加班加点地消化他们。本来，拉比林特这座迷宫是上古时代建造的，专门用来关押一头怪牛，现在怪牛没有了，迷宫中心就放了一尊图特摩斯时代留下的一尊金牛犊，掐掐年代，这可算是件宝贵的文物。所以迷宫中心现在被一圈圆柱形的墙体封死了，墙体外表嵌了不少珠宝，又挖了不少凹坑，供神祇们闲来无事时攀岩娱乐。拉现在把迷宫的东北角一块辟出来，给这些暂时无处可去的埃及人住宿。于是，这些人就整日里提着装自己心脏的罐子，无所事事地闷在屋子里，现在听说玛特带着我来了，便蜂拥到迷宫入口处来看个热闹。他们都认识玛特的，一见她来了，纷纷当场朗诵起他们各自的个人履历，反正意思全是我没干坏事我是大好人之类的八股文章。

我笑容可掬地向他们行了个波斯礼，虽然一只手还提着行李，但我尽量把自己的姿势做得优雅大方些，让身边的玛特女士看看我们波斯智者的风度。但突然那些人全哑了，怔怔地看着我，接着一下子惊惧地四散奔逃。真是活见鬼了。我摊开双手，向玛特扬扬眉毛，这时脑后一股凛冽的阴气袭来，把我的长胡子吹得凌乱不堪。

"介绍一下，这位是桃，就是拉请来要解决称量问题的数学家……桃，这位是哈酡儿。"

我转过身，抬头向哈酡儿打个招呼，真是被她吓个不轻：那是一个比我和玛特足足高出一个胸的牛首女神，一只硕大的母牛头就安在她脖颈上，自她在创世纪那会儿杀足了人喝够了酒后,就一直醉醺醺到现在,虽说已经不再以杀人为乐了,但埃及人见到她还是吓得要命。

哈酡儿两只纹了黑眼线的榛仁般的牛眼一直圆睁着,瞪了我好久,才眨了一下,紫黑色的长睫毛让我意识到她还是位女性,她喷着一股股酒气,歪着脖子始终不说话。为了打破僵局,我点头向她哈了哈腰,动作很僵硬,因为我发现她胸前铠甲上,全是些酒渍唾液渍鼻涕渍——小孩子才这么脏呢,身为一个女神,一点不爱清洁,真是太不像话了。

哈酡儿仍不搭理我,盯着我扭头对玛特说:"这人不是个好东西,你小心着点。"说完,也不待玛特开口,就自己走了,轰哧轰哧的脚步声配上她宽阔的背脊和同样宽阔的臀部,简直比男人还男人。

"哈酡儿一向是这脾气,"玛特搓搓手向我表示歉意,"要知道当年她没醉时,奉拉之命斩杀你们人类的时候,比现在还可怕呢,连我们都不敢和她搭话——不过这么多年过去了,好像人们见了她还是很怕。"

迷宫的走廊虽然宽,但我还是故意蹭着玛特走——她的腰肢太细了,太细了,真是太细了啊。

"但已经是今不如昔了。"玛特说这话时,浑身颤抖了一下,我赶紧把手揽过去,却被她推开,我眼睛充血地瞪着她

神谕 | 251

的细腰——天，就算把下埃及所有的肚皮舞女全包下来，也不值这么想象中的盈盈一握！我胡思乱想着，差点撞到前面拐弯处的一架玉髓做的荷花灯座上。

玛特将翅膀上的羽毛蓬开，把自己全身都拢在里面，说这样子暖和多了。然后她接着说，本来，埃及人是很服他们这些埃及众神的，但后来出了个法老叫埃赫那吞，他公然和拉唱对台戏，弄了个奇形怪状的圆盘出来崇拜，还想把其余神祇全赶下台去。这件风波后来是被平息了，但这股子歪风邪气却在埃及传播了开来，以至于到了拉美西斯二世时，此风愈演愈烈，那些来称量心脏的人，甚至有叫嚷不要称量不要记录不要朗诵不要陪审，问他们要什么，他们就说要他们的耶和华。真是荒唐。一开始我们认为这不过是些疯子在胡说八道，判这些人永远下地狱就行了，没想到后来越闹越大。一个叫摩西的，生在埃及长在埃及，却有着一肚子坏水，他利用当时的一些天灾人祸，把很多以色列人带出了埃及，他真的是个很要命的人物，当时的法老美楞普塔一个疏忽，就让他轻轻松松地劈开红海走了。我们也没料到会有这种事，就追上去想把他给抓来，可他有邪神帮他，就耶和华嘛，你知道的，非常厉害的一个家伙。唉，我们派过去的战神孟特都被他打败了，后来拉亲自带了好多神祇去，也没打过他。

现在，埃及被希腊马其顿侵占是小事情，可人的灵魂被耶和华侵占，那可是天大的灾难了，如果任其发展下去，我们这些神迟早会垮台的。这事已经够伤拉的脑筋了，可谁料城门后面又失了火，你桃先生又把我们的称量天平给批评了一通，这下好了，内外交困——耶和华要是哪天能见到你，准高兴都来不及了。

我赶紧搭话说我不知道这些啊，我这人有时傻乎乎的，只管逻辑不管其他的。

"是啊，我们的拉也和你一样，傻乎乎的，只管逻辑不管其他的，"玛特无奈地摇头说，"他呀，这次叫你来，就是想让你帮他把称量的事情给解决了。然后呢，再想请你帮他把耶和华的威风给灭了。"

我心里一惊，要知道耶和华之类的外邦神灵，虽然平时我从不关心，但关于他的威风我是知道些的。据说他没有具体形状，对人蛮不讲理，随便找个理由就能整你一把，还有道德洁癖，不喜欢同性恋，为此都能把整个城池全给毁了。总之他是个杀人不眨眼的家伙，比指使哈酨儿杀人的拉有过之而无不及，拉至少还容忍群交乱伦和同性恋。像耶和华这种邪神，说实话是我们数学家最讨厌的了，不像阿努比斯他们，要是逻辑上有漏洞就会服输；那什么耶和华却是永远伟大光明正确的，他不跟你讲逻辑，因为他认为他就是逻辑，要和他扯因为所以假如那么虽然但是，那简直就是去找死。怪不得听从迦南那里回来的商人说，以色列人都一心一意地尊奉他，我看哪，这全是被吓大的。

但不管怎样，我肯定是帮不上忙的。我把我的疑虑对玛特讲了："真的，我们数学家对不讲理的人是没招的。"

"所以我说我们的拉傻乎乎啊，竟然会认定你能帮他。"玛特在一间屋子前停了下来，这间屋子的门楣比先前经过的那些屋子的门楣要考究，上面用黄金镂了幅群鹅戏水图，门把是用绿长石、孔雀石和石榴石镶拼出来的，做成眼睛形状，玛特伸手去摁，还没碰上，眼睛就被一层云母薄片给上下阖起来了，紧闭的门无声无息地开了。里面的地板是整块花岗岩切成的，打磨得光亮如镜。地板上站了一大群人，他们都看着门口的我和玛特，由于他们身体下面没有影子，所以看上去有些诡异。

"介绍一下，"玛特友善地走进去，"这位就是我和你们说起过的桃，全埃及最了不起的数学家，他已经活了近千年了。桃，他们是拉从世界各个地方各个年代里挑来的智者，都是非常有名望的。"

这些人里走出一个人来，我一看就大喜过望，这不就是欧几里得嘛，老朋友了，自上次图书馆分手后，我就再也没见过他。

欧几里得也是满面高兴，他说他正愁没地方去呢，打听到埃及的主神拉正在广收数学人才，不仅包吃包喝包睡包住，还包研究所需的一切经费。"本来我还有些不情愿呢，谁要跟整天和内脏脑髓打交道的埃及神待一起，地方还选在奥西里斯的冥王府？可想想这条件还真不赖，再说他们说你也要来，我就来了。听说是一起整个法子来对付耶和华？嘿嘿，这事我爱干。那家伙比拉他们还不如，就知道整人，一点数学头脑都没有哪，竟然还有人信奉他。我问那些人，信奉耶和华有什么好处，你猜怎么着，他们中一个带头的说：'来人啊，给这个希腊人一块金币，因为他竟然想从教义里得到好处。'我差点被他们活活气死。"

其余那些人也围了上来，通报了名字和研究方向后，我发现他们大多和我一样，擅长的是数理逻辑。看来拉是按照我的模式来找人了，不过拉到底是拉，找的这些人个个都很是了得，其中有些人是和我同时代的，比如欧几里得就是。还有些是刚死的，像欧多克斯他们，当然还有死得更久的，最久的一位是阿美斯，都一千三四百年前的人了。另外来自遥远外邦的也不少，有印度那儿的，甚至还有来自中国的荣方和陈子。不过令我惊奇的不是这些，而是那些来自今后时代里的，他们也被拉提前请来了。比如有个叫丢番图的，就提前了好几百年出来，当然还有更提前的，像叫什么蒙塔古克里普克康托尔希尔伯特图灵的，全都足足早了两千多年。

我心算了一下，加上我，这里一共有二千五百九十二人，暗合岁差之数。玛特大概看出我嘴里在嘟囔着啥，就把一份莎草纸手卷给了我，我展开一看，是这两千多号人的名单。

"你把行李放一放，我们去见拉吧，他大概快到了。"

$$\Sigma\Pi$$

拉刚从他那巨大无比的太阳船上下来，正疲惫不堪地坐在一朵大睡莲上，让何露斯的四个儿子帮他捶肩揉腿。由于体力透支加上纵欲过度，他的眼皮耷拉着，得用阿拉伯树胶黏合在眶骨下面，否则会挡他视线。但再怎么衰老不堪，他还是金闪闪得很，在这个发光体方圆一腕尺的距离内，只见光芒，不见阴影。拉见我来了，就叫阿努比斯拿张椅子来给我坐，并问我想不想也尝一碗他手中的补神益气汤，他说这是用洋葱、茴香、芫荽、生姜、石榴、萝卜、荷花茎熬的，加了蜂蜜和葡萄酒，特别能壮阳。说到这儿，他尖尖的鸟喙朝碗里啜了一口，然后吧咂吧咂嘴巴，眯缝起一对长脑门两侧的眼睛，侧着俯视我。

阿努比斯说拉只有一个时辰的时间可以和我谈话，下个时辰他无论如何得回船上出发了，要是赶不上的话，那明天一整天的太阳都将只有轮廓，却没有光芒。这种事故不是没有发生过，以前拉年轻的时候，有段日子沉迷于手淫之中，结果有天误了船班，以至于整个世界在一天之内，就成了个冰川纪元。后来他花了上万年的时间，才让冰川慢慢融化现出绿洲。

"当然，你可以搭船，和我一起走。"拉和蔼地笑笑，把喝光了的碗递给他身旁站着的猫神巴斯特。巴斯特果然是埃及众神里最性感的女神，我平时在壁画上就见过她的性感了，没想到真实的巴斯特要比壁画上的还性感上一万倍。她披了件长长的透视装，右手提的小圆盾牌也是透明的，现出两粒涂过朱砂的圆点，和她的嘴唇一样鲜艳，她两只耳朵玲珑地竖起，眼线比玛特的要深要长，还闪着金光，又软又密的白毛覆在脸上，使她眼睛更加乌黑动人。霎时间，我差点就忘了她身边还站着玛特等其他神祇。

我干咳了一下，咽了口根本没有的唾液，向拉老老实实地交代，自己对能否帮上忙修理掉耶和华那厮，真的是没有把握。

"你既然能找出我们称量心脏的漏洞，就也一定能找出耶和华的漏洞来。我们都是神嘛，难道你也认为他比我们高明，所以就毫无漏洞，或者有了漏洞你也查不出来？"

"这、这、这、这话怎么说的呢。拉啊，不是我不想帮你，但据我所知，耶和华自称他是'我是我所是'。对这种完全自我封闭的神，的确可能是没有漏洞的，"我见拉神色不对，马上又补充道，"当然啦，没有漏洞的神，不会是个好神，就像没有恶的世界，不会是个好世界一样。"说到这里，我看到阿努比斯心领神会地点了点他的豺狼头。谢天谢地，一根筋也有碰对的时候。

果然阿努比斯插口进来帮我说话了："是的，一个好世界必须得容忍恶，因为能容忍恶的善，才是最大的善，这就是波斯伽萨教义的无上精髓。"

"那称量心脏的漏洞就可以容忍下去了？"站在一边的图特发话了，他老婆玛特扯扯他衣服，生怕他说出什么出格的话来，但图特生性耿直，还是要接着说："那还叫他来干什么？还有那一大帮智者，多少津贴喂着他们啊，还有迷宫里那一大帮等着称量心脏的死人，每天房贴饭贴灯油贴的——

再这么下去,连供奉我们的那三座金字塔都可以拆了卖了。"

"不不不,"我连连摆手,"称量心脏的事情一定要解决,因为容忍也是有个限度的。"

"那你说怎么解决?"拉很感兴趣把他的喙向我这里弯过来。

"好办哪,叫玛特干点恶事,这样,她头上的那根鸵鸟羽毛就不是百分百地代表正义和真理了,于是它就会增重了嘛,它一重,就能有好多心脏比它轻了。"

"要我干什么坏事?"玛特心惊胆战地尖声问道,她翅膀上的羽毛哗啦啦全张了起来,纯真无邪得让我差点乐出声来。

"这取决于你们打算放多少人去永恒之地。我建议这坏事坏得是不轻不重,这样有罪的人和无罪的人正好可以对半开。"我憋住笑,一本正经地把我来这里的路上时就想好的主意说了出来。看着他们一个个面面相觑的样子,我不免有些得意起来,便继续说道:"当然,你们也可以装作不知道这事,还是依老样子称量。"

拉低头思索了一会儿,在一片窃窃私语中,猛地抬起头发话了:"阿努比斯,你负责调整天平精度,一定要精准到称不出世上有两颗同样重量的心脏,叫何露斯的四个儿子,还有那四十二个陪审团一起来帮你。过些日子我把工匠大师卜塔也派来，助你一臂之力。玛特、图特、阿米特、何露斯、奥西里斯，你们跟我上船，我们一边工作一边好好想想，让玛特做件什么恶事。奥西里斯不在的时候，这里由哈酡儿掌管，哈酡儿，你是我的眼睛，你必须打起精神时刻警惕，别老醉醺醺的，现在可以醒了。巴斯特，你陪桃先生回房休息。桃先生，等我下次再来这里的时候，玛特该做什么恶事，我已经想好了，不过，我希望到时候，你还有那群智者，也能够想好对付耶和华的法子。"

"要是我们实在是想不出来呢？"我斗胆问出了这句话。

拉已经起身走了，这时就停了下来，他周围的人也停了下来，玛特转过头，担心地看着我。

"放心吧，"拉沉声回答道，"我会放你们走，你们爱去哪儿，就去哪儿。你以为我会降硫磺雨或青蛙雨来吓唬你们吗？"拉的语气半是嘲讽半是辛酸，他丢下这话后，头也不回地走了。他走过的地方，多出了几只金腰蜜蜂，嗡嗡地原地飞了一阵，就消失了。

过了会儿，远处传来划桨的声音。一只柔软的手搭在了我肩膀上。我把巴斯特搂在怀里，神志清醒的哈酡儿正指挥着众多狮首女神，在我面前神气活现。我想，拉是个好神，我得使点劲想法子帮帮他。

ΣΠΣ

转眼已经三个月过去了。拉还没有回冥王府来。在卜塔的帮助下，阿努比斯他们倒是已经把天平给校准了，阿努比斯还夸口说，在这天平下，连质量是无理数的东西，都能精确称量出来，只要你眼力足够好。他们工作的地方叫双重正义堂，在迷宫东北处，本来是称量心脏的地方，所以门口放了两尊一模一样的玛特神像，但反正现在停工了，为了腾出工作的地方，神像也被他们挪到了后间横倒着。没了女神收拾，这帮男神很快就把里面弄得是一片狼藉，供实验用的木头心脏堆得满地都是，一不留神就会踩到一个，让你从这里滑到那里并最后摔上一跤。工作中的阿努比斯样子非常可笑，两只耳朵紧紧贴在脑门上，上面夹着十来把尺子圆规和刻刀。何露斯的四个儿子则满身木屑地在制作一个又一个的心脏，做到后来，他们甚至能做出灌了水后就能跳的木心脏，把旁边专司记录实验数据的四十二个陪审团神祇给吓了个一大跳。但那个叫卜塔的神祇却不苟言笑，因为他脑袋上全是一圈圈的布头，看不清他长什么样，事实上他浑身都被绑成了木乃伊的样子，身上弥漫着树脂和各种香料的混合气味，但他的一双手却是自由的，并且从手腕开始，手上所有的关节都能三百六十度自由扭转，那只能跳动的木心脏，就是他亲自设计的。卜塔见了我，胸腔里发出一阵嗡嗡的声音后，阿努比斯翻译道，他说自己是手巧，你桃先生是心巧，再加上我阿努比斯嘴巧，三人齐心协力，一定能解决所有难题。

那天我被卜塔的恳切言语给感动了，就回到我们的智者房间，一连埋头思考了好些日子，也出了些成果，但要找到耶和华的漏洞，这难度实在是太大了。到最后我头昏脑涨，什么都想不下去了，就只好出门散步，不料一头撞到了哈酡儿的巡逻战车上。

哈酡儿自从被拉从宿醉里唤醒后，就俨然成了这个冥王府的大总管。她在迷宫入口囤积重兵，每个新进来的死者，都要被她手下的那群狮首女神严厉盘查，而且，除了神祇，谁也别想混溜出迷宫。另外，她又在有顶子的十二座方庭的门口，安设了全副武装的重型战车，这样，任何地方发生变故，这些机动部队都能在第一时间赶到现场。她自己则全副武装，披着她那件肮脏的甲胄，坐在四马拉动的巡逻车上，每天花近二十个小时不停地来回监视。为了指挥方便，她还给整个迷宫每一处区域都编了号，像我们这些智者住的地方，就叫作F区第15街10号，那里其余几条街上有图书馆、餐馆、会议中心、实验中心、仆从村等等其他配套设施，所以 F 区也叫智者区。

平时我常去的地方有两个，一个是顺时针的隔壁 A 区第 1 街 2 号，A 区住的全是神祇，所以也叫神祇区，住的大部分神都是在冥王府上班的。这里可以说是迷宫里最豪华的地方，连沿着迷宫走廊挖的水道，都是用上好的雪花膏石铺的。我常去的第 1 街 2 号，就是巴斯特的家，她家门口放着一座和我差不多高的水晶大猫。每次我一到她家门口，这水晶大猫就会通体发光，一直要等我走了，它才渐渐暗掉。另一个我常去的地方，就是逆时针的隔壁 E 区，那里由于街区挂满了罩着红纱的街灯，所以也叫红灯区。红灯区召集了来自世界各地的性侍，男的女的都有，但他们一般只为神祇和我们这样的贵宾服务，在 B 区仓库区工作的低级神祇，偶尔也能攒点钱来玩玩。但像住在 D 区的工人们，还有住在条件最差的 C 区的滞留死者们，就都没资格光顾 E 区了。哈酡儿把红灯区管得跟她自家的私产一样，以至于其他神祇要进去玩，虽说是免费，也得跟做贼似的悄悄进村，很低调的。而智者们大多顾及自己身份，也不怎么去，就我充分享受拉给我们的特殊待遇，隔三岔五地就往那里赶，而且是大摇大摆大鸣大放地进去。哈酡儿的手下对我也是很友好，因为我和她们说了：做个智者，实在是件很伤脑筋的事情，而只有经常来这里锻炼锻炼身体，才能补好脑子，更好地为拉工作。

工作的确是有进展的，由于演算式子时，推理思路是无差别的，再加上拉事先已经给我们安排了一批通译，所以智者间合作还比较顺利。就在前些日子，我们已经得出了一个重要结论，那就是：如果上帝的全知全能是可判定的，那么就能检查出他有没有漏洞。

这个假设很重要，如果成立的话，那我们就有办法对耶和华进行运算检测了。而一旦检测结果发现耶和华不过是个漏洞百出的小毛神，那就彻底瓦解了耶和华的至高神力，埃及就不会沦落到邪教的手中，而拉他们将可永远把光芒照耀在所有的铭文和壁画上。

可我们就是证明不出这假设的确是成立的。

欧几里得不像我，一遇到障碍就往女人堆里扎。他笃笃定定地坐在屋子里固定的一个角落里，在调色板上画了又擦，擦了又画，他企图用几何的方法，来先奠定一些公理基础。这个思路博得了一些人的共鸣，比如那个宽脑门希尔伯特就很赞赏，没事他们俩就坐一块儿边交流边涂写。

我的活动范围比他们任何一个都要来得大，为了节约时间提高效率，我叫阿努比斯他们帮我用木头做了辆自行车，两个轮子连着，上面横一座位，前面加个把手，脚一踩就能走，速度奇快，还能带人。我经常就带着巴斯特在神祇区瞎逛，让他们在我身前背后啧啧称奇，或者骑着它下红灯区，显显我桃先生飘逸的风采。那天我就是被这证明不出的假设给折磨晕的，结果连车带人撞到了哈酰儿的巡逻车上。哈酰儿早就想以妨碍公共秩序为由，将我的自行车给没收去了，这下好，她可逮着理由了，硬是要把我的自行车拽走，她力气多大，我只有跟在后面嚷嚷的份。好在阿努比斯及时闻讯赶来，和她大吵了一架，说能让我这么个智者骑着他们双重正义堂制作出来的东西到处兜风，是他阿努比斯辛苦一辈子才换来的荣幸，谁要敢阻挠这事，他就撒手不再理会那座大天平了。于是，哈酰儿只好屈服。

其实，我知道哈酰儿为什么老要和我过不去，哈酰儿就住在神祇区第1街1号，巴斯特家的贴隔壁，所以巴斯特和我到底做些什么，她那双牛耳朵可以听个一清二楚。有一次她实在忍不住，就张开爪子，穷挠贴我们这边的墙壁。要不是兴奋中的巴斯特也有一双灵敏的猫耳朵，我俩准会被挠塌了的石条石板给压个灰头土脸。不过即便我们侥幸躲过了一劫，当时的情形也够尴尬的，我和巴斯特全一丝不挂，墙洞对面的哈酰儿也一丝不挂，三个人怔怔地站了半天，其间巴斯特倒是抓起了她的小圆盾牌，企图把我和她的羞处遮一遮，我低头一看，就立马把这块大玻璃给抢过来扔了，因为它不仅透明，还带曲率，被它这么一挡，连看不清的地方都被放大得纤毫毕现。哈酯儿一脸不屑地看着我们俩的窘态，墙洞那里，不时飘来一股一股旺盛的母牛下体味道，我实在忍不住了，就喊了声："哈酯儿，你要喜欢，就一块儿来吧。"于是哈酯儿低吼了一声，转身走到自家房间中央，将一面沉重无比的大理石桌举起，搬来轰的一下把洞给堵个严实。

吃了这惊吓后，我也学了乖，一般总是要趁哈酯儿外出巡视时，我才溜到巴斯特家里。巴斯特也不太想和哈酯儿结仇，自己叫了工人来，把墙洞给补了，还识相地把外面那个水晶大猫捐给了拉比林特，算是支持哈酯儿当政。

于是我上红灯区的次数就更频繁了，反正我们那屋子有两千来号人整天在冥思苦想，其中有几个更是天才中的天才，所以也不独缺我一个。我乐得骑着自行车往红灯区里闯，见谁站门口顺眼就往谁屋子里窜。时间长了，红灯区的人也都认识我了，他们都管我叫山羊桃，因为我的长胡子像山羊，而且和山羊一样性欲旺盛，而我的骑车串门技术也日臻完美，我能在一瞬间完成停车搂姑娘进屋关门上床，等我完事开门时，自行车不靠撑脚，依旧能保持平衡地停在原地。

当然，有一次我失手了。那天我骑过第9街，正想和8号的那姑娘打个呼哨，忽然7号本来关着的门突然开了，一只强有力的胳膊把我飞拽了进去，我的余光还没看清我的自行车会滑倒在哪里，门已经砰地关上了。哈酡儿赤裸着身子，两只欲火熊熊的眼睛随时都能把我烧死。我正打算喊救命，她已经扑上了床，高高翘起有半张床宽的臀部，对着我乱晃。在她庞大身躯的对比下，那被她弄得吱吱作响的床，看上去似乎只有凳子大小。我明白她想干什么了，就脱下裤子，把裤子扔给缩在房间一角瑟瑟发抖的女主人，吸了口气纵身跳了上去。

当天晚上，神祇区第1街的1号和2号补好的洞，又叫工人给凿开了。我，巴斯特，还有哈酡儿，成了三个如胶似漆的伙伴。到后来，我又请阿努比斯他们帮忙，给设计了一辆可以一边巡逻一边寻鱼水之欢的床车，这辆床车用无烟煤做动力，靠连杆曲轴自动行进，行进路线依照我们智者里哈密尔顿提出的算法，并编成程序事先输入进床头的齿轮控制箱里；这个控制箱是另外一个叫巴贝吉的智者想出来的，里面的数码轮轴、进位借位轴、表格码轴、运算卡、变元卡等等天才构思，让卜塔见了也赞叹不已。巴贝吉奋斗了好几个

神谕

通宵，最后将修改好的设计图纸交给何露斯的四个儿子，然后齐心协力费了一个月时间，才将这个控制箱给制作出来。有了床车，那辆自行车我就转让给一个叫图灵的智者了，他是一个非常有趣的家伙，平时总戴着防毒面具来工作，因为他不习惯拉比林特走廊里淡淡的防腐液体气味。

　　总之，现在我、巴斯特和哈酡儿三个人只要在厚厚的帷幔里享乐就行了。床车上铺了一张从波斯进口的厚毯子，绣满了金色的花卉瑞兽，躺在上面真是又软又舒服，床头放着各类时令小吃和情趣用品。至于有关驾驶的活，都可交给床车自己处理。哈酡儿要巡视情况时，只要掀开帷幔，把头探出床四周的雕花栏板就行。神祇区、智者区、红灯区还有仓库区都是治安相当良好的地方，经过这四个区时，哈酡儿往往看都不看，只顾和我们寻欢作乐。但经过工人区和滞留区时，哈酡儿就没心思玩乐了，尤其是滞留区那里，总有一小撮人在宣传以色列人的那套教义，想把这些等待称量心脏的人全带出埃及，到他们许诺的流奶与蜜之地去。并且，他们开始对哈酡儿等埃及众神进行神身攻击，说他们整天纵欲无度，根本就不配当神。哈酡儿虽然长相粗陋，心思却很缜密，她察觉到危险的信号，就把手下八百名最精锐的狮面女神全调配到了这里，同时还特地请上面派了鳄鱼神塞巴克与蝎子神赛克特，分别协同镇守工人区和滞留区。另外，她还采纳了巴斯特的建议，让仓库区那里提高工作效率，尽可能地将蓖麻油、面包、新鲜蔬菜、鱼、啤酒、亚麻布、羊毛等等生活必需品及时派送到滞留区，以安抚这些等得已有些不耐烦的死人们。

ΣΠΣΠ

时间就这样慢慢流逝，让你一点感觉都没有。三百多年就这么过去了。拉他们还没有在冥王府登岸，有时哈酡儿自己手动控制床车，让它带着我们，从拉比林特仓库区的一座纯金金字塔的甬道下去。这个甬道弯曲成 U 形，只有神祇和被神祇许诺的人才能过去，一般常人要是冒失地想钻进去，就会被那里四处弥散的弯曲之力给扯个粉碎。即便如此，哈酡儿还是在入口处布置了重兵防卫。我们经过哨卡后，哧溜一下整个就翻转过来，但没一会儿就习惯这种颠倒的方式了。我拉开帷幔，看到外面有无数鬼魅似的影子，在那里同步映射着迷宫上面神祇、人和死者的所有动作，我们的床车一旦撞到他们，他们也没什么事，等床车过去后，他们在后面依旧我行我素。我们在拉比林特下面绕着错综复杂的城墙飞速前行，一个时辰后就到了它的中心。那里有个口子，进去后是个大广场，在广场中央我们继续颠倒着朝上升起一段距离，最后走捷径来到冥王府码头。哈酡儿说，要是走正常的路，从迷宫入口出去再到这里，怎么着也要一天的时间。

我们的面前是一条宽阔的大河，黑色的河面上一点声音也没有。到三点多时，拉的太阳船就从远处缓缓驶过，像是黑暗中闪闪发亮的王冠，高高翘起的船艏和船艉，是两头翻起的帽檐。我们把帷幔全拉开，站床上对着船那里大声嘶吼，但对方没有一点动静，距离太远了，或者是他们装没听见，反正船上一个神都看不见，只隐隐约约听见划桨声。我有点想念玛特了，甚至有些懊悔自己想出个这样的馊主意，要是玛特干不了坏事，那就换个人嘛，比如，拔我根毛代表正义真理什么的，大不了这么一来会饿死阿米特呗。

拉那里的进展受阻，我们智者这里也没什么突破性的成果，最近比较值得注意的，是有人给出了证明形式化的耶和华得以存在的轮廓。那人叫哥德尔，可气的是，由于得到了这个初步的结论，他和一些智者竟然就转而信奉起耶和华来，他们甚至认为，无穷数的存在，就是耶和华存在的表征之一。这些歪理邪说，竟然还博得了我的老友欧几里得的同情，我看他是和希尔伯特那家伙待时间长了，连当初来这儿干什么的都忘了，好在不信耶和华的智者还有很多，比如我就是，但我的贡献简直就是微乎其微，这一点哈酏儿她们也看出来了，就劝我别老是和她们一起腻在床车上，有空就该多待在智者们那里，和他们一起殚精竭虑。

我想想也是，天天这么耽于淫乐，到时候拉真要回来了，面子上也不好交代。再说，这几百年来，滞留在 C 区的死人是越来越多，哈酏儿忙得简直连觉都不睡了，巴斯特也不忍心闲着，就一块帮忙，所以床车上的日子已经没有以前那么舒服了。于是我见好就收，决定好好开始帮拉的忙，就回到了 F 区第 15 街 10 号。那里一切还是老样子，只是智者们已经分成了三派，一派是竭力要证明耶和华是有漏洞的，一派是誓死要捍卫耶和华完美无缺的，还有一派是逍遥派，谁都不支持，只管研究自己喜欢的事情，对耶和华那档子事理都不理，因为他们认为，这个问题本身就有可能是不存在的。

我虽然和那些坚持耶和华有漏洞的智者们站在一起，但更愿意待在逍遥派那里，因为设计出我床车上控制箱的巴贝吉就在这一派里。另外，这里还有冯·诺伊曼、丘奇、波斯特这些整天和数字计算打交道的智者，骑我自行车的图灵也在这儿。他们一开始的目标是自然数，因为据说自然数是耶和华创造的，但研究到后来范围就扩大了，他们开始尝试用机器来驾驭自然数的计算。为此，图灵还设计出了一种虽然简单但却实用的图灵机，从理论上来说，靠它就能算出所有可以计算的事情。

打一开始我就觉得这里面有戏，就问图灵，要是把这机器真给做出来，我们将耶和华换算成一组计算规则，再把这个世界已经发生的一切换算成一长串数据给输入进去，最后看它输出结果是不是符合未来将发生的事件，要是符合，那就说明耶和华没有漏洞，一切尽在他老人家的掌握之中，要是不符合，这就说明他有漏洞，要是图灵机无法停机，那就说明我们解决不了这个问题。这样，我们就能通过具体的实验，将三百年前的那个假设给实证出来。

图灵他们对我这大胆的计划不置可否，他们甚至还给出具体证明，说这么做是不可能的，他们的证明大意是：我的构思类似于企图拔自己头发来使自己身体飞起来。

没了床车，又没了思路，我就厚着脸皮，硬是从图灵那里把我的自行车又要了回来，整天就往返于阿努比斯他们的双重正义堂和红灯区之间。由于双重正义堂就在仓库区放木料的14街里，所以从双重正义堂出发，我就得依次穿过治安很差的滞留区和工人区，才能到达我想去的地方：9街8号。

那房间的女主人叫娜娜，三百年多前曾和我还有哈酡儿有过一夜之情。她有一副薄薄的肩胛骨，手感非常另类，和其他性侍完全不一样，更不用提那些膀粗腰圆的埃及女神了，所以当初那个夜晚，我就对她特别在意，既然现在没了床车和床车上两个索取无度的女神，我就又找上了她。至于她为什么能和我一样活到现在，而且不见老，我也不知原因，反正她的邻居以及邻居的子孙辈都先先后后去了 B 区，就她和我两人像两只不死鸟，所以现在每次和她行房之后，总有左邻右舍想进来坐坐，吸吸精气什么的。要是其中有长得标致的，我也会当场干上一仗，娜娜也不反对。有时巴斯特她们来，娜娜还帮我们炖牡蛎汤，所以渐渐地，我开始把 9 街 8 号当作自己的一个新家。

但有一天，我终于明白娜娜永葆青春的秘密了。

那天我刚汗水淋漓地从娜娜身上爬下，就响起了敲门声，我以为来吸精气的又到了，就叫娜娜去开门，没想到门口站着的是她哥哥。

娜娜向哥哥点点头，朝我这里努努嘴，然后回房披了件衣服，请她哥哥进来坐，还小心地把门关上了。

"山羊桃，他是我哥，好多年没见了，他叫约瑟夫斯。"娜娜冲了杯椰枣茶递给她哥："哥，这是桃先生，我们都管

神谕 | 273

他叫山羊桃。"

"我认识他。"约瑟夫斯也是一大把胡须,不过他脑门是光溜溜的,"前阵子他还和哈酡儿她们坐着床车来我们工人区呢。"

"哈酡儿她们太忙了,所以就不再经常和她们一起了。"我随便找了条毯子往身上一盖,然后靠在床沿上,看着他端着茶发愣的样子,颇是好笑。

约瑟夫斯放下手中的杯子,一本正经地对我说:"我想和你商量件事。"

"说吧。"

门外再次传来敲门声,估计这回是来索要精气的了。娜娜走过去,隔着门喊今天桃先生身体不舒服,不能见风,门不开了。

等安静下来后,约瑟夫斯清了清嗓门,说:"是这样的,滞留区那里,三百多年来,已经聚集了成百上千万人,这对埃及众神构成了一个极大的经济负担。据我所知,财政上他们已经入不敷出了,前不久还把一只水晶大猫给典当了,这事我亲眼所见,巴斯特那个哭哟,我看着都难过。但尽管这样,滞留区的生活条件还是越来越糟糕,现在那么多人挤在一个区里,平时连转个身都要打上七八个招呼。他们那里生活水平下降，也影响到了我们工人区，管控我们的蝎子神和鳄鱼神呢，比哈酡儿他们还要专横，动不动就是一顿打骂，他们的主神拉呢，到现在连个影子都没有。所以……"

"所以你想请我出面，帮忙催促一下拉他们，尽快解决这称量心脏的事情？"

"不，我是想，请你加入我们这一方。"约瑟夫斯声音压得很低，让我听得有些毛骨悚然。

"什么意思？你们这一方？想干什么？"

"举行一次暴动。"

"你你你，你大概疯了吧？"我手指着约瑟夫斯，却面向娜娜问道。

"桃，你不知道我哥在人间是干什么的。"娜娜说得一字一顿，"他是耶和华的选民。"

"不会吧？"我故作轻松地整理了下胡子。

"她说得没错。"约瑟夫斯解释说，他本来是拉比林特工人区的一个切石工人，自我和他妹妹有了床笫之欢后，他和他妹妹便在隔天一起被耶和华秘密选中，并赐予不死。前些年头，他利用耶和华给他的一些力量，行奇迹隐身跑出拉比林特，到耶路撒冷那里指挥了一场和罗马人的战斗，然后又在耶和华的旨意下投靠了罗马人。现在他完成了世上的传播福音任务，耶和华就又派他潜入拉比林特，要他组织滞留区和工人区的人们进行暴动，推翻埃及众神，以彰显他耶和华的荣耀。

"哦，搞了半天你的职业是叛徒啊。"我打算马上就离开这儿，向哈酝儿报告这事情，至于娜娜也是耶和华手下的这事，我想能瞒就尽量瞒过。

"你仔细想想吧，"约瑟夫斯大概看出我的企图，就进一步加重了语气，"埃及那些神祇整天寻欢作乐，已经彻底腐败了，他们迟早要完蛋的。耶和华才是我们真正的唯一的救星，在人间，他已经派了他的儿子去用生命传道了。你想想，这是何等大无畏的精神啊，拉他们敢吗？打死他们都不会这么干吧。其实，你也是间接地帮过耶和华的，要不是你在称量心脏的问题上难住了拉，我们怎么可能积聚这么多怨声载道的人民呢。现在，大家都等着怒火暴发的一根导火索呢！你要是站在我们这一边，你就会成为新时代的摩西，可你要是执迷不悟……"约瑟夫斯见我直捋胡须，就不说下去了，也直捋胡须，大概他后来意识到他的胡子没我的有型，就悻悻作了罢。他和他妹妹交换了下眼色后，就起身开门走了，临了又回头叮嘱了我一句："至少，到时你保持中立，这对你是有好处的。"

娜娜把门反锁上，立刻就全身贴了上来。她的肩膀如此娇薄，让我一时都忘了刚才发生了些什么。"瞒你那么长时间，也是为你好。"她一遍又一遍用秀发轻漾我的脖颈，声音糯得让我觉得信耶和华也没什么不好。

ΣΠΣΠΣ

从娜娜那儿骑车回智者区后，我做的第一件事就是上资料室，把关于约瑟夫斯这家伙的所有资料都端出来看了一遍，我发现他不但勇敢，而且善用计谋，是个十分狡猾的人物。那时他在耶路撒冷被罗马人打败后，就和另外四十个犹太教徒一起躲进了一个山洞里，结果被罗马兵发现，那罗马执政官想饶他一命，客气地请他投降，这可把其余四十个犹太教徒给惹火了，他们嫉妒得要死，就纷纷拔剑出来，要约瑟夫斯自杀。约瑟夫斯灵机一动，一番雄辩后说，让上帝来决定谁死谁活吧。于是他们排成一圈，按照抓阄得来的数字来定生死。结果，约瑟夫斯和另外一人排到最后一轮得以活了下来。

我推算了一下，发现这事情里面一定耶和华也搅了一腿。因为约瑟夫斯不是个精通数学的人，要能排到正确的位置躲过自杀的命运，非得有高人在旁帮忙计算点拨不可。于

神谕 | 277

是，我又把其他有关耶和华的资料也通读了一遍，发觉这神更有心机，更是大大的狡猾。

正考虑间，忽然阿努比斯就闯了进来。他二话不说拖着我一路狂奔，我直喊"有自行车有自行车"，他也不听，害我气喘吁吁地来到了双重正义堂前。

卜塔他们满面堆笑地看着我。

"图灵机做出来了？"我将信将疑地问卜塔。双重正义堂前，一块大得吓人的幕布，将什么东西遮着。

阿努比斯的得意样使我确信这是真的。

卜塔挥了挥手，那块幕布无声地落下，我看见一只奇大无比的蜣螂，它完全靠木结构榫接起来，六只上百人手拉手都合不拢的巨足，牢牢地撑在地上，托着它装满机械装置的身躯。阿努比斯告诉我，巴贝吉他们设计好的代表耶和华的控制箱，经卜塔他们精心改制后，已插到了这蜣螂的脑袋里。现在就可以把记录这世界已有历史的莎草纸，一张一张喂到这蜣螂的嘴里了，经过运算后，蜣螂尾部那儿，就能排泄出结果，供我们检查是不是符合未来将发生的情况。另外，如果这只蜣螂永远是只吞吃记录，却没有结果输出，那就说明我们的实验失败，耶和华是否有漏洞，我们无法判定。

"那什么时候开始干这件事？"我兴奋得很。

"说干就干，你看。"阿努比斯手指着远方，那里正有一队骆驼，驮着大量的莎草纸往双重正义堂这里缓缓走来。有些骆驼还很有好奇心，一边走，一边把脚掌翻过来，琢磨怎么地上没自己影子了。

"我们一切都安排好了，你就放心吧。"阿努比斯扬起脖子一阵狼嗥。卜塔配合着，在一旁发出嗡嗡的声音，他的十个指关节疯狂地自由转动，看得我眼花缭乱。

没一会儿，所有的智者也都闻讯赶来了，他们面对这部比胡夫金字塔还大出数百倍的蜣螂造型图灵机，个个都瞠目结舌。最后，图灵他们不得不承认，神之所以为神，是因为人无法制作出来的东西，神都能制作出来，只要逻辑上是可制作的就行。

当第一批莎草纸通过传输带，一张张经蜣螂嘴前六枚木牙齿的爬梳，以标准格式进入嘴里时，哈酡儿也到了。她站在她的巡逻车上，眯着眼睛抬头看着眼前这个闻所未闻的怪物，显得很不相信的样子。随即所有的神祇都到了，连红灯区和工人区的一部分人员也到了，大家站在双重正义堂前，看着这个空前庞大的木蜣螂，一个个都无话可说，甚至有些人都跪下了身子。

木制蜣螂体内传出所有齿轮曲柄摇杆连轴运动时发出的混合声响，它们虽然声调庞杂，但井然有序。何露斯的四个儿子，不停地在它光滑的硬鞘翅和前胸背板的表面上来回走动，隔一会儿就在某些部位浇上一桶椰子油来润滑甲壳下面的某些部件。

"大概多少时间后就可出结果了？"我问阿努比斯。

"难说，也许一天，也许一年，也许亿万年。"阿努比斯满不在乎地双手在胸前互相抱住："反正你我全都是不死的，我们等着看好了。我担心的倒是，"阿努比斯一脸奸笑地看着我，"耶和华会沉不住气，看不到结果就完蛋了。"

话音刚落，我们身后就传来一声可怕的巨响。

我连忙回头，看到滞留区那里一片火光。

"出事了！"哈酡儿仰天发出一声响亮的牛吼声，带着她的十来个随从，驾车朝那儿飞奔而去。其余的神祇和人们也纷纷朝那里赶去。我和阿努比斯也奔在人群中，我一边奔，一边埋怨阿努比斯来的时候，就不该把我的自行车给丢下。

ΣΠΣΠΣΠ

果然是约瑟夫斯挑起的事端，他拿出当年在耶路撒冷的指挥经验，正组织着一些人用头部嵌有铁公羊头的攻城木槌，在轰敲着迷宫的一段城墙。其余很多暴动者则用浸了蓖麻油揉成团的纺织品组成火墙，阻挡哈酡儿手下的狮首女神的进攻，蝎子神塞克特被他们困在里面的一个死角里，出不来，我们也进不去。看来工人区的家伙们提供给了暴动者大量的作战武器，使得哈酡儿他们无法占到上风，一时双方处于胶着状态，只听到城墙在撞击下不断发出的轰隆声。

“要是被他们撞开城墙，那就危险了。”巴斯特不知什么时候站到了我的身边，她的透明小圆盾牌带出来了，左手则握着一杆标枪：“他们会像瘟疫一样散开来的。”

“他们要走就让他们走呗。”我看到前方哈酡儿正努力将装满水的一只大木桶朝火墙扔去，一下子火势小了下去，但引来了更多的吸满蓖麻油的布头。

“这怎么可以？要是拉回来知道了，可怎么办？”巴斯特连连摇头，奋力扔出手中的标枪，把一个正在把布头往蓖麻油里浸的家伙给死死钉在了地上。

“干吗呢你，打算让死人再死一遍？”

“哼，最好再死一万遍，我们省吃俭用给他们吃给他们住，好了，全反了，等拉回来，看怎么处理他们。”巴斯特说完从背后枪囊里又抽出一根标枪，嗖的一下扔出，将远处约瑟夫斯身边一个大汉给钉飞了起来。

忽然，有一道火墙被熄灭了一个口子，顿时几十个狮首女神跳了进去，哈酲儿一马当先，一个挡道的家伙被她抓起后给撕成了两半，被撕开的体腔里喷出大量防腐液体，把四周溅得一片污渍，气味非常难闻。很快，接连又有十来个人被哈酲儿她们撕个稀烂，其中有些是活人，所以喷洒出来的不是褐色的防腐液体，而是鲜红的血。

但暴动者马上组织起了第二道防线，他们用手里提着的心脏罐子稳住阵脚，好几个狮首女神贸然冲上，都被狠狠砸中倒在了地上。就在这时，迷宫城墙终于被撞塌了一角，大量的人从缺口涌出去，虽然哈酲儿已经派了不少人手守候在外面，但还是挡不住他们发疯一样地冲锋。没一会儿，外层防御就被冲垮了，暴动者扛着攻城槌，继续撞击遇到的第二堵城墙。

这时驻扎在其他地方的重型战车到了。一排排组成方队阵势，朝着暴动者逼近过去，但显然暴动者对之早有防范，他们不待战车冲进他们的防线，就手捧着裹尸布，前赴后继地从队列里奔出，朝战车车轮下扑去，任凭锋利的绞刀把他们绞成肉泥。没一会儿，所有的战车都被黏糊糊的防腐液体、肉酱以及一团团乱七八糟的裹尸布给缠住了，动都没法动。

"见鬼,他们到底想要干什么!"这时阿努比斯骑着自行车出现在我和巴斯特面前,天知道他是怎么把车弄来的,"他们不是吵着要到流奶与蜜之地吗,那干吗不往迷宫外面冲,却朝着迷宫中心去鼓捣,发神经啊!"说完,阿努比斯低头猛踩自行车,在靠近火墙时猛地将车把提起,整个人就飞在了半空中,他僵在那里,居高临下地对着暴动者喊:

"你们突围的方向错啦!"

我忽然想起什么来了,对了,翻资料时翻到的!就问身边的巴斯特:"迷宫中心那尊图特摩斯时代留下的金牛犊还在不在?"

巴斯特说:"是啊,这是我们埃及的崇拜偶像,拉也很喜欢的,难道耶和华这厮也看中了不成?"

"那就是了。我看哪,老耶子准是想叫他们把那金牛犊给毁了。"这时一支箭正擦着阿努比斯两耳之间穿过,他吓得赶紧落地,急急拉转车头一个凌空掉向,往狮首女神的阵列里躲了去。

"但金牛犊对耶和华真的这么重要吗?"

"可能是吧,好像他就爱和牛过不去。"我嘴上这么说,心里却隐隐觉得不妙,因为我感觉耶和华的狡猾,是很大很大的。

这时哈酰儿匆匆赶过来了，她浑身被防腐液体淋得又湿又黏，不过胸甲倒是被冲刷得锃光瓦亮，两只异常丰满的乳房把上面的铜金属贴片给撑得峰峦起伏。

"再这么下去，我可要发脾气了。"哈酰儿粗大的鼻孔里喷出一阵阵潮湿的热气，把我熏得有些忘乎所以。就在这时，我灵光一现，激动得有些哆嗦，结结巴巴地告诉她们，我可能猜到耶和华的计谋了：他在地面上是想攻克迷宫中心，给我们一个要夺取金牛犊的假象，实际上同时，在地面下，那些暴动者的影子却是在试图攻占通往冥王府的码头，因为这座迷宫上面和下面的所有一切，都是颠倒着同步映射的。

"那他们想干什么？"巴斯特听了，也不由得浑身猫毛都竖了起来。

"我不知道，可能是想劫持太阳船，谋害你们的主神拉。"

"那怎么办怎么办？你说怎么办？"哈酰儿俯下她硕大的牛头，鼻孔里喷出的热气再次把我熏得如痴如醉。

"怎么办，那还不简单，"我兴奋地一把抱起巴斯特，"我们三个人一起重新开床车，从空中对他们大开杀戒，杀光他们，嘿呀嘿，让老耶子的计谋见鬼去吧！"

哈酰儿很快就让手下把床车推来了。巴斯特一个猫跳纵身跃上,将床车上的帷幔全部扯掉,然后扒光自己衣服,面向我们一脸淫笑,她举起那面透明的盾牌,遮到自己的私处上。

被放大的毛发立即同时激发了我和哈酡儿的兽欲,哈酡儿将我一揽,嗖的一下一起跳到了床上,柔软的波斯大毯子将沉重的哈酡儿来回颠了好几颠。我们也学巴斯特的样,扒光衣服,然后哈酡儿跪在床头,手动控制床车让它飞起来,我跪在哈酡儿后面,目视前方,巴斯特跃到我头上,双腿紧紧夹住脖子,然后左右扭腰磨蹭,同时从空中向下猛掷标枪。每一支标枪掷下去时,哈酡儿都凝神注视,将体内的杀气灌注到标枪上,所以这些标枪一旦落地,不管是不是扎到目标,它都能将周围一大片人全崩成碎片,激起一泼泼黏稠的防腐液体。虽然暴动者很是勇猛,他们见罐子砸不穿床板后,就调来投石机,对着我们扔燃烧的沥青弹,可是哈酡儿驾驶技术非常高超,左闪右躲的,燃烧弹根本投不中我们,反而坠落后伤了他们自己不少人。

由于滞留区的暴动者足足有上千万人,虽说是乌合之众,但仗着数量多,又不怕死,所以我们一直战到午夜之后,虽然被我们杀死的已数不胜数,但战局还是无法扭转。在他们企图撞破最后一堵阻挡他们通往迷宫中心的城墙时,我们在一阵阵空前的怒吼中，终于给予了暴动者以雷霆一击，在床车到达最高点时，巴斯特扔下了一根致命的标枪，上面蕴积了哈酡儿所有的力量，结果地面上在片刻宁静后，忽然涌起一股猛烈的浪潮，黏稠的防腐液体涨得几乎有一人多高，上面漂满了暴动者的残肢碎片。我望见约瑟夫斯是这片灾难之地里唯一的一个幸存者，因为他是不死的，他的大胡子被浸得黏成了一坨，样子看上去非常狼狈。但他没有挣扎多久，防腐液体的水位一会儿就降低了，从滞留区那里涌出更多的暴动者，来顶替第一线的位置。约瑟夫斯骄傲地抬头看看我们，然后手一挥，于是补充上来的暴动者，重新拾起那段黏糊糊的攻城槌，继续撞墙。我们三个只好瘫软在床车上，披上衣服，无可奈何地看着约瑟夫斯威风凛凛地指挥着他们。终于，最后一堵挡道的城墙给攻破了，冲出一个大口子。约瑟夫斯带头第一个闯入，后面的暴动者紧跟着蜂拥而入。狮首女神她们个个都停止了抵抗，抬起头来，望着床车上她们的首领哈酡儿。

  由于迷宫中心的墙体是一直堆砌到迷宫顶部封死的，所以我们的床车无法从高空进去，地面上唯一的那个缺口，又被暴动者们所占领，所以巴斯特建议我们还是从仓库区的U形甬道那里走，也许还赶得上。

"那走吧,拉也许需要我们。"哈酰儿把控制箱上的拉杆往前一推往右一掰,床车在空中以最小回转半径打了个急旋,迅速向 U 形甬道那里飞去,下面那些神祇也心领神会,纷纷跟着或飞或奔地往那里赶。阿努比斯对我的自行车开始情有独钟,将脚踏踩得飞快,整个样子像是在踩风火轮一般。

前方就是修有 U 形甬道的金字塔了,那些看守关口的狮首女神仍在坚守着岗位。在金字塔右方的双重正义堂前,那只比双重正义堂还高出一倍的木蜥蜴,正在贪婪地狂吃莎草纸。我真担心,等它算出结果来时,埃及众神已经完蛋了。

ΣΠΣΠΣΠΣ

地面下的迷宫由于是实实在在的建筑,所以地面上虽然被破坏得一塌糊涂,但这里的一切并没有遭到毁坏,所以我们仍旧采用飞行的方式,以便能更快地到达迷宫中心。经长时间飞行后,床车明显有些损坏了,床板下面的传动装置不时发出叽叽嘎嘎的声响,燃料炉里的无烟煤由于燃烧不充分开始冒出了黑烟。但没办法,我们三个人中只有巴斯特会飞,要重得像山一样的哈酰儿飞起来,还不如直接让山飞起来算了。

但床车还是很争气，不到半个时辰，我们就第一个到达了地下的迷宫中心。我们降低高度，从原有的口子里进去，然后停在广场中央，不管周围密集混乱的影子，自顾自直朝上方升去。没一会儿，冥王府码头就到了。

码头上全是暴动者们的影子，他们站在岸边，对着黑色的大河又叫又跳。虽然这里光线很暗，但模模糊糊还看得清影子们的动作，捶胸顿足的满面流泪的撕扯衣服的拔扯胡须的应有尽有。由于这里一切活动都是地面上的影子，所以我们听到的声音，也是他们声音的影子，又空洞又缥缈，好像是从水里发出的一样，特别不入耳。巴斯特越听越来气，就朝其中一个喊叫得最凶的影子掷了一标枪，但标枪穿过影子后，落进了茫茫大河里，不见了。

这时，影子们爆出一阵更响的呼喝声，然后几乎所有的影子全跳进了河里。他们很快密密麻麻地把河道给堵了个严实，从影子上来看，他们是用裹尸布把他们彼此扎在了一起，形成一道宽阔的影子堤坝，河水缓缓穿过他们的身体，像是根本没这堤坝似的。

哈酡儿倒吸了一口凉气，我顺着她的目光望去，大河上面，隐隐约约出现了一艘船。

"是拉的船。"哈酡儿失声低叫道，然后猛地站起，对着那船大声呼唤：

"拉——"

和以往一样，一点回音都没有，太阳船匀速地撞上了影子，但却没有穿过，它退后，再撞，还是过不去……来回了七八次后，它拨转船头，向我们码头方向驶来，渐渐地它发出的光芒越来越亮，以至于近了反而看不清它的轮廓。

"耶和华真是太狡猾了。"我想我直到现在才明白他为什么要让约瑟夫斯他们在地面上直捣黄龙，因为只有黑暗才是光明的克星，太阳船和拉一样，都是穿不过影子堤坝的，就像白天永远不懂夜的黑。我平时老是数落阿努比斯是个一根筋，可实际上，我自己对伽萨宗教又了解多少呢，倒是耶和华，把我们波斯的上古精髓给吃了个通透。

太阳船靠岸了。码头上的影子看来还是有点惧怕拉的，他们退了开来，现出一大片空地。我在一大群影子里辨出了约瑟夫斯，他站在最前面，目不转睛地盯着船上正慢慢放下的上岸舷板。他妹妹不知什么时候也来了，就站在他身后，还不时回头朝我这里看，好像她能看出我在地面下的什么地方。阿努比斯他们也到了，见了这情形，也都停在远处，等着拉从船里出来。

过了很长一段时间，船舱里才出来了一个神。

神谕

"是图特。"巴斯特双手在嘴巴前做出圆筒的样子，高声叫道，"图特，图特！"

图特朝我们这里看了一眼，没搭话，转身将他老婆玛特搀扶了出来，噢，我亲爱的玛特，我终于又见到她了。她比三百多年前憔悴了好多，整个人像是生了一场大病，脆得连揽个腰都揽不起。接着依次出现的是阿米特、何露斯和冥王奥西里斯，以及所有其他划桨掌舵的低级神祇。最后出来的四个低级神祇，用杠子抬着一只小小的金箱子，晃晃悠悠地下了船。

哈酡儿第一个从床车上跳下，巴斯特紧随其后，我也冲着玛特飞快奔去，但很快被骑自行车的阿努比斯给追上了。

"见鬼，还我车啊！"我一把抓住阿努比斯的衣服，结果差点被带倒，等我恢复平衡，奔到玛特身边时，已经是最后一个了。

到处都是问拉在哪里的声音。

只有我对玛特嘘寒问暖，并发觉她头上的鸵鸟羽毛不见了。

"玛特，你的鸵鸟羽毛呢？"

玛特扇动了几下两只干瘪失水的翅膀，扭头朝已放到地上的金箱子看了一眼。

我感觉到事情有些不太妙，三步并作两步来到金箱子前，叫那四个扛箱子的把它打开。

其他神祇也屏住呼吸，谁都不说话。围在外圈的暴动者影子们也安静了下来。

金箱子打开了，里面放着的，果然是玛特的鸵鸟羽毛。

我轻松地喘了口气，本来我还以为拉躺在里面呢，因为我早就听说，拉的原形是只色彩斑斓的本努鸟，大小和这金箱子差不多。

我弯下腰，打算把鸵鸟羽毛捡起来，替我可怜又可爱的玛特插上。

但我手一滑，没捡起来。

我把手在衣服上擦擦干，捏牢了，再捡了一次。

还没捡起来，好像这羽毛被粘住了。

我仔细查看了一下，发现并没有什么物事粘住羽毛，就又用力拔了一次，还是不行，我这才明白为什么要四个神祇来抬这羽毛：它变重了，变得非常重。

"天，玛特，你干了什么天大的坏事了？"我左右拍拍手，装得若无其事。

"玛特把拉杀了。"图特面无表情地回答了我，玛特当场就昏了过去，周围惊起一片唏嘘。

图特做了个手势，示意大家安静下来，接着开口说：

"事情是这样的，我们在船上待了十年，还没有想出让玛特干件什么样的坏事，能够把那羽毛增重到一个称心如意的分量。像偷窃之类我们认为都算很坏的事情，玛特肯定不愿意，更不要说杀人放火了。后来，拉想出来了，说是叫玛特把她喜欢的人给似真似假地骂上一句，比如癞蛤蟆想吃天鹅肉之类的，这样加的分量应该是很小的，如果称量时发觉还是不够，那就再骂一次，要是还不够，就继续骂，这样就能逐步逼近一个理想值。我们都觉得这主意不错。但玛特抵死不肯，她说，她绝不做任何违背正义和真理的事，即便是无伤大雅的打情骂俏，即便是为了整个埃及。这样就又僵持了十年，其间我们又想出了其他各种主意，但都被玛特否决了。后来，拉终于失去耐心了，就规定了最后期限，限令玛特无论如何要在期限之前，选一件坏事去做，玛特给他逼得失去了理智，就在拉喝的汤里下了毒。本来，她说她只想把他毒昏过去，但没想到拉的身体这么虚弱，一下子就被毒死了。"

我们大家都默不作声。阿米特叹了口气，我没有闻到一点臭味。

图特继续开口说:"事情弄成这样,我们也很内疚,所以,这三百多年来,我们一直没脸上岸。每天,我们都把拉的尸体安放在他的座椅上,让他能一如既往地天天照耀大地。直到今天,你们筑起了影子堤坝。"

"影子堤坝不是我们筑的。"阿努比斯第一个从突如其来的打击中恢复过来,向图特扼要地汇报了这里发生的一切。

图特听阿努比斯说完后,无限悲凉地说,天平再准也没用了,他们要走,就让他们走吧。因为现在这根鸵鸟羽毛,比任何一颗心脏都要来得重。

ΣΠΣΠΣΠΣΠ

在随后的一个月里,我们和约瑟夫斯进行了一次艰苦卓绝的谈判,我们同意放他和他的子民走,去他们那什么流奶与蜜之地,而他们的耶和华则代为掌管每日拉的工作,去接受这世界上所有人的膜拜。作为交换,我们将永远拥有地下的拉比林特,并在这里厚葬我们的主神拉,而且今后拉比林特地下的每一寸土地,永生永世都不能被外人所知晓。

约瑟夫斯都答应了,然后他走了,他妹妹也一起走了。我没心思留她,她也没心思留我。

拉下葬的那天，所有被他请来的智者都来了，他们或多或少都对拉心存感谢，因为正是拉的邀请，使他们的研究工作有了长足的进步。当天晚上，玛特也油尽灯枯了。她的陪葬品里，是一副副我们三百多年前玩过的生命纸牌。阿米特和阿努比斯还有我，都出席了葬礼。阿努比斯全身上下挂满了金蜣螂勋章，沉甸甸的，走路都困难，好在他身子正面和反面挂的勋章数量是一样多，于是他轻声对我说了句："你看，两边一样重，平衡了。"

后来，智者都陆续回到了他们该去的时间和空间里，工人区和红灯区及其他区域的人也都发了遣散费，离开了。我是最后一个走的，走的那天，阿努比斯叫我到双重正义堂去一次。我到了那儿，发现木蜣螂停止了进食，从它无比宽阔的腹部下面穿过去，来到它的尾部，那儿的尾尖上，挂着一小片东西。

卜塔也到了现场，他叫何露斯的四个儿子把那小片东西取下来。

那是一张被碾碎后又重新压扁粘结的莎草纸薄片，上面印着一张笑脸。

阿努比斯他们疑惑地看着我。我解释说，看来，我们还需要制作一台关于这台木蜣螂图灵机的图灵机,才能把这个笑脸作为一个神谕变量来计算出结果。

那要是再出一个笑脸,我们还得再做一个关于图灵机的图灵机的图灵机,如此翻来覆去难道没个完了?卜塔把所有的指关节左右两两错在一起,于是一个都动不了了。

我答不上来。

双重正义堂里光线昏暗,我隐约看见那座天平的两边托盘,一高一低,低的那个托盘里,玛特的鸵鸟羽毛死气沉沉。为了纪念玛特,双重正义堂门口两尊玛特雕像又搬了出来,一边一个,它们从两个方向侧脸俯视着我,使我不得不转了转头,将视线投到他处,看着木蜣螂微微翘着的尾尖,那儿的上方是拉比林特的顶子,顶子的上方就是天空,天空的上方是什么,我已没有信心说出来。

告别的时候,哈酡儿和巴斯特把床车上的波斯大毯子送给我留作纪念,她们说这毯子一直铺在床车上,现在它自己也会飞了。说到这里,哈酡儿她们都轻轻笑了,脸部现出了一些很淡的皱纹——是的,拉死了以后,所有的神祇都在慢慢变老,只是老得非常缓慢,令人难以察觉。

后来,我在地面上又度过了很长一段日子,并骑着飞毯周游了这世界很多的地方。我知道自己也在慢慢变老,并终有一天会突然死去,但我决定了,我死了以后,一定要回到拉比林特,回到双重正义堂,然后把自己的心脏,用玛特的羽毛称量一下。

我猜我是唯一一个还能让天平保持两端齐平的人。

2002.10.6